Sandra Ireland arbeitete jahrelang bei einer Lokalzeitung, bevor sie sich dazu entschloss, Schriftstellerin zu werden. Zu ihrem atmosphärischen Thriller *Kalte Knochen* wurde sie von einer düsteren schottischen Sage inspiriert, die von Betrug, Rivalität und einem dunklen Geheimnis aus der Vergangenheit erzählt. Sandra Ireland lebt mit ihrer Familie in Schottland.

Besuchen Sie uns auf www.penguin-verlag.de
und Facebook.

Sandra Ireland

Kalte Knochen

Thriller

Aus dem Englischen
von Sabine Thiele

PENGUIN VERLAG

Die englische Originalausgabe erschien 2018
unter dem Titel *Bone Deep* bei Polygon, Edinburgh.

MIX
Papier aus verantwortungsvollen Quellen
FSC® C014496

Penguin Random House Verlagsgruppe FSC® N001967

PENGUIN VERLAG

1. Auflage 2021

Umschlag: Favoritbüro
Umschlagmotiv: © Peter Weber/shutterstock,
Helen Hotson/shutterstock, Pictureguy/shutterstock
Redaktion: Ralf Reiter
Satz: Uhl + Massopust, Aalen
Druck und Bindung: GGP Media GmbH, Pößneck
Printed in Germany
ISBN 978-3-328-10454-4
www.penguin-verlag.de

Dieses Buch ist auch als E-Book erhältlich.

In dieser Nacht, in dieser Nacht,
In jeder Nacht und immerzu,
Feuer und Haus und Kerzenlicht,
Und Christus empfängt deine Seele.

Wenn von hier du von uns gehst,
In jeder Nacht und immerzu:
Nach Thorny-Muir du schließlich kommst,
Und Christus empfängt deine Seele.

Wenn du jemals gabst Speis oder Trank,
In jeder Nacht und immerzu,
Das Feuer wird dich niemals schrumpfen lassen,
Und Christus empfängt deine Seele.

Doch wenn du niemals gabst Speis oder Trank,
In jeder Nacht und immerzu,
Wird das Feuer dich verbrennen bis zum Knochen,
Und Christus empfängt deine Seele.

Die Brück' der Angst du überschreitest,
In jeder Nacht und immerzu,
Ins Höllenfeuer du schließlich gelangst,
Und Christus empfängt deine Seele.

Diese eine Nacht, diese eine Nacht,
In jeder Nacht und immerzu,
Feuer und Haus und Kerzenlicht,
Und Christus empfängt deine Seele.)

Auszug aus *Lyke-Wake Dirge*, einem nordenglischen Begräbnislied, aufgeschrieben von Sir Walter Scott.
Minstrelsy of the Scottish Border, 1802

Mac

Januar

Ich hatte das Mädchen völlig vergessen. In ihrer Mail hatte sie zwar eine ungefähre Ankunftszeit angegeben, doch als es dann klingelte, kämpfte ich gerade mit einer besonders widerspenstigen Textstelle. Ich öffnete die Tür daher mit einer Miene, die Arthur nur »diesen Ausdruck« nennt – eine Mischung aus Verärgerung und Abwesenheit. Ich bin verärgert, weil man mich aus meinen Gedanken gerissen hat, und abwesend, weil mein Geist sich immer noch irgendwo im Mittelalter befindet. Jedenfalls definitiv nicht hier an meiner Haustür, wo ich eine verängstigt aussehende junge Frau in Grund und Boden starre.

»Nehmen Sie die Hände aus den Taschen. Wenn die Hunde das sehen, drehen sie durch, weil sie denken, dass sie gleich etwas zu fressen bekommen. Sie betteln also geradezu darum, überfallen zu werden.«

Nach dieser Warnung lässt sie ihre Arme gehorsam wie ein Soldat an die Seiten sinken. Was für ein mürrisches, kleines Ding sie doch ist, mit teigiger Gesichtsfarbe, das dunkle Haar ist unvorteilhaft nach hinten gebunden. Sie wirkte größer, als ich das Bewerbungsgespräch mit ihr führte – wacher, lebendiger. »Ich suche ein Mädchen für alles«, hatte ich gesagt, und sie hatte geantwortet: »Nun, das lässt sich schon einrichten.« Ein bisschen schnippisch, hatte ich gedacht.

»Ich heiße Lucie«, erinnert sie mich.

Ich versuche einen etwas einladenderen Gesichtsausdruck aufzusetzen. Ich habe ihren Namen nicht vergessen. Lucie mit ie. Das klingt wichtigtuerisch. Warum geben Eltern ihren Kindern keine bodenständigen Namen? Wie Arthur zum Beispiel. Ich trete aus der Haustür in die kühle Luft. Der Regen hat aufgehört, aber man riecht ihn noch. Das Mädchen wirkt verwirrt. Die Hunde wedeln mit den Schwänzen, schnüffeln an ihren Schuhen, und Floss springt an ihr hoch. Sie trägt eine schwarze Hose. Blöde Idee.

»Hör auf, du dummes Ding.«

Lucie mit ie sieht mich aufgebracht an, und ich bin froh, dass sie doch nicht so leblos ist, wie sie wirkt.

»Den Hund meine ich, nicht Sie. Schwarz ist unpraktisch, man sieht jedes Hundehaar darauf.« Ich sperre die Haustür hinter mir zu und schiebe den Schlüssel in die Hosentasche. »Ich zeige Ihnen jetzt mal das Miller's Cottage. Im Haus wäre zwar auch Platz, aber ich brauche meinen Freiraum. Nehmen Sie es mir nicht übel.«

»Kein Problem.«

Sie folgt mir die Auffahrt entlang. Nur das irritierende Knirschen der Rollen ihres Koffers auf dem Kies ist zu hören. Es ist kälter, als ich gedacht hätte, und ich bereue es, ohne Mantel nach draußen gegangen zu sein. Ich ziehe meine alte graue Strickjacke enger um mich. Die Hunde rennen Richtung Straße voraus, wirbeln Laub auf und erschrecken die Vögel. Ich gehe langsamer, damit Lucie zu mir aufholen kann, und das Knirschen wird leiser.

»Normalerweise vermiete ich das Cottage an Schriftsteller und andere Leute, die ihre Ruhe haben wollen. Ich habe keine Zeit zum Putzen. Putzen Sie gern, Lucie?«

Sie öffnet den Mund wie ein Goldfisch.

Ich winke ab. »Egal. Ich weiß noch nicht, ob Putzen zu Ihren Aufgaben gehören wird. Haben wir darüber überhaupt schon gesprochen? Nein? Nun, ich denke, wir sollten das auf Zuruf machen. Morgen haben Sie noch frei, können sich einrichten.«

Wir erreichen die Straße. Ich rufe nach den Hunden, doch der Wind verweht meine Stimme, und sie tun so, als hörten sie mich nicht. Der Wind macht sie völlig verrückt. Sie galoppieren geradeaus über die Straße. Gott sei Dank ist gerade nichts los. Sie wissen natürlich, wohin sie laufen – den Weg entlang, der zur Mühle führt. Wie immer sehe ich Jim vor mir. Ich schlinge die Strickjacke noch fester um mich.

»Dieser Weg war vor vielen Jahren einmal die Straße zur nächsten Gemeinde.« Ich schaue über die Grundstücksmauer. Der Ausblick ist mir so vertraut wie die Morgenzeitung, doch jedes Mal überwältigend: der weite Himmel mit den pflaumenfarbenen Regenwolken, die gepflügten Felder und das Meer am Horizont. An einem sonnigen Tag glitzert es wie Diamanten. Heute ist es schwarz und träge. Ich atme den kräftigen Geruch nach Gülle ein. Möwen ziehen über uns ihre Kreise und kreischen wie Katzen. Oder Babys. Jim fand immer, sie klingen wie Babys.

»Wunderschön«, sagt Lucie. Ich schaue hinab zu ihren Füßen. Sie trägt diese modischen Baumwollschuhe, die keinen Halt bieten und alle Feuchtigkeit durchlassen.

»Sie werden hier ordentliche Stiefel brauchen«, sage ich.

»Wenn es regnet, wird es schnell schlammig. Im Cottage sind ein paar alte Wellies, die Sie nehmen können.«

Der Weg führt auf den Mühlengrund. Das Cottage steht leicht erhöht direkt am Anfang. Es ist weiß gestrichen, lang gestreckt und niedrig, und es kam mir immer vor wie ein kläffender kleiner Terrier, ein Wachhund, hinter dem die alte Mühle wie ein schlafender Drache am Bach kauert. Ich sehe bewusst nicht in die Richtung. Wir gehen an der Vordertür vorbei, deren Schlüssel schon vor langer Zeit verloren gegangen ist, zum Lieferanteneingang auf der Rückseite. Eine Pergola aus tief hängendem Efeu überschattet die Hintertür, neben der eine alte Holzbank an der Wand steht. Ich wühle in der Strickjackentasche nach dem Schlüssel, der zwischen Bratenknochen versteckt ist. Sofort scharen sich die drei Hunde mit vor Erwartung feuchten Nasen um mich.

»Nehmen Sie diesen Schlüssel. Ich habe noch einen.«

Die Hintertür schleift über dem Steinboden wie eine nasse Scheuerbürste. Es riecht feucht und erdig. Manchmal lasse ich ein Fenster offen, um zu lüften, doch der Efeu lockt die Spatzen an, und die sind eine furchtbare Plage. Ich habe immer Angst, dass sie es irgendwie ins Haus schaffen und alles zuscheißen.

»Der Handyempfang ist nicht besonders gut, hat man mir gesagt. Ich kann diesen ganzen technischen Mist nicht ausstehen. WLAN sollte funktionieren. Mein Sohn Arthur kümmert sich um so was.«

Die Hunde rennen schlitternd ins Haus und verteilen sich in alle Richtungen, während ich das Mädchen etwas langsamer durch enge, steingepflasterte Flure führe, an Körben mit Holz und Kienspänen vorbei sowie an Gummistiefeln, die aufgereiht auf Zeitungspapier stehen. Die Küche ist groß und hell, auch wenn ich sehe, wie Lucie schaudert. Sie lässt ihren Blick über die Eichenbalken schweifen, das Regal mit den alten Einmachgläsern und Flaschen.

»Sie können sich hier so einrichten, wie Sie wollen, im angemessenen Rahmen«, sage ich und denke an Kissen und Überwürfe. Die jungen Leute wollen es ja immer gemütlich haben. »Passen Sie nur mit den Kerzen auf. Eine Frau hat einmal meine Vorhänge in Brand gesetzt.«

Lucie verengt die Augen. Sie sind grau und recht farblos. »Keine Angst«, sagt sie. »Ich werde hier ganz bestimmt nicht abends im Kerzenschein sitzen.«

»Gut. Die Heizung wird über eine Zeitschaltuhr gesteuert. Machen Sie daran besser nichts. Aber Sie können versuchen, ob Sie den Aga-Herd in den Griff bekommen, wenn Sie wollen, oder Sie können ein Feuer machen.« Ich nicke Richtung Kamin, ein altes Modell aus den Fünfzigern mit rotbraunem Fliesenrand und Kaminbesteck. Wahrscheinlich ist sie zu jung, um Feuer machen zu können. »Im Schrank sind Zündhölzer und Feueranzünder. Sie brauchen vielleicht auch Zeitungspapier. Ich knülle es immer zusammen und …«

»Ich weiß.« Sie nickt. »Wir haben im Salon im Pfarrhaus auch einen Kamin.«

Im Salon. Ich verziehe das Gesicht. Sehr edel. Ich weiß nicht, was eine Pfarrerstochter hier in Fettermore tut, im tiefsten Hinterland, wo sie einer mürrischen alten Wissenschaftlerin helfen will. Sollte sie nicht auf der Universität oder so sein? Vielleicht ist sie zu alt; wenn ich mich recht erinnere, ist sie etwa Mitte zwanzig. In ihrer Bewerbung stand etwas von College. Medienwissenschaft oder irgendein anderes dieser Micky-Maus-Fächer. Sie hat auch in einer Eisenwarenhandlung gearbeitet, was ganz praktisch sein könnte, wenn sie mit Hammer und Nagel umgehen kann.

Die Hausbesichtigung ist vorbei, wir haben alles gesehen. Vielleicht sollte ich die Mühle erwähnen, ganz sachlich und beiläufig.

»Das ist die Mühle, wie man sieht.« Ich deute Richtung Fenster. »Dort wird Getreide gemahlen. Ursprünglich Hafer, doch jetzt … früher haben wir Weizen gemahlen. Sie war in Betrieb bis …« Ich stocke, und das Mädchen sieht mich an. Sie ist nicht dumm, unsere Lucie, das sehe ich. »Sie wird noch benutzt, aber nicht mehr oft. Das dahinten, in der Senke, ist der Fettermore-Bach. Er fließt an der Mühle vorbei, weil die Wasserversorgung, die wir für das Mühlrad brauchen, beim Wehr, eine halbe Meile stromaufwärts, abgeleitet wird.« Langsam erwärme ich mich für das Thema und deute mit den Händen Kanäle und Becken an. »Der Zulauf transportiert das Wasser in einem großen Bogen zur Anhöhe, fließt in den Mühlteich und dann nach unten auf das Mühlrad. Die Neigung verleiht ihm Kraft. Man darf niemals die Kraft von Wasser unterschätzen.« Sie wirkt ein wenig besorgt, und ich versichere ihr rasch: »Vor allem aber ist es ein sehr schöner Spaziergang zum Wehr und zum Teich.«

Lucie schweigt weiterhin nachdenklich, wie ein Kind, das zu viel verarbeiten muss. Mir liegt auf der Zunge zu sagen: »Falls es irgendwelche Probleme gibt, rufen Sie an oder kommen Sie rüber.« Doch ich bleibe stumm. Sie sieht aus wie ein Mädchen mit der Art Problemen, die ich nicht brauchen kann.

Lucie

Am zweiten Weihnachtsfeiertag hat mich meine Mutter rausgeschmissen. Nicht wortwörtlich, denn selbst mit Absätzen bringt sie es gerade mal auf einen knappen Meter sechzig. Doch ihre vorwurfsvolle Aura füllte jeden Raum im Pfarrhaus, wie der Schatten eines Grizzlybären. Ich wusste, dass meine Tage gezählt waren.

Reuben hatte sich uns für die Messe angeschlossen, und mein Vater war in Hochform, als er seine Herde von der Kanzel aus musterte. Zu dieser Zeit im Jahr, warnte er, erinnern wir uns, dass die Reichen und Mächtigen das Christuskind nicht hatten bei sich aufnehmen wollen. Sie hatten nichts davon wissen wollen. Meine Mutter nickte neben mir so heftig, dass die harte Kirchenbank unter uns ein wenig ins Wanken geriet.

Danach aßen wir kalten Truthahn und Salat zum Mittagessen, weil sich alle darüber beschwerten, dass sie nach der Völlerei an Weihnachten noch vollgefressen waren. Doch auch so vernichteten wir ein ganzes Trifle, und Reuben hatte sich sogar noch einen Nachschlag geholt.

Ich erinnerte mich an den Tag, an dem er der Familie zum ersten Mal vorgestellt worden war. An dem Tag hatte es auch Trifle gegeben, und meine Mutter hatte darauf bestanden, ihm die Portion mit der meisten Sahne, Schokostreuseln und einer Kirsche zu geben. Das muss etwa zwei Jahre her sein. Es hatte große Aufregung geherrscht, weil man Janes neuen Freund kennenlernen würde. Die beiden waren Arm in Arm hereingerauscht, wie ein richtiges Paar, und Jane wirkte sehr selbstzufrieden und überheblich. Ihr Grinsen hatte den ganzen Flur erleuchtet.

Doch an diesem zweiten Weihnachtsfeiertag schleuderte Mum den Löffel Gelee mit solcher Wucht in seine Dessertschale, dass ich das Glas schon fast brechen hörte. Ihre Augen waren eiskalte Kiesel.

Als wir später den Tisch abräumten, stellte sie mich zur Rede. Ich hatte gerade ein paar Teller in die Küche gebracht. Dad und Jane und Reuben sahen sich irgendeinen alten Film im Salon an. Meine Mutter und ich waren allein. Sie schloss die Küchentür.

»Seit … letzten Sonntag habe ich mir auf die Zunge gebissen.«

»Autsch.« Ich drehte ihr den Rücken zu und ließ heißes Wasser ins Spülbecken laufen. Mein Herz hämmerte wie verrückt.

»Werd nicht unverschämt, Lucie. Ich wollte bis nach Weihnachten warten. Weihnachten ist so wichtig für die *Familie.*« Sie hatte so einen gewissen Unterton, doch ich drehte mich nicht um, sondern spritzte Spülmittel in die Waschschüssel und sah zu, wie sich Schaum bildete.

»Du hast diese Familie *zerstört*, Lucie.«

»Das ist nicht fair!« Ich wirbelte herum, doch jetzt drehte sie mir den Rücken zu, sodass sie mich nicht ansehen musste.

»Hör auf!« Sie zog einen Stuhl unter dem Tisch hervor und setzte sich schwer. »Für dich ist immer jemand anders schuld. Immer leugnest du alles, Lucie! Ich kann nicht rückgängig machen, was ich gesehen habe. Und ich werde *nicht* leugnen, was ich gesehen habe.«

»Himmel, du klingst wie Dad, wenn er predigt.« Ich drehte den Wasserhahn zu und griff nach einem Handtuch. »Das ist das echte Leben. Dumm gelaufen.«

»Vorsicht, junge Dame!« Sie stand auf, und wir sahen uns an. Ihre Brust hob und senkte sich schwer unter der tannengrünen Strickjacke – sie war nicht locker genug, um wie wir anderen einen Weihnachtspulli anzuziehen. »Ich erlaube nicht, dass man in meiner eigenen Küche so mit mir spricht.«

»Wo willst du dann hingehen?« Mir wurde warm, meine Wangen röteten sich. »Wo streitet man sich denn am besten, Mutter? Oh, ich vergaß, so etwas tun wir ja in diesem Haus nicht, nicht wahr? Wir ersticken einfach an unserer Missbilligung.«

»Wenn dir nicht passt, wie wir in diesem Haus miteinander umgehen, dann geh.«

Ich schleuderte das Geschirrtuch, das ich in den Händen verdreht hatte, über die Lehne eines Stuhls. »Ich habe mich doch bereits entschuldigt für das … was du glaubst, gesehen zu haben.«

»Ich weiß, was ich gesehen habe. Beleidige mich nicht, Lucie. Taten haben Konsequenzen.«

»Hör auf zu predigen! Mir reicht's!« Ich marschierte zum Spülbecken und starrte wütend auf den weißen Schaum, weil ich ihre Enttäuschung nicht ertragen konnte.

»Es muss sich etwas ändern.« Ihre Stimme war leise geworden. Die Luftblasen zerplatzten auf der Wasseroberfläche. »Ich will, dass du gehst, Lucie. Such dir eine Arbeit. Eine Wohnung. Verschwinde.«

Das Miller's Cottage ist eine fremdartige Landschaft, in der der Wind unter die Schindeln fährt und die Fensterscheiben wie lockere Zähne klappern. Mac und die Hunde sind weg, ich bin allein in der Küche und stehe wie angewurzelt da, als hätte ich eine lange Strecke zurückgelegt und könnte keinen Schritt weitergehen. Die Kälte des Steinbodens sickert wie Wasser durch meine Turnschuhe. Im Freien klammert sich ein kleiner Vogel an die Telefonleitung.

Auf dem Kiefernholztisch liegt ein altmodisches Wachstuch mit aufgedruckten leuchtend roten Kirschen, die so glänzen, dass man sie gleich essen könnte. Mein Magen verkrampft sich, und ich stöhne auf. Ich drücke eine Hand gegen die Rippen, packe mit der anderen die Tischkante, als Erinnerungsbruchstücke auf mich einprasseln.

Ich lege Kirschen auf das Trifle. Meine Mutter schaut zum hundertsten Mal auf die Uhr und spricht wortlos die Zeit nach, wie immer. Dann sagt sie: *Gleich sind sie hier. Schnell, stell das Trifle in den Kühlschrank*. Ich erinnere mich an die körperlose Stimme meines Vaters aus dem Salon: *Da ist schon wieder ein Eichhörnchen am Vogelfutter! Man sollte die Samen in Chilipulver wälzen, das hält die kleinen Mistviecher ab.* In meiner Erinnerung steht er mit auf dem Rücken verschränkten Händen am Fenster. Meine Mutter stellt sich neben ihn und sagt: *Aber was ist mit den Vögeln? Mögen die Chilipulver?*

Erinnerungen sind heikel und täuschen oft. Nichts davon habe ich tatsächlich gesehen. Ich trieb mich nämlich in der Küche herum, weil ich mich bei unbekannten Menschen nicht wohlfühle. Ich fühle mich auch in Gesellschaft meiner Schwester nicht wohl, weil sie mir immer das Gefühl gibt, zu ungeschickt zu sein, zu langsam, zu dumm.

Dad hatte etwas zu Janes neuem roten Mini gesagt, und Mum ging mit klappernden Absätzen in den Flur, in ihren ordentlichen Pumps, die sie immer am Sonntag anzieht. War es ein Sonntag? Ich weiß es nicht mehr. Eigentlich sollte ich mich doch an alle Einzelheiten dieses Tages erinnern.

Dann standen sie alle im Flur, umarmten sich, Küsse wurden verteilt. Wo war ich? Vielleicht stand ich in der Küchentür oder ungelenk im Flur herum. Auf jeden Fall habe ich vom Rand aus zugesehen. Jane sah umwerfend aus. Ihre Haare glänzten kupfern am Ansatz, die Spitzen waren heller, als ob man sie in irgendetwas Köstliches getaucht hätte. Sie schloss gerade ihre Lehrerausbildung in Dundee ab, weshalb wir uns seit einer Weile nicht mehr gesehen hatten. Als sie mich sah, stürzte sie auf mich zu. *Lucie!* Ich blieb stehen, bewegte mich nicht. Ich spüre immer noch die Lähmung in mir, wie sich mein Mund weigerte, ein Lächeln zu formen, wie meine Arme sich ganz natürlich um meinen Bauch schlangen. Schließlich umarmte sie mich doch nicht, und ich glaube, wir waren beide erleichtert. *Lucie, du … hast dich gar nicht verändert!* Ein helles, perlendes Lachen. *Komm, ich stelle dir Reuben vor!*

Plötzlich war Reuben da und hielt meine Hand. Okay, er schüttelte sie höflich und angemessen, doch sein Blick war das genaue Gegenteil. Sofort war es wieder vorbei. Er gab meine Hand frei, und meine Haut war plötzlich kalt. Dad sprach über Whisky, und meine Mutter hatte Reuben weggeführt. Sie hatten mich allein in der Diele zurückgelassen. In mir herrschte Chaos. Ich war wie gelähmt. Reubens

Augen hatten mir eine Frage gestellt. *Wer bist du?* Damals hatte ich noch keine Antwort.

Plötzlich erwache ich zum Leben, ziehe das Wachstuch vom Tisch. Kirschen tanzen vor meinen Augen wie bei einem Glücksspielautomaten. Ich versuche es zusammenzufalten, doch es ist groß und störrisch. Es droht mich zu verschlingen. Ich zwinge es auf den Boden und stampfe darauf herum. Schließlich liegt es als unhandlicher Haufen auf dem Boden. Ich trage es in den Flur und schleudere es so weit wie möglich aus der Hintertür ins Freie.

Mac

Man lernt viel über Menschen, wenn man sieht, wie sie mit Tieren umgehen. Das Mädchen hatte nicht mit der Wimper gezuckt, als die Hunde sie ungestüm an der Tür empfingen. Sie hatte nichts gesagt, als sie durch ihre neue Behausung rannten, selbst als Jethro in der Waschküche das Bein an einem Korb mit Feuerholz hob. Jethro markiert gern sein Revier, und Max frisst alles, was er auftreiben kann. Floss ist etwas dezenter. Sie ist sehr bedürftig und verliebt sich auch in völlig Fremde, die sie dann mit einem Blick aus ihren Schokoladenaugen betört. *Ich bin ganz allein und verloren. Bring mich nach Hause,* scheint sie zu betteln. Ich habe gesehen, wie Lucie versucht hat, einen Knoten aus dem seidigen Haar an den Spanielohren zu entwirren. Das hat ihr einige Pluspunkte eingebracht, aber ich bin noch vorsichtig.

Statt ins Haus zurückzugehen, biege ich links ab und steuere aufs Dorf zu. Ich will Arthur besuchen und ihm das bisschen erzählen, was ich über unseren Neuzugang herausgefunden habe. Arthur hatte zuerst die Idee, dass ich mir eine Assistentin suchen solle. Er sagte, er wäre ruhiger, wenn er wüsste, dass ich nicht allein im Haus bin.

Zuerst nahm ich es ihm sehr übel, beschuldigte ihn, hinter meinem Rücken eine Pflegerin einzuschleusen. »Ich bin erst siebzig. Und ganz bestimmt noch nicht altersschwach. Außerdem habe ich die Hunde, und dich kann ich jederzeit anrufen.«

Ich hatte versucht, ihm meine sich verschlechternde Gesundheit zu verheimlichen, doch meinem Sohn entgeht nichts. Schließlich stimmte ich der Assistentin zögerlich zu und beharrte darauf, dass sie mich mehr beim Schreiben und Recherchieren unterstützen sollte, auch wenn sie zwischendurch gern mal das Bügeleisen in die Hand nehmen konnte. Allmählich erwärmte ich mich für die Idee und stellte mir eine fügsame und fröhlich lächelnde Austauschstudentin mit hervorragenden Lektoratsfähigkeiten vor, die köstliche Eier Benedikt zubereiten konnte.

Diese Beschreibung traf auf Lucie Snow nicht zu. Arthur stand das Kennenlernen noch bevor, und ich hatte keine Ahnung, was die beiden miteinander reden sollten.

Am Dorfrand rufe ich die Hunde bei Fuß, als ein Traktor vorbeituckert. Der Bauer hebt langsam eine Hand, und ich tippe an die Krempe meines gewachsten Hutes. Floss ist verschwunden, aber das ist nicht ungewöhnlich. Manchmal ist sie tagelang unterwegs und etwas auf der Spur, das nur sie sehen kann. Ich gehe mit den zwei Collies über die Straße. Das Café leuchtet warm und einladend. Max beginnt zu sabbern, und Jethro hebt das Bein an dem Schild, auf dem »Muirs Bäckerei und Teestuben« steht. Ich habe mich immer über den Plural gewundert, da das Café nur einen Raum hat.

Arthur steht hinter dem Tresen und poliert ein Glas. *Keine Hunde,* sagt er lautlos, doch ich ignoriere ihn und setze mich ans Fenster. Die Collies kriechen unter den Tisch.

Es ist Montag und dementsprechend wenig los, nur zwei Frauen aus der Gemeinde unterhalten sich sehr vornehm über den neuesten Klatsch. Sie schauen in meine Richtung. Zweifellos werde ich ihr nächstes Thema sein. Anita, die Bedienung, kommt zu mir. Anita wäre meine perfekte Assistentin. Sie ist ruhig, kompetent und sehr intelligent. Ihre Eltern kommen irgendwo aus Indien und sind recht gut situiert, glaube ich. Sie rümpfen die Nase über Anitas kleinen Job hier im Café, doch sie geht ihren eigenen Weg und genießt ein ziemlich umtriebiges Studentenleben an der Universität, wenn sie nicht gerade Kaffee kocht. Ah, wieder auf dem Campus zu sein. Ich spüre leichtes Bedauern.

»Ich nehme einen Latte macchiato, meine Liebe. Und vielleicht etwas Süßes. Aber nur etwas Kleines.«

Sie lächelt mit leicht zur Seite geneigtem Kopf. Ihre Augen sind dunkel, glänzend und leicht irritierend. Ich habe immer das Gefühl, dass Anita mehr sieht, als sie sollte. »Einen Pfannkuchen? Ein Bakewell-Törtchen?«

»Vielleicht nicht ganz so klein.«

Sie geht davon, und Arthur kommt zu mir. »Und?«

»Lucie geht es gut. Ich habe sie ins Cottage gebracht und gesagt, sie soll erst morgen anfangen. Sie scheint sich ein wenig unwohl zu fühlen.«

Arthur macht ein schnaubendes Geräusch. »Großartig. Am Ende wirst du dich noch um *sie* kümmern.«

»Überhaupt nicht. Sie hatte beim Vorstellungsgespräch etwas an sich, was mir gefallen hat. Gib ihr ein bisschen Zeit, sich einzuleben, und dann werden wir sicher gut zurechtkommen.«

Es wird schön sein, jemand Junges im Haus zu haben. Arthur ist erst Mitte dreißig, aber manchmal wirkt er älter.

Er ist vorsichtig, wie sein Vater, denkt immer alles genau durch. Lucie scheint impulsiver zu sein, wie sie sich einfach auf die Stelle beworben hat, bereit, umzuziehen und neue Herausforderungen anzunehmen. Genauso wie ich in dem Alter.

Anita kommt mit meinem Kaffee und einem Baiser von der Größe einer großen Grapefruit. Ich denke bereits über all die kleinen Aufgaben nach, die ich jetzt delegieren kann.

»Danke, meine Liebe«, sage ich lächelnd zu Anita.

Ja, ich denke, Lucie und ich werden sicher gut zurechtkommen.

Lucie

Ich wusste nicht, dass Tränen so heiß sein können. In den ganzen Schundromanen, die ich als Teenager gelesen hatte, wurden immer heiße Tränen geweint. Heldin trifft Held; Held lässt Heldin fallen. Einsatz die heißen Tränen. Ich fühle mich wie zu Stein erstarrt, doch die heiße Flüssigkeit steigt trotzdem in mir auf und fließt aus mir heraus. Wenn ich allein im Bett liege, brechen sie aus mir heraus, bahnen sich glühend einen Weg hinunter zu meinen Ohren, verfilzen mein Haar. Und am Morgen brennen meine Augen wie Feuer.

Ich lasse mir nichts anmerken, kaschiere die dunklen Schatten unter den Augen mit Make-up und binde das Haar nach hinten, weil es zu aufwendig ist, es zu waschen. Aus dem Spiegel blickt mir ein blasses, lebloses Mädchen entgegen. Ich sehe aus, als wäre mir kalt; so kalt, als könnte mich nie wieder etwas erwärmen.

In der Nacht weckt mich das Weinen eines Babys. Zumindest klingt es für mich so – ein dünnes Jammern, da draußen in der finsteren Nacht. Ich schrecke auf, mein Herz klopft wild. Ich liege in dem schmalen Bett, mir ist kalt, auch wenn ich schwitze, und starre angestrengt ins Dunkel und versuche, mich zu orientieren. Ich sehe den hoch aufragenden Schatten eines fremden Schranks. Die Luft riecht anders als daheim. Ich erkenne einen dünnen Streifen gelben Lichts, wo die Vorhänge nicht ganz abschließen, und langsam begreife ich.

Der Bewegungsmelder hat das Licht vor dem Haus eingeschaltet. Der gelbe Streifen Licht. Ich liege still da, nehme die Wärme der Bettdecke in mich auf. Das Geräusch hat aufgehört, aber ich kann mich nicht entspannen. Ich muss aufstehen, nachsehen. Solche Lichter schalten sich nicht von allein ein.

Der dünne Teppich ist kalt unter meinen Füßen, und ich spüre die Kanten der Steinfliesen darunter. Ich suche nach meinen Pantoffeln und wünsche mir, ich hätte mir die Zeit genommen, meinen kuscheligen Morgenmantel auszupacken. Ich hatte nur ein übergroßes T-Shirt als Nachthemd aus dem Koffer gezogen und schlinge jetzt die Arme um den Oberkörper. Als ich das Licht einschalte, ist alles normal. Zwar noch fremd, aber nicht ungewöhnlich. Mein offen stehender Koffer, aus dem die Kleider herausquellen, ist das einzig Vertraute. Ich hätte auspacken sollen, aber ich war so müde. Vielleicht sollte ich es jetzt tun? Der Schlaf ist weit weg. Ich könnte mir eine Tasse Tee kochen. Das Baby weint wieder.

Es kommt von draußen.

Ich reiße die Schlafzimmertür auf, renne durch kalte Flure und komme schlitternd in der Küche zum Stehen. Ich kann es noch hören, das leise Weinen, das wie Nägel an meinem Inneren kratzt. Es kommt aus Richtung der Hintertür. Vorsichtig bahne ich mir einen Weg durch das

Labyrinth aus Gummistiefeln, Körben und Schachteln und suche nach den Lichtschaltern. Ich atme ruhiger, lasse den rationalen Teil meines Gehirns übernehmen. Da weint kein Baby. Das sind keine Schluchzer. Es ist eher ein Heulen. Ich finde den Schlüssel und stecke ihn ins Schloss.

»Wehe, es ist nichts Wichtiges«, murmele ich und drücke die Türklinke herunter. Das Heulen hört auf, und ich höre aufgeregtes Schnüffeln. »Ich hoffe, du hast eine verdammt gute Entschuldigung.«

Ich öffne die Tür, und Floss, Macs Spaniel, läuft mit aufgeregt wedelndem Schwanz herein, als wäre es Morgen und alle doch bestimmt schon wach. Ich koche Tee. Wir gehen zurück ins Bett. Floss springt auf die Decke, noch bevor ich die Pantoffeln abgestreift habe. Ich bin zu müde, um zu schimpfen. Ich schalte das Licht aus und suche mir einen Platz unter der Bettdecke. Wir arrangieren uns schließlich – ich ziehe die Knie an, sie rollt sich dahinter zusammen. Innerhalb weniger Sekunden schnarcht sie leise, was irgendwie tröstlich ist.

Mac

Ich lege den Stift hin und sinke gegen die Rückenlehne des Stuhls. Seit sechs Uhr morgens sitze ich schon hier, und jetzt, als ich endlich die richtigen Worte gefunden habe, kann ich nicht aufhören. In letzter Zeit war ich nicht gut vorangekommen, die Ideen waren wie Fische in meinem Kopf herumgesprungen, doch ich war zu langsam, um sie einzufangen. Doch heute Morgen war es anders, als ob Lucies Ankunft frischen Wind hereingebracht und meine Fantasie entstaubt hätte.

Ich hatte sie zweimal nach ihrer Familie gefragt, doch sie war immer ausgewichen. Sie hat eine Schwester, so viel habe ich verstanden, von der sie sehr kühl gesprochen hatte.

Ich hatte wissend genickt. Rivalität unter Geschwistern. Wie so oft bei Schwestern. Am besten nicht darüber nachdenken. Es hatte mich allerdings an etwas erinnert, das mit der Schwester. An was nur? An dem Abend war ich die ganzen staubigen alten Bände in meinen Bücherregalen durchgegangen, ohne genau zu wissen, wonach ich suchte.

Ich strecke die Arme nach vorne, bewege die Finger und kreise mit dem Kopf. Etwas knackt, und sofort verkrampfe ich. Ich werde langsam paranoid, warte auf die nächste kleine Veränderung, halte meine Gesundheit unters Licht wie einen schlecht genähten Saum. Allmählich löse ich mich auf.

Irgendwo im Haus kratzt ein Schlüssel im Schloss. Die Haustür wird geöffnet, und ein lautes Echo hallt durch die Flure. Die Diele klingt immer, als stünde das Haus leer, egal, wie viel Krimskrams ich verteile.

Schritte kommen auf mich zu. Arthur. Mein Herz wird schwer, und sofort fühle ich mich schuldig. Ich bin eine schlechte Mutter, eine Mutter, die nicht gestört werden darf. Automatisch schaue ich zu dem Foto auf dem Schreibtisch. Meine eigene Mutter, in der Kriegszeit, aber glücklich in einem geblümten Kleid, das sie aus Resten zusammengeschneidert hat. Ich fürchte, uns fehlt beiden das Mutter-Gen. Wir haben so eine Kälte an uns. Ich erinnere mich, wie meine Mutter einem räudigen Hund Dosenlachs verfütterte, während wir Kinder Brot mit Bratenfett verschlangen. Ich habe Angst, dass ich auf das ultimative Versagen zusteuere. Mein Kind im Stich lasse.

Die Schritte nähern sich dem Arbeitszimmer.

»Komm rein«, sage ich gleichgültig.

Arthur steckt den Kopf durch die Tür. Sein Haar ist zerzaust, Mehl klebt an seiner Brille. »Guten Morgen, Ma. Wie läuft es?«

Er fragt immer, und ich antworte immer »Schlecht« oder irgendwie so etwas. Er lässt sich davon nicht irritieren.

»Wie lange sitzt du hier schon? Soll ich Wasser aufsetzen? Ich habe ein paar Haferkekse von gestern dabei.« Er hält eine braune Papiertüte in die Höhe.

Ich zucke mit den Schultern, wobei mir ein neuer

Schmerz im rechten Arm auffällt. Welcher Arm tut bei einem Herzinfarkt gleich noch mal weh? Ich hatte auf einen kurzen Abstecher gehofft – *Ma, hast du noch Einmachgläser? Ma, kann ich mir ein wenig Vanille ausleihen?* –, doch Arthur scheint unbedingt eine Tasse Tee mit mir trinken und sich unterhalten zu wollen. Ich seufze und klappe mein Notizbuch zu.

»Ich verstehe nicht, warum du nicht den Computer benutzt«, sagt er. »Damit wäre es viel einfacher.«

Zögernd erhebe ich mich. Es dauert immer ein wenig, bis ich aufrecht stehen kann, weshalb ich es so beiläufig tue, als würde ich es gar nicht richtig wollen.

»Lucie soll mir dann alles abtippen.«

»Gute Idee!« Arthur lächelt, und mein Herz wird ein wenig leichter. Die Schuldgefühle stehen immer zwischen uns. Heutzutage vor allem seine. Er spielt den pflichtbewussten Sohn, der dafür sorgt, dass ich abends zu Hause bin und nicht verhungere, wohingegen ich doch voller Reue sein müsste. Wenn ich deprimiert bin, stelle ich mir die Frage, ob ich eine ausreichend gute Mutter war, kann diese aber nie beantworten. Ich habe mich immer daran abgearbeitet, mit den männlichen Akademikern wetteifern zu wollen, mit ihren ordentlichen kleinen Frauchen, die sie unterstützten. Jim hat sich nie beschwert, auch wenn es ihn bestimmt oft belastet hat – wenn er zum Beispiel auf Arthur aufpassen musste, während ich einen Vortrag für eine Konferenz vorbereitete. Oder kochen musste, weil ich bis zum Hals in meiner Recherche versank und mich in meinem Arbeitszimmer verbarrikadiert hatte. Ich erinnere mich immer noch an das zögerliche Klopfen an der Tür und die schüchterne Stimme meines Sohnes: *Mummy, bringst du mich ins Bett?* Vielleicht hätte Jim mir nicht so viel durchgehen lassen sollen. Vielleicht hätte er mich daran erinnern sollen, dass manche Dinge wichtiger sind als Bücher. Das hätte uns allen viel Schmerz erspart.

»Hat sie den Jetlag schon überstanden?«

Ich lache zögernd. »Eher Buslag. Sie war ein wenig grün um die Nase. Ich schone sie diese Woche noch etwas.«

Ich folge Arthur in den kalten Flur. Ich fühle mich verloren, meiner warmen Höhle entrissen, meiner Bücher, meines Stifts. Wahrscheinlich hatte ich auch wieder »diesen Ausdruck« im Gesicht. Die Hunde springen auf, sobald er die Küchentür öffnet, und begrüßen uns mit wedelnden Schwänzen und viel Hundefreude. Arthur zählt durch.

»Moment mal – einer fehlt.«

»Floss. War die ganze Nacht draußen, der Schlingel. Wahrscheinlich hat sie unseren Neuankömmling adoptiert. Vielleicht könntest du im Cottage vorbeischauen und sie zurückbringen?«

Er wirft einen zögernden Blick auf seine Uhr. »Ich muss zurück ins Café, ich muss noch Scones backen.«

Ich mache ein ungeduldiges Geräusch. »Das dauert doch nicht lange, und Anita kann bestimmt auch ein Backblech in den Ofen schieben. Bitte. So kannst du dich ihr auch gleich vorstellen.«

»Na gut.«

Er klingt nicht sehr enthusiastisch, aber ich lächle und nehme die braune Tüte vom Tisch. »Bring ihr das als Willkommensgruß. Lucie hat vielleicht eine Vorliebe für Haferkekse.«

Arthur verschwindet durch die Tür, so wie früher als Teenager, wenn ich ihn gebeten habe, den Rasen zu mähen oder irgendetwas anderes Langweiliges zu tun. Aber vielleicht gefällt ihm Lucie ja besser als eine zugewucherte Wiese.

Lucie

Mac eilt voraus und bedeutet mir, ihr zu folgen. Sie hatte mir gesagt, ich solle um halb zehn etwa vorbeikommen und ein paar Sachen für sie abtippen. Sie scheucht mich in ihr Arbeitszimmer, ein kleiner, unordentlicher Raum voller Bücher und Unterlagen.

»Was genau machen Sie eigentlich?«, frage ich.

»Ich bin pensionierte Geschichtsdozentin. Mein Forschungsgebiet ist Volkskunde und mündliche Überlieferung.«

Ich wundere mich über das »pensioniert«. »Und was machen Sie jetzt?«

»Ich bearbeite mein Forschungsgebiet, Volkskunde und mündliche Überlieferung.«

Sie sieht mich an wie eine Studentin, die besonders schwer von Begriff ist. Experten bleiben wohl immer Experten.

»Das klingt interessant. Schreiben Sie ein Buch?«

Als Antwort deutet sie nur mit der Hand auf die Bücherregale an den Wänden. Sie sind aus Mahagoni oder irgendeinem anderen dunklen Holz und vollgestopft mit allen Büchern, die man sich nur vorstellen kann. Taschenbücher, alte, ledergebundene Bände wie in der *Antiques Road-*

show. Eine ganze Regalreihe ist den Werken von Dr. Margarita Muir gewidmet. Beim Vorstellungsgespräch hat sie mir gesagt, dass sie nicht Margarita genannt werden möchte, das ist zu mädchenhaft. Jeder nennt sie Mac.

Ich trete näher an das Regal heran und streiche mit dem Finger über die Buchrücken. *The Scottish Farming Tradition. Bothy Ballads: Volumes 1–3, The Scottish Miller's Tale* … Und so weiter.

»Das wird mein elftes Buch«, sagt sie, für den Fall, dass ich sie nicht richtig verstanden habe. »Eine Sammlung von Kurzgeschichten, die auf einheimischen Legenden basieren. Ich dachte, im Alter sollte ich etwas kreativer werden, weshalb ich letztes Jahr einen Kurs für das Schreiben von Belletristik besucht habe. Ich ertrage diesen ganzen technischen Mist nicht – die Computer und Drucker und was sonst noch alles. Das kann mir alles gestohlen bleiben.«

»Sie schreiben also mit der Hand.« Ich sehe zögernd zum Schreibtisch, der aussieht, als hätten sich Einbrecher darauf ausgetobt. Überall liegen Notizhefte und Zettel, Stifte und Bleistifte; Tassen mit kaltem, eingetrocknetem Bodensatz stehen herum. In dem ganzen Chaos sehe ich die Ecke eines Laptops. Mac nimmt ein schwarzes Notizbuch und gibt es mir.

»Fangen Sie vorne an. Hier drin stehen zwei vollständige Geschichten, und ich habe gerade erst angefangen. Sie müssen das neumodische Ding nehmen und ein Soundso darauf für mein Manuskript einrichten.«

Ich wollte fragen, wer ihre anderen Bücher abgetippt hatte. Vielleicht ihr Sohn, der Bäcker Arthur? Er kam gestern vorbei, was ein bisschen komisch war. Ich öffnete die Hintertür, um Floss hinauszulassen, in dem Moment, als er gerade klopfen wollte. Als Erstes sah ich also seine erhobene Faust vor meinem Gesicht. Ich trat rasch einen Schritt zurück, während er sich ausführlich entschuldigte und Floss sich auf das zusammengeknüllte Tischtuch kauerte und Sturzbäche pinkelte.

Das erstickte unser Gespräch im Keim. Wir konnten beide den Blick nicht von den Urinbächen abwenden, die von dem Wachstuch spritzten. Arthur räusperte sich.

»Äh, war dir klar, dass das Tischtuch hier draußen liegt?«

»Ja. Ich habe es rausgeworfen. Ich mag keine Kirschen.«

»Okay.« Er wippte ein wenig auf den Fußballen und schob eine Hand in seine Jeanstasche. In der anderen hielt er eine braune Papiertüte. »Ich bin eigentlich hier, um den Hund zurückzuholen. Und mich vorzustellen. Ich bin Macs Sohn, Arthur.«

Wir schüttelten uns ungeschickt die Hände, und die braune Tüte fiel zu Boden. Arthur hob sie leise fluchend auf und klopfte den Dreck ab.

»Oh – die sind für dich.« Er lächelte und reichte mir die Tüte. »Keine Angst, da sind keine Kirschen drin.«

Mit einem verschmitzten Zwinkern war er gegangen, den Spaniel auf den Fersen.

Ich fördere Macs Laptop zutage und lächele, als ich mich an das Zwinkern erinnere. Ich würde Arthur auf Anfang dreißig schätzen, etwas älter als ich. Ich hielt ihn zuerst für langweilig und solide, ein bisschen wie seine Brotlaibe. Wohlüberlegt, man wüsste immer, woran man bei ihm war. Das Zwinkern hatte einen jüngeren, sorgloseren Mann erkennen lassen.

»Wie heißt Ihr Buch?«, frage ich Mac, während der Computer hochfährt.

»Feuer, Haus und Kerzenlicht«, antwortet sie, ohne zu zögern.

»Markant.« Ich öffne ein Word-Dokument und tippe den Titel.

»Er stammt aus ›Lyke-Wake Dirge‹, einer der Balladen, die Scott in seinem Band *Minstrelsy of the Scottish Border* gesammelt hat.« Da habe ich den Anschluss schon verloren, doch wie die meisten klugen Leute bemerkt sie es nicht und spricht weiter. »Im Norden von England und in Schottland wurde vor dem Begräbnis am offenen Sarg ein bestimmtes Lied gesungen. Ich denke, der Gegensatz aus den natürlichen Elementen Feuer und Wasser und dem von Menschen erzeugten Kerzenlicht fasst nicht nur zusammen, was ich mit dieser Sammlung erreichen will, sondern auch die Essenz von Scotts Kanon, das menschliche Verlangen, herauszufinden, was sich hinter dem Lichtkreis der Zivilisation verbirgt.«

»Okaaay.« Ich nehme ihr Notizbuch zur Hand. Hinter dem Lichtkreis der Zivilisation. Mir läuft ein Schauder über den Rücken.

»Ich lasse Sie dann mal arbeiten. Sie können dann den Elferimbiss mit mir in der Küche essen.«

»Um wie viel Uhr?«

»Um elf.« Sie wirft mir einen unlesbaren Blick zu und geht.

Von der Burg steht nur noch eine Ruine, die aus der Klippe emporzuwachsen scheint und von Efeu und Moos zusammengehalten wird. Das Dach ist schon lange eingestürzt, Geröll und alte Krähennester verstopfen den steinernen Kamin. Früher war das einmal ein Heim. Wenn man aufmerksam lauscht, hört man es vielleicht in der Stille seufzen. Man kann sich vorstel-

len, wie die Wandteppiche in der Zugluft gegen die Steinmauern schlagen, die durch die Korridore zieht. Vielleicht hört man das Knarzen einer Tür oder das Scharren von Stiefeln und das Schnauben von Pferden im Hof. Vielleicht hört man das atemlose Lachen von zwei Schwestern, spürt ihre wehenden Röcke, als sie an einem vorbeilaufen. Die Vergangenheit ist schließlich ganz nahe.

Wieder schaue ich auf die Worte, die ich getippt habe. Ich habe nicht am Anfang begonnen, wie sie mir aufgetragen hat, was ziemlich typisch für mich ist. Impulsiv zu sein hat Konsequenzen; das lerne ich gerade. Ich bin jemand, der die letzte Seite zuerst liest und sich das Ende verdirbt. Ich ignoriere Bedienungsanleitungen und wundere mich, warum ich lauter Geräte habe, mit denen ich nicht umgehen kann. Selbst wenn Reuben eine Bedienungsanleitung und Warnhinweise in Rot mitgebracht hätte, hätte ich mich, ohne zu zögern, in die Affäre gestürzt.

Deshalb blättere ich durch die ersten zwei Geschichten, ohne sie genauer zu lesen. Die erste handelt von einem blinden Geiger, der in die Zukunft sehen kann. Mac nennt es eine »Gabe«, aber ich bin mir da nicht so sicher. Der Typ scheint ziemlich in der Gegenwart festzustecken. Schnell lese ich weiter. Die zweite Geschichte handelt von einer Kriegerkönigin, die von einem Wasserfall springt. Das liest sich besser. Sie ist tollkühn, impulsiv. Sie würde alles tun, um sich aus einer Notlage zu befreien. Mir gefällt das richtig gut, doch dann endet die Geschichte mit einem Cliffhanger. Leidet Mac vielleicht an einer Schreibblockade? Danach kommt noch ein kleiner Absatz über eine verlassene Burg, mehr nicht. Gereizt klappe ich das Notizbuch zu.

Diverse alte Bücher liegen offen auf dem Schreibtisch – die Sammlungen anderer Autoren, Liedtexte, eine Enzyklopädie zu Feensagen. Ich sehe alles durch, sammle einige DIN-A4-Blätter auf und fasse alle bekritzelten Zettel mit einer großen Papierklemme zusammen. Vielleicht kann ich Mac überreden, sich mal Pinterest anzusehen – sie würde es lieben.

Es liegen auch einige alte Fotos herum. Die Rahmen sind verstaubt, und das Klebeband auf der Rückseite ist vertrocknet und löst sich bereits. Sie riechen ein wenig vermodert. Auf dem ersten Bild posiert eine sehr dünne Frau – wahrscheinlich stammt das Foto aus der Kriegszeit, und sie ist auf Lebensmittelkarten angewiesen – an einem Zaun, ihr Fuß steht auf der untersten Querlatte. Auf dem zweiten beugt sich ein Mann mit ernstem Gesichtsausdruck über eine Maschine. Mehlsäcke stehen um ihn herum, vielleicht war er also ein Müller, aber da ich nicht viel über Mühlen weiß – abgesehen von dem untersetzten Steingebäude, das ich sehe, wenn ich morgens die Vorhänge aufziehe –, lege ich das Foto wieder hin. Macs Welt ist leicht sepiafarben, wie die Bilder, und das macht mich traurig. Mir wird bewusst, dass das heute das erste Mal ist. Dass ich Trauer empfinde. Wahrscheinlich ist das ein Anfang.

Lucie

Februar

Mac hat mir den Nachmittag freigegeben und versprochen, mich anzurufen, wenn sie etwas braucht. Ich bin ein wenig erleichtert, denn es fällt mir schwer, mich zu konzentrieren, wenn sie da ist. Sie murmelt immer etwas vor sich hin, zieht Bücher aus den Regalen, verbreitet Unruhe. Ich trödele ein wenig im Cottage herum, bin mir selbst im Weg und denke an alles, was ich eigentlich erledigen sollte. Ich bin jetzt über eine Woche hier und habe immer noch nicht meinen Koffer ausgepackt. Der Schmutzwäschehaufen in der Ecke des Schlafzimmers wird immer größer.

Ich stehe in der kleinen Waschküche an der Rückseite des Hauses und überlege, wie die Waschmaschine zu bedienen ist, als ich ein Auto höre. Wahrscheinlich der Postbote mit seinem unerschöpflichen Vorrat an Werbung. Ich konzentriere mich wieder auf das Bedienfeld, drücke eine Taste, und es leuchtet immerhin ein rotes Licht. Als es plötzlich an der Hintertür klopft, schrecke ich auf.

Ich öffne, und da steht er. Reuben. Der Mensch, den ich am wenigsten erwartet hätte. Der einzige Mensch, den ich sehen will. Mein Herz macht einen Sprung. Wie lange ist es her? Zwei Monate? Er ist so schmerzhaft vertraut, als wären wir nur zwei Tage getrennt gewesen, nicht wochenlang. Doch er wirkt auch fremd. Müde, ausgezehrt, angespannt, als könne er nicht aufhören, mit den Zähnen zu knirschen.

Wortlos sehen wir uns in die Augen. Wir waren immer ein Paar, das synchron atmet, so auch jetzt – unsere Körper stimmen sich aufeinander ein, passen sich einander an. Ich trete einen Schritt zurück, schramme mit meinen nackten Fersen gegen einen Weidenkorb und bemerke den Schmerz gar nicht. Reuben sieht mich unter seinem störrischen Pony hervor an, das Gesicht voller Fragen. Ich sollte ihn bitten zu gehen. *Ich kann dich nicht mehr treffen. Wir machen einen Fehler.*

Aber ich tue es nicht.

Ich sage seinen Namen, und es tut so gut, ihn laut auszusprechen. Er lächelt, und ich bin verloren.

»Komm rein«, sage ich schließlich. »Hier herrscht Chaos.«

Um mich herum herrscht immer Chaos. Mein Schlafzimmer war kaum betretbar, als ich das erste Mal mit ihm geschlafen habe. Ich musste meine Unterhosen von den Heizkörpern zerren und schmutzige Teller unter das Bett schieben. Reuben war das egal gewesen. Es ist ihm auch jetzt egal. Er geht an mir vorbei, zögert kurz, lässt mich dadurch wissen, dass er nahe genug ist, um mich zu berühren, über meinen Arm zu streichen. Mir stockt der Atem. Ich breche den Blickkontakt ab und deute mit der Hand wie eine Gastgeberin bei einer Dinnerparty. *Hier entlang. Geh einfach weiter.*

Ich folge ihm in die Küche, atme seinen besonderen Reuben-Geruch ein. Nichts Schickes, kein Designer-Rasierwasser oder so etwas, nur ein normales Deo zusammen mit etwas schwer Greifbarem. Meine Eingeweide verkrampfen sich.

»Wie hast du mich gefunden?« Ich klinge atemlos und zerstreut. Er bleibt neben dem Tisch stehen. Ich habe das Tischtuch nach Floss' Missgeschick gewaschen und wieder ausgelegt, doch ein leichter Geruch nach Desinfektionsmittel liegt noch in der Luft, der sich etwas mit den üppigen Kirschen beißt. Reuben sieht sich um, betrachtet die Regale mit den nicht zueinander passenden Keramikbechern und alten Glasflaschen. Er mochte schon immer alte Sachen.

»Ich habe in dem kleinen Café nach dir gefragt.« Er sieht mich wieder an. Er wirkt erschöpft, als wäre ihm kalt. Den taubenblauen Pullover hatte er auch an dem Tag an, an dem wir zur Küste gefahren sind. Wir aßen in einem gemütlichen Lokal zu Mittag, Fisch natürlich, und blieben den ganzen Nachmittag dort und unterhielten uns bei ein paar Glas Cider. Die Nacht verbrachten wir auch dort, in einem Zimmer unter dem Dach mit knarzendem Boden und einem alten Messingbett.

»Okay«, sage ich, »aber woher wusstest du, dass ich in Fettermore bin?«

Meine Mutter hätte es ihm ganz bestimmt nicht gesagt. Ich hatte versucht, einen klaren Strich zu ziehen. Er war in den Norden abgehauen, und ich hatte ihm nur eine SMS geschrieben: *Versuch nicht, mich zu finden. Ich kann so nicht weitermachen.*

Er will nicht sagen, wer es ihm verraten hat, sondern murmelt etwas Unverständliches, als er einen Stuhl unter dem Tisch hervorzieht. Ich bitte ihn, seine Worte zu wiederholen.

Er setzt sich und verschränkt die Hände vor sich, als wäre er in der Kirche. »Jane. Jane hat es mal erwähnt. Ich habe *wirklich* versucht, mich fernzuhalten, das musst du mir glauben.«

»Ich kann vor allem nicht glauben, dass du und Jane immer noch in *meinem* Zuhause lebt, während ich hinausgeworfen wurde.«

»Du wurdest doch nicht richtig hinausgeworfen. Du bist gegangen …«

»Um einen Job zu finden. Ja, das ist die offizielle Version, nicht wahr? Ihr haltet euch immer noch daran. Das ist so typisch für Mum. Bloß keinen Wirbel verursachen. Alles schön unter den Teppich kehren. Hat sie je etwas zu dir gesagt?«

Er sieht zu Boden und schüttelt den Kopf.

»Nein.« Ich mache eine frustrierte Geste. »Es bekommt immer die Frau die Schuld.«

»Keiner spricht von Schuld.« Jetzt wird Reuben wütend. Ich meide seinen Blick. »Es gibt keine Schuld. Manchmal verliebt man sich in den falschen Menschen.«

Liebe? Das sagt sich so leicht. Aber es reicht nicht. Jetzt, mehr als je zuvor, brauche ich Beweise. Galle steigt mir in die Kehle. Ich sitze ihm gegenüber, Quadratmeter an Kirschen zwischen uns. Was wir einander sagen wollen, ist zu bedeutend, als dass wir es hervorbrächten, weshalb wir einander nur schweigend anstarren. Er hat dunkle Ringe unter den Augen, und sein Haar sieht ungewaschen aus. Das bereitet mir eine gewisse Genugtuung, die Bestätigung, dass ich nicht allein gelitten habe. Schließlich kann ich mich zu etwas Alltäglichem überwinden: Ich biete ihm einen Kaffee an.

»Nein, danke, schon gut. Ich habe einen Cappuccino in dem Café getrunken.«

»Du hast einen Cappuccino getrunken? Ich dachte, du hättest es so eilig, mich zu finden.« Ich kratze mit dem Fingernagel über das Wachstuch.

»Ich konnte doch nicht einfach hineingehen und Fragen stellen.«

»Natürlich hättest du das gekonnt. Es ist doch nichts anderes als nach dem Weg zu fragen, oder?«

»Der Bäcker scheint sehr genau zu wissen, wo du wohnst.«

Bei seinem Tonfall schaue ich auf. Seine blauen Augen sind wie Gewitterwolken. Je nach Stimmung ändern sie die Farbe.

»Natürlich tut er das. Ich arbeite für seine Mutter.«

»Er sagte, dass du vielleicht zu tun hast und möglicherweise nicht daheim bist.«

Ich schaue auf die Uhr an der Wand. »Eigentlich arbeite ich gerade auch. Ich warte auf neue Anweisungen.«

»Das ist ein toller Job.«

»Die Mutter des Bäckers ist nicht besonders organisiert. Manchmal glaube ich fast, dass sie vergisst, dass ich hier bin.«

»Und was machst du, wenn sie sich daran erinnert?«

»Dies und das. Ich gehe mit den Hunden, kümmere mich um die Wäsche. Helfe ihr, ihre Notizen abzutippen.«

Reubens Augenbraue zuckt. Sobald man etwas Eigenartiges erwähnt, etwas Unverständliches, hebt sich die Augenbraue wie an einem Marionettenfaden. Seine Augen funkeln vor drängender Neugier. Das liebe ich an ihm. Es bringt mich zum Lächeln.

»Wissenschaftliche Forschung?«

»Literatur. Sie verarbeitet einige einheimische Sagen, die unter die Kategorie ›hinter dem Lichtkreis der Zivilisation‹ fallen. Der Stoff ist faszinierend.«

Jetzt funkeln meine Augen, und er lächelt. Voller Wertschätzung, Liebe, und ein Teil von mir schmilzt. Das darf nicht passieren. »Eine Geschichte handelt von einem blinden Geiger, eine andere von einer Frau, die sich von einem Wasserfall stürzt. Ich weiß nicht, ob sie überlebt. Der Text ist noch nicht fertig.«

Sein Blick bohrt sich in meinen. »Nein. Nein, sie ist noch nicht fertig.«

»Das dürfen wir nicht.« Meine Stimme ist kaum mehr als ein Flüstern, und ich höre selbst die lauernden Tränen.

Er steht auf. *Bitte bleib sitzen. Bitte.*

»Du kannst jetzt nicht einfach weglaufen.«

Er kommt um den Tisch herum zu mir. Ich lege den Kopf zwischen meine ausgestreckten Arme. Das Wachstuch ist kühl an meiner Wange. Ich will ihn nicht ansehen, darüber nachdenken. Ich spüre seine Hand auf meinem Haar. Seine Berührung ist tröstlich, sie elektrisiert mich jedoch trotzdem. Das Wachstuch unter meiner Wange wird feucht. »Sieh mich an.«

Seine Stimme ist leise. Er kauert sich neben mich, legt eine Hand in meinen Nacken, sie ist warm und sanft. Ich will den Kopf nicht drehen und tue es doch.

Ich weiß nicht, wer den anderen zuerst küsst. Es passiert einfach. Es gibt keine logische Erklärung. So will ich für immer bleiben, neben ihm, meine Lippen an seinen, sein Geruch in meiner Nase. Er unterbricht den Kuss, um eine Träne von der weichen Stelle unter meinem Auge wegzuwischen. Ich lächele unsicher. Wir wussten, dass das passieren würde. Sobald ich die Tür geöffnet hatte, wussten wir, dass es unausweichlich war, aber ich musste ihm wohl erst die kalte Schulter zeigen, uns beide eine Weile leiden lassen, weil es sonst zu einfach gewesen wäre. Das ist das Problem. Es war schon immer zu einfach.

Als ich aufstehe, muss er einen Schritt zurückweichen. Wir mustern uns, und ich kann meine Reaktion nicht schnell genug verbergen. Schon liegen wir einander in den Armen und umklammern uns so fest, dass meine Rippen schmerzen. Ebenso wie mein Herz. Ich kann ihn nicht gehen lassen. Ich schlinge meine Arme um seinen Hals und schmiege mich wie eine Katze an ihn. Er zittert, und die Erschütterung vibriert durch uns, und plötzlich ist nur noch das hier wichtig. Ich will ihm so viel sagen, will wüten: *Wegen dir kann ich nicht nach Hause zurück. Meine Mutter hält mich für eine Hure, und meine Schwester könnte jederzeit die Wahrheit herausfinden.*

Doch ich sage nichts davon. Ich drücke mich an ihn und flüstere ihm ins Ohr. »Dann hast du mich also vermisst?«

Er flüstert zurück: »Ich zeige dir gleich, wie sehr.«

Tief in mir ist ein Hohlraum. Ich spüre ihn, wenn ich mich hinlege und die Handflächen unter den Rippen auf den Bauch lege. Er scheint endlos zu sein; eine tiefe, grenzenlose Einsamkeit, die nur ich wahrnehme. Reuben, der jeden Teil von mir berührt hat, kann ihn nicht spüren. Und selbst wenn, könnte er das Loch niemals füllen. Er schläft noch, atmet tief und gleichmäßig neben mir. Ich liebe das Geräusch seines Atems. Mein Schenkel ist warm und feucht, wo er an ihn gepresst wird, doch ansonsten fröstele ich. Meine Hände liegen auf meinem nackten Bauch, tasten nach dem Hohlraum, untersuchen ihn. Ich drehe den Kopf auf dem Kissen. Reuben liegt am Fenster, und die Sonnenstrahlen, die durch den Spalt zwischen den Vorhängen hereinfallen, erhellen seine Nase, sein Kinn – sie sind mir so unendlich vertraut. Seine Wimpern sind lang und schwarz und flattern im Schlaf. Ich frage mich, ob er wohl träumt und wenn ja, was. Oder von wem.

Mac

Ich habe das alte Buch gefunden, nach dem ich gesucht habe: Sir Walter Scotts *Minstrelsy of the Scottish Border.* Es war wie das Treffen mit einem alten Freund – das Gefühl des staubigen Leineneinbands unter den Fingern, die festen, gelben Seiten. *Historische und romantische Balladen* lautete der Untertitel. Ein Stahlstich eines Ritters wird hinter einer Seite Transparentpapier sichtbar.

Ich hatte den Index überflogen – »Das Mädchen von Lochroyan«, »Schön Helen von Kirconnell«, »Die drei Raben« und so weiter – und schließlich bis zur Ballade »Die grausame Schwester« geblättert, wo ich zu lesen begonnen habe. Scott hatte die Geschichte von einer Dame erfahren, der sie wiederum einer alten Frau erzählt hatte. So ist das mit den Balladen – ein Fragment hier, ein, zwei Zeilen dort, und irgendwann hat man aus diesen Einzelteilen ein ganzes Bild zusammengesetzt. Ich war mit einer einfachen Version dieser Geschichte aufgewachsen und hatte jahrelang nicht daran gedacht. Bis Lucie mit ihrem Geheimnis durch meine Tür trat, das sie wie einen Koffer mit sich schleppte.

Jetzt will ich mich wieder damit vertraut machen, mit den anderen zwei Schwestern, die vor langer Zeit an der Mühle gespielt hatten. Ich schließe das Buch, lade die beiden ein, noch einmal barfuß durch meine Fantasie zu rennen.

Doch irgendwo habe ich eine Blockade, als wäre die Wasserzufuhr zur Mühle unterbrochen. Die Worte wollen nicht kommen. Etwas hält sie auf – ich glaube, weil ich das Ende bereits kenne. Die Wahrheit. Sie schillert am Rand meines Sichtfelds wie ein Eisvogel am Bach auf der Lauer.

Ja, ich sehe die beiden kleinen Mädchen vor mir, auch wenn ich nie eine eigene Tochter hatte. Ich hatte über ein zweites Kind nachgedacht, als Gesellschaft für Arthur. Jim hätte das gefallen, doch der Junge allein war schon anstrengend. Immer in Bewegung, wollte immer Aufmerksamkeit, wenn ich ihm keine geben konnte.

Er hat immer schon für sein Leben gern gebacken. Die Schulferien waren am schlimmsten. Er stand dann im Morgengrauen auf, und mein schlafumnebeltes Gehirn registrierte das Geräusch seiner kleinen Füße auf der Treppe. Sofort dachte ich an brühend heißes Wasser und Steckdosen und Streichhölzer und all die anderen Gefahren, mit denen Mütter sich quälen. Ich stand auf und stolperte in meinem Candlewick-Morgenmantel durch das kalte Haus, während in der Küche ein Stuhl über die Fliesen gezogen wurde. Dann sah ich ihn, wie er auf dem verdammten Ding balancierte und die Zutaten aus dem Küchenschrank holte. Wie groß alles in seinen kleinen Händen wirkte: weiße Zuckerpackungen, Gläser mit Rosinen, Schalen mit Kirschen. Das Mehl in einem großen Emailleeimer auf der Anrichte. Es wurde in der Mühle gemahlen.

Arthur liebte es, wenn das Mehl ausging. Er drängelte dann so lange, bis ich widerwillig sagte: »Na gut, dann gehen wir mal. Als ob ich nichts Besseres zu tun hätte.«

Dann gingen wir Hand in Hand die Auffahrt hinunter und über die Straße und den Weg entlang, während die Hunde schier wahnsinnig wurden und das feuchte Gras unsere Schuhe durchnässte. Meine Gedanken waren bei zu korrigierenden Klausuren oder meinem letzten Förderantrag oder dem Kapitel, das ich gerade zu schreiben versuchte. Arthur sah zum Himmel, hielt Ausschau nach Bussarden oder horchte auf Spechte. Manchmal tauchte eine Amsel mit weißen Federn an den Flügeln an der Mühlentür auf. Damals war Arthur ein Träumer. Ich weiß nicht, ob er heute noch genauso ist.

Auf halber Strecke hörte man es schon – das tiefe Rumpeln der Mühlsteine, das regelmäßige Eintauchen und Plätschern des Rades. Der Junge rannte los, stürzte durch die offene Tür der Mühle in den dunklen, staubigen Innenraum zu seinem Vater. Ich sehe Jim immer noch vor mir, wenn ich an die Mühle denke, wie er auf einem Sack sitzt, irgendein Werkzeug schärft oder etwas mit einem ölverschmierten Tuch reinigt. Jim hatte damals so eine Ruhe an sich, eine Akzeptanz. Er war ein echter Landbewohner, schon alt, wenn auch nicht an Lebensjahren. Verlässlich. Ich dachte, er würde immer so sein. Ich dachte, in zwanzig Jahren würde die Mühle immer noch rumpeln und Jim immer noch da auf dem Sack sitzen und irgendein Werkzeug schärfen. Wie falsch ich gelegen hatte.

Das frisch gemahlene Mehl war noch ganz puderig und roch nach Feld. Wir brachten es in einem kleinen Sack, der speziell für Arthur angefertigt war, zurück ins Haus. Kein Wunder, dass der Junge Bäcker wurde und die Familien im Ort versorgte. Ohne selbst eine Familie zu haben.

Die vertraute Unruhe treibt mich aus dem Stuhl. Die

Geschichte ist schuld. Deshalb komme ich nicht zur Ruhe, deshalb stolpert mein Herz, deshalb ist mir schlecht. In der Geschichte kommt eine Mühle vor, und diese ruft von der Buchseite nach mir, genauso wie im echten Leben, genau wie jetzt. An Morgen wie heute reißt sie mich aus meinem Stuhl. Der Stift fällt zu Boden. Das Notizbuch klappt zusammen.

Achtlos gehe ich den vertrauten Weg entlang, lasse die Haustür offen stehen, die Hunde sind in der Küche eingeschlossen und winseln. Ich versuche, nicht zu oft zur Mühle hinüberzugehen. Ich mag nicht, wie die Tür an der Steinschwelle festhängt. Man muss den großen rostigen Schlüssel im Schloss drehen und mit der Schulter gegen die Tür drücken, bis sie endlich nachgibt und über den Boden schleift. Das Geräusch geht mir durch Mark und Bein. Deshalb tut mein Arm auch so weh, ich bin mir sicher. Ich sollte in meinem Alter nicht mehr mit alten Türen kämpfen, nicht mit den Beschwerden, die ich sowieso schon habe – Schmerzen in den Armen, der Brust, dem Kiefer –, die alle auf einen bald bevorstehenden Herzinfarkt hindeuten könnten. Dieser Ort geht mir an die Nieren. Wie Saft in den Bäumen fließt etwas Zähes und Zerstörerisches in mir.

Doch jetzt bin ich hier, mit dem großen Schlüssel in der Hand. Spinnweben hängen an der Holztür und erinnern mich daran, dass ich eine Weile nicht hier war. Ich versuche mir einzureden, dass ich nur zum Lüften hier bin, um die Fensterläden aufzustoßen, vielleicht den Staub mit dem alten Reisigbesen aufzuwirbeln. Arthur hat ihn immer meinen Hexenbesen genannt. Die Dorfkinder wollen ihn sich an Halloween immer ausleihen. Doch das war vor dem Unfall. Heute will niemand mehr hierherkommen.

Das Innere der Mühle ist so grau und düster wie das Innere eines Mehlsacks. Der Boden, die weiß gekalkten Wände, die Eichenbalken – alles ist blass und leblos, als hätte sich hier in hundert Jahren nichts bewegt. Als ob das große Rad niemals knarzend zum Leben erwacht wäre, sich die Mühlsteine niemals gedreht hätten. Die Mäuse waren ausgezogen. Die Katze ist tot, die Amsel mit den weißen Federn auch schon längst. Das Gebäude ist völlig ohne Leben, und ich bin froh.

Ich steuere auf die hintere Wand zu und stoße die Läden an dem lang gestreckten Fenster auf. Rechts von mir ruhen zwei große Mühlsteinpaare. Links von mir führt eine schmale Holztreppe hinunter in den Keller. Durch das Fenster sehe ich die alte Brücke. Die schmutzige Fensterscheibe ist wie ein Filter, das Grün da draußen scheint intensiver, als es tatsächlich ist. Die Bäume sind noch kahl, doch die ersten Knospen sind schon zu sehen. Der Frühling kommt. Die Tage werden länger werden, frischer. Ich werde einen weiteren Winter überlebt haben.

Ich öffne das Fenster mit einem Knacken, und der frische Geruch nach Wasser schlägt mir ins Gesicht. Ich sauge ihn ein, weite meine Brust darum. Atmen. Ein, aus, ein, aus. Erst als ich mich beruhigt, die Kontrolle über alles habe, kann ich mich umdrehen und mich der Mühle stellen.

Lucie

In meinen Morgenmantel gewickelt, sitze ich auf der Bank vor der Hintertür. Es ist sehr früh am Morgen, und als ich mir eine Zigarette anzünde, steigt der Rauch wie frostiger Atem in die Luft. Rauchen ist eins von vielen Dingen, die ich immer heimlich getan habe. Meine Mutter hasst es. Von meinem Platz aus sehe ich nur feuchtes, wucherndes Grün. Mein Herz hämmert schmerzhaft, sonst fühle ich mich taub.

Reuben ist nur ein Jahr, nachdem er und Jane sich kennengelernt haben, im Pfarrhaus eingezogen. Sie wollten Geld für eine eigene Wohnung ansparen. Eine Hochzeit – oder zumindest eine Verlobung – wurde erwartet. Natürlich wohnte er in seinem eigenen Zimmer, schließlich war es das Pfarrhaus. Mein Zimmer lag zwischen seinem und Janes, weshalb vielleicht tatsächlich nur ich das Knarzen der Dielenbretter spätnachts hörte, dicht gefolgt vom Quietschen von Janes Matratze, wenn ich ganz aufmerksam lauschte. Ich lag in meinem Bett und schäumte. Wie konnte unsere Mutter nicht sehen, was vor ihrer Nase vor sich ging? Morgens wachte ich mürrisch und verärgert auf.

Manchmal traf ich Reuben auf dem Treppenabsatz, wir

beide nur halb angekleidet, und mein ganzer Körper errötete. Er hat es sicher nie bemerkt, weil ich immer so schnell wie möglich floh. Der Anblick von Jane und Reuben, wie sie sich bei den Mahlzeiten anhimmelten, bereitete mir Übelkeit. Ich hasse es, wie Paare wortlos miteinander kommunizieren: die hochgezogene Augenbraue, ein wissendes Lächeln, bedeutungsvolle Blicke. Wenn die beiden zusammen waren, hielten sie sich meist eng umschlungen, und aus der Sicherheit von Reubens muskulösem Arm heraus gab Jane schwesterliche Spitzen von sich. »Willst du das wirklich ins Pub anziehen?« Oder: »Du könntest ab und zu mal lächeln. Kein Wunder, dass du keinen Freund hast!«

Einmal brach Reuben aus und legte seinen Arm um *mich*. »Sei nicht so gemein«, sagte er lachend. »Ich mag Lucies mürrischen Blick. Ich mag es, wenn jemand nicht nur nett ist.« Tagelang hatte ich gegrübelt, ob er damit etwas Bestimmtes gemeint haben könnte. Hatten seine Worte eine versteckte Botschaft enthalten? War das etwa gegen Jane gerichtet, mit all ihrer Sittsamkeit, ihrem tadellosen Verhalten?

Als wir einander vorgestellt wurden, sah mir Reuben tief in die Augen – oh, wie ich mich danach sehnte. Doch meine angeborene Kratzbürstigkeit blühte in seiner Gegenwart auf. Ich sah ihn nicht an, senkte den Kopf und verhielt mich abweisend. Meine beste Selfie-Schnute, die ich vor dem Spiegel geübt hatte, wurde in Reubens Gegenwart zu einem schiefen, anzüglichen Grinsen, was weder sexy noch verführerisch war. Ich wäre so gern mehr wie *Jane* gewesen, entspannt und offen und gesprächig. Ich redete mir ein, dass der Freund meiner Schwester an mir die Dinge mochte, die eben *nicht* wie Jane waren.

Dann kam der Tag, an dem alle unterwegs waren. Jane

war mit ihrer besten Freundin und einigen Lehrerinnen auf Probe das ganze Wochenende auf einem Junggesellinnenabschied, Dad besuchte die Kranken und Bedürftigen, Mum war zum Einkaufen nach Aberdeen gefahren. Reuben hatte Bettenurlaub und saß mit ein paar Bieren im Wohnzimmer.

»Was ist Bettenurlaub?«, fragte ich und lungerte am Türrahmen herum wie das schüchterne Kind in der Grundschule.

»Zu viele Arbeiter auf der Ölplattform und zu wenig Betten. Ich habe ein paar Tage frei und mache das Beste daraus!« Er hob grinsend seine Bierflasche. Ich hatte Schmetterlinge im Bauch. »Willst du mir Gesellschaft leisten? Oder hast du andere Pläne?«

Andere Pläne? Ich? Das hier war unbekanntes Terrain. Eine Einladung, eine Entscheidung zu treffen. Damals war mir nicht klar, dass sie lebensverändernd sein würde. Ich hob das Kinn und lächelte.

»Ja, ich leiste dir gern Gesellschaft.«

»Bier oder Wein?«

»Du hast auch Wein?«

Er trat gegen die Tesco-Tüte neben seinem Bein. »Weißen. Nicht besonders kalt.«

»Das bin ich auch nicht.« Was war das denn? Flirtete ich etwa mit ihm? Ergab das überhaupt Sinn?

Er nickte in Richtung des Mahagonigläserschranks meiner Mutter. »Hol dir ein Glas.«

Das bin ich auch nicht. Ich kauerte mich neben ihn auf die Couch und sah zu, wie er mir einschenkte.

Ich nippte höflich. »Schon ganz schön warm.«

»Ich stelle ihn in den Kühlschrank.« Er wollte aufstehen,

und ich sagte viel zu schnell: »Nein.« Unsere Blicke trafen sich. »Nein, steh nicht auf.« Er stieß mit seiner Bierflasche gegen mein Weinglas und sah mir dabei weiter in die Augen.

Ich war verloren. Ich erinnere mich nicht, worüber wir sprachen. Wir lachten viel. Meine bisherigen zögerlichen Begegnungen mit dem Freund meiner Schwester hatten mich nicht darauf vorbereitet, wie warmherzig und lustig er war. Er kritisierte Jane nicht offen – wir erwähnten sie auch kaum –, doch er schien zu sehen, wie sie mich behandelte. Die abfälligen Kommentare, die bissigen Bemerkungen. Er machte einen Witz darüber, auf Janes Kosten. Während der Wein meine Kehle hinunterfloss, fand ich ein neues Ich – das sich ausdrücken konnte, selbstbewusst war, das flirten konnte.

Der Kuss bahnte sich an. Wir saßen einander zugewandt auf der Couch und hatten die Köpfe bequem gegen die Lehne gelegt. Ich hielt mein Weinglas in der Hand, er fuhr mit dem Finger über den feuchten Rand seiner Bierflasche. Ich konnte den Blick nicht von dem Finger abwenden. Unsere Knie berührten sich. Mein nüchternes Ich wäre zurückgewichen; ich dachte immer, ich fände Berührungen schrecklich.

Er schob mir das Haar aus dem Gesicht. Seine Finger waren feucht und rochen nach Alkohol. Als er mich küsste, war es das Natürlichste auf der Welt. Er schmeckte nach Bier und Burgern, doch das war genau richtig. Es gab keine Unsicherheit, keine Schüchternheit, und ich dachte nicht einmal an Jane.

Eine Amsel landet schwer vor mir und reißt mich aus meinen Erinnerungen. Ich hatte mir geschworen, nicht mehr daran zu denken. In der Hecke hatte es ein mächtiges

Gezeter gegeben, und diesen Vogel hatte man wahrscheinlich hinausgeworfen. Er sieht auch verängstigt aus. Die Federn über seinem Herzen heben und senken sich rasch. Er wirft mir einen wissenden Blick zu, und ich sage ihm, er soll abhauen.

Plötzlich wird ein grässliches Rumpeln laut, das sich durch die Sohlen meiner geliehenen Gummistiefel fortsetzt bis in die Holzbank. Zuerst klingt es wie ein Donnern, doch dann entwickelt sich ein Rhythmus, der meine Knochen vibrieren lässt. Durchbrochen wird das Dröhnen von Wasserplätschern. Da weiß ich, was los ist.

Jemand hat die Mühle in Gang gesetzt.

Ich trete die Zigarette aus und stehe auf. Die Amsel hüpft in einen sichereren Teil des Gartens, und neugierig gehe ich um das Haus herum. Wer zum Teufel ist um diese Uhrzeit in der Mühle? Und warum? Ein Teil von mir will die Mühle nicht so lebendig sehen. Der Lärm ist schuld. Das hämmernde, knarzende Rumpeln hat etwas in mir ausgelöst, hat sich in den Hohlraum in mir vorgearbeitet. Es ist unharmonisch, bringt mich aus der Fassung.

Reuben schläft immer noch im halbdunklen Cottage. Plötzlich wird mir schmerzlich bewusst, was ich zu tun habe.

Mac

Das kleine, rechteckige Fenster in dem dunklen Keller ist mit Schmeißfliegen übersät, die alle zum Licht hindrängen. Ihr hektisches Brummen und Surren ist sogar über dem Stöhnen und Rumpeln der Zahnräder zu hören. Ich höre auch, wie Arthur von der Tür aus nach mir ruft. Ich weiß, ich sollte ihm antworten, doch hier unten im Keller kann ich meine Füße nicht bewegen. Ich weiß nicht, wie lange ich hier stehe und den Schmeißfliegen zuschaue.

Hier unten kommt das Mehl schließlich aus dem Mahlwerk, rinnt über eine Holzrutsche in einen Jutesack. Hier ist alles zu Ende. Staub zu Staub. Diverse Geräte sind hier unten versammelt: Siebe und Fächer und andere Dinge, die rattern und hüpfen; eine grob gehauene Holzwand, die das funktionale Ende der Mühle abschirmt; Zahnräder und Getriebe, Hebel und Rollen und Stahlwellen, die so dick wie ein Männerarm sind; der Mechanismus, der das Wasser über das Mühlrad in Energie verwandelt.

Die unaufhaltbare Kraft der Mühle lässt die Holzwand vibrieren. Ich muss es nicht sehen, um zu wissen, wozu sie fähig ist.

Dieser Moment vor fünf Jahren ist in meine Sinne eingebrannt. Ich rieche immer noch einen Geist in der Anlage. Blut und Öl und Reibung. Etwas, das den Ablauf behindert. Ich höre ein Ungleichgewicht, die Räder greifen falsch ineinander. Wenn ich zu Boden schaue, links von der Holzwand, sehe ich Jims staubigen Arbeitsstiefel. Ich stürze hin, will ihn aufheben, als ob das alles richten würde, als ob ich den Horror aufhalten könnte, indem ich Ordnung schaffe. Sein Fuß steckt noch in dem Stiefel.

»Ma? Was machst du?« Beine werden auf der steilen Treppe sichtbar, ein Oberkörper. Arthur beugt sich hinunter, um in den dunklen Raum zu spähen. Weiter wird er nicht gehen. »Ma, komm wieder hoch. Ich werde das Wasser abdrehen.«

Er verschwindet. Ich will ihm von den Schmeißfliegen erzählen, doch ich bin wie gelähmt. Erst als das Wasser versiegt, kann ich mich wieder bewegen. Ich höre, wie er den Hebel oben umlegt. Alles wird langsamer. Schmerzhaft kehrt das Leben in meine Beine, meine Hüften zurück. Ich reibe meine Arme. Zwischen meinen Schulterblättern ist eine Stelle, die kalt ist und schmerzt, als ob man mir dort ein Messer in den Rücken gerammt hätte. Das Wasser läuft wieder an der Mühle vorbei, und das Rad wird langsam zum Stillstand kommen, wie ein verlassenes Karussell. Hier unten kommt die Anlage zuckend zum Stehen. Bis auf das Summen der Fliegen herrscht Stille.

Arthur wartet am Kopf der Treppe auf mich. Er ist wütend. Er mag es nicht, wenn ich hier im Keller bin, und seine Mundwinkel verziehen sich nach unten, als ich ihm von den Schmeißfliegen erzähle.

»Igitt. Wahrscheinlich liegt eine tote Ratte unter den Bodenbrettern. Ich besorge Insektenspray.«

Besorgen wird er es, aber nicht damit nach unten gehen.

»Lucie soll das machen«, sage ich.

»Das geht nicht«, wendet er ein. »Du kannst ihr nicht die ganzen schmutzigen Arbeiten übertragen. Außerdem hat sie Besuch. Gib mir den Schlüssel.« Er streckt mir seine große Hand hin, und ich überlasse ihm den Schlüssel. Wenn es nach Arthur ginge, würde er ihn in den Teich werfen.

»Seit wann?« Ich sehe ihn scharf an. »Sie hat nie erwähnt, dass sie jemanden erwartet.«

»Seit gestern.« Wir treten in den hellen, kalten Sonnenschein, und Arthur kämpft mit dem Schloss. »Und ich glaube auch nicht, dass sie ihn erwartet hat.«

Ich sauge die frische Luft tief in die Lungen. Staub klebt in meinen Nasenlöchern, meine Augen brennen. »Was? Sie hat mir gegenüber nie einen Freund erwähnt. Wehe, sie zündet irgendwelche verdammten Duftkerzen an.«

Arthurs Lippen zucken. Er will mit dem Schlüssel davongehen, doch ich strecke betont die Hand danach aus. Jetzt sehe ich es: ein fremdes blaues Auto, das ein wenig abseits geparkt ist. Hinter dem Cottage fällt der Boden steil ab. Irgendein früherer Müller hat den Abhang in einen Steingarten verwandelt, mit den größten Steinen, die er am Strand finden konnte. Im Sommer ist er wunderschön, mit den ganzen Grasnelken, dem Lavendel und den blassen kristallfarbenen Steinen. Heute wirkt er trotz der Schneeglöckchen verlassen. Das blaue Auto steht irgendwie lauernd da. Ich schnaube missbilligend durch die Nase und löse so Mehl und Staub.

»Er hat im Café nach ihr gefragt. Hat einen Cappuccino bestellt.«

»Einen Cappuccino? Vater? Bruder?«

Arthur schüttelt den Kopf. »Definitiv ein Freund.«

Als wir am Cottage vorbei Richtung Weg gehen, erhasche ich einen Blick auf Lucie am anderen Ende des Gebäudes. Sie ist ein Stück entfernt, scheint aber einen Morgenmantel und Gummistiefel zu tragen. Eine Gestalt tritt aus dem Haus. Ein Mann, vollständig angekleidet. Selbst von hier aus spürt man die Spannung zwischen den beiden, und Arthur packt meinen Ellbogen und zieht mich weiter, als wären wir in einem düsteren Eck der Stadt auf ein paar Schläger gestoßen.

»Das ist ihre Angelegenheit, Ma. Misch dich nicht ein.«

Ich schüttele seine Hand ab, gehe aber weiter. »Sie ist ein Buch mit sieben Siegeln. Das hat noch nie ein gutes Ende genommen.«

Lucie

Ich habe Reuben gesagt, dass er fahren und keinen Kontakt mehr zu mir aufnehmen soll. Er sah den Schmerz in meinen Augen und nickte. Nur das. Ein Nicken, eine Bestätigung.

»Du weißt, dass ich dich liebe, oder?«

»Wie kannst du das sagen? Wie kannst du mich lieben und mit ihr zusammen sein?«

»Ich soll mich für dich entscheiden und deine Familie auseinanderreißen? Willst du das wirklich, Lucie?«

»Nein! Nein.« Ich wandte mich ab und schlug die Hände vors Gesicht. Meine Haut glühte. »Ich weiß gar nichts mehr. Ich bin so müde. Ich will das alles nicht mehr. Es wird sich sowieso nichts ändern, also geh bitte einfach.«

»Also gut. Ich verschwinde.«

Ich ging ins Haus zurück, lauschte seinem Ärger aus sicherer Entfernung: das Schlagen der Autotür, der laufende Motor.

Lange stand ich so und umklammerte den Rand der Tischplatte. Das Wachstuch war feucht unter meinen Handflächen, die Kirschen verschwammen hinter meinen Tränen. Ich wollte sie zurückhalten, doch sie rannen mir trotzdem über die Wangen. Ich brach innerlich völlig zusammen, als ob Reuben mich zusätzlich auch noch überfahren hätte. Das Geräusch des Motors, als sich der Wagen röhrend die Straße entlang entfernte, blieb mir noch lange in den Ohren.

Ich muss hier raus, muss den Schmerz aus mir herauslaufen, muss mich bewegen. Der Mühlteich ist das nahe liegendste Ziel, auch wenn ich kein gutes Verhältnis zu Wasser habe. Ich habe mich immer dagegen gewehrt. Meine alte Schwimmlehrerin kommt mir in den Sinn: Agatha Trunchbull in ihrem Jogginganzug. Sie hatte mir versichert, dass ich auf dem Wasser treiben würde. *Jeder treibt!* Ach ja? Das Wasser drückt gegen meine Brust, presst den Atem aus mir heraus, das Chlor brennt in den Augen, in der Kehle. Als ich mich Richtung Rand stürze, schlägt das Wasser über meinem Kopf zusammen. Nicht jeder treibt.

Ich werde nie schwimmen können. Damals habe ich immer eine Krankheit vorgetäuscht. Ich habe meiner Mutter gesagt, ich hätte eine Warze oder meine Periode. Sie hat, glaube ich, nie kapiert, dass meine Warzen unglaublich hartnäckig waren und meine Periode ungesund lang. Ich habe nie schwimmen gelernt. Und jetzt ertrinke ich.

Ich folge dem Zulauf entlang zum Mühlteich. Mac hat mir die Wasserführung erklärt, und ich denke, wenn Menschen so schlau sind, dass sie das alles entwerfen können, dass sie sich die natürliche Neigung des Bodens für ihre technischen Bedürfnisse zunutze machen können, warum versuchen wir dann immer, gegen den Strom zu schwimmen?

Ich setze mich auf eine kalte Holzbank am Teich. Ein dünner Streifen Gebüsch schirmt mich von dem Bach ab, der hinter mir in die Mulde bei der Mühle hinabfließt. Ich lasse mich von seinem sanften, endlosen Plätschern einlullen. Der Teich vor mir ist zu still für meine momentane Stimmung. Der Pegel ist gesunken, rötlicher Schlamm bildet das Ufer. Ich sehe die Schleuse am anderen Ende, wo der Teich in den Zulauf zur Mühle übergeht. In meiner Vorstellung folge ich dem Lauf, wie er neben dem Weg entlangfließt, bis hinunter zur jetzt wieder stummen Mühle.

Die Bäume am anderen Ufer lassen ihre Äste ins Wasser hängen. Sie sehen aus wie die Arme alter Frauen, grau und sehnig, wie sie bis zu den Ellbogen in Spülwasser verschwinden. Ihre Spiegelbilder ruhen im Morgenlicht auf dem Wasser. Alles stagniert, ist ausgesetzt, und so fühle ich mich auch, nachdem der erste brutale Schmerz ein wenig abgeklungen ist.

Das Wasser erweckt andere Erinnerungen zum Leben. Wie Janes fürchterliche Poolparty. Sie war zwölf, ich ein Jahr älter. Mit dreizehn zeigt man sich ja so gern im Badeanzug in der Öffentlichkeit. Meine Mutter hatte natürlich darauf bestanden, dass ich zu der Party ging. »Verdirb ihr nicht den Spaß.« Das war immer das Mantra in unserem Haus gewesen. *Verdirb es nicht.* Wieder täuschte ich eine Krankheit vor und hing die ganze Zeit in Schwarz gekleidet auf der Zuschauertribüne herum und futterte Chips, während Jane und ihre Freundinnen im Becken unter mir herumsprangen und kreischten. Ich verdarb niemandem den Spaß, weil sich sowieso niemand um mich kümmerte, und das wurde schließlich zu einer Art Muster: Ich sah dem Leben von der Zuschauertribüne aus zu. Bis Reuben mich bemerkte.

Wenn ich die Augen schließe, sehe ich immer noch den ersten Moment unseres Kennenlernens vor mir, spüre immer noch den Blitz, der mich durchfuhr, als wir uns zum ersten Mal ansahen. So schön und so schmerzlich. Ich sehe Reubens Lächeln vor mir, seine Neugier. Erinnerungen durchzucken mich wie Funken. Zögernd öffne ich die Augen und bin wieder am Mühlteich, auf der kalten Bank, auf der ich in meiner dünnen Kleidung zittere.

Ich ziehe die Jacke enger um mich und stehe auf. Meine Hüften sind kalt und taub. Ich weiß, dass ich zurückgehen muss in das leere Haus, das nicht mein Zuhause ist, einen neuen Tag beginnen muss. Tränen laufen mir wie Frühlingsregen über die Wangen. Es hat etwas Reinigendes, sie einfach herabtropfen zu lassen bis auf den Boden, wo ich auf sie trete. Ohne erbärmliche Schluchzer, ohne Schniefen. Einfach nur ein steter Strom an Hoffnungslosigkeit, als ich dem Zulauf zurück zum Cottage folge. Die Verwundbarkeit fließt unaufhörlich aus mir, wie der Mühlbach, der nach unten stürzt, immerzu.

Eine Tüte hängt am Türgriff, und Arthur wendet sich gerade zum Gehen.

»Hey«, sagt er. »Ich dachte, du wärst unterwegs.«

»Nein.«

Sein Lächeln wird unsicher. Arthur wirkt kühl, skandinavisch: Haut, Haare und Brille leuchten in Goldtönen, seine Augen sind stechend blau. Sand und Himmel. Ich frage mich, ob er lieber im Freien arbeiten würde als in einer heißen, verschwitzten Küche.

»Ich habe dir ein wenig Gebäck gebracht. Es ist von gestern, aber ich hasse es, wenn ich etwas wegwerfen muss.«

»Hör mal, ich esse keinen Kuchen.«

»Das solltest du aber. Kuchen macht glücklich.«

»Was willst du damit sagen? Dass ich nicht glücklich bin? Ich sprudele doch geradezu vor Glück, sieht man das nicht?« Ich dränge mich an ihm vorbei, reiße die Tüte vom Türgriff und schließe auf. Ich werfe ihm einen kurzen Blick zu und sehe den Schatten, der über sein Gesicht huscht.

»Soll ich es dann wieder mitnehmen?«

Ich fühle mich wie der letzte Dreck. Meine Hände sind zu Fäusten geballt, die Nägel schneiden in die Handflächen. Ich weiß, ich sollte mich entschuldigen, doch ich bringe nichts Nettes über die Lippen.

»Ist mir egal.« Ich ziehe den Kopf zwischen die Schultern und öffne eine Hand, sehe die roten Halbmonde meiner Fingernägel in der Haut. »Lass es da. Ich esse heute Abend etwas davon.« Zwei Gebäckstücke sind in der Tüte – Fudge Doughnuts. Vielleicht hatte er gehofft, dass wir sie bei einer Tasse Tee gemeinsam essen? Auf gar keinen Fall.

Ich murmele einen Dank und schließe die Tür. Dann lehne ich mich eine volle Minute mit dem Rücken dagegen. Ich sehe sein rundes, gutmütiges Gesicht vor mir, auf dem sich der Ärger über mein Verhalten abzeichnet. Das bin nicht ich, dieser unfreundliche Mensch, der auf wohlmeinende Bäcker losgeht. Ich schäme mich. Ich hole zitternd Luft und öffne die Tür, um mich zu entschuldigen. Ausführlich. Doch Arthur ist weg, zusammen mit seiner schlechten Meinung von mir.

Mac

Stellt euch vor, wie Bella ihre Schwester an der Hand hinter sich herzieht. Sie ist größer, als gut für ein Mädchen ist, mit langen Gliedmaßen und spitzen Ellbogen, die aus zu kurzen Ärmeln herausragen. Sie hat dunkle Haare und blasse Haut, ganz anders als Elspeth, die ein Jahr jünger ist, mit rosigen Wangen und blondem Haar. Ihr Vater glaubt, dass aus ihr einmal eine Herzensbrecherin wird. Die Köchin hat einmal gesagt, Elspeth könne kein Wässerchen trüben, doch aus dem Marmeladentopf hat sie sich sicher mehr als einmal bedient. Nur Bella weiß, dass Elspeth es faustdick hinter den Ohren hat. Sie zieht als Erste die Strümpfe aus, um im Bach zu planschen, und geht abends als Letzte ins Bett, weil ihr reger Geist nicht zur Ruhe kommt. Sie plappert über alles und jeden, spioniert an Schlüssellöchern und hält sich immer dort auf, wo sie nicht sein darf.

Ich habe den ganzen Morgen geschrieben, und als die Sonne die kühle Luft erwärmte, beschloss ich, in den Garten zu gehen. Dort stöbert mich Arthur dann auf, der schon wieder aus welchem Grund auch immer vorbeischaut. Sein zweiter Besuch an einem Tag. Ich habe den Verdacht, dass er Gründe erfindet, um nach mir zu sehen.

»Ich hätte beim Bewerbungsgespräch mit ihr dabei sein sollen.« Er fährt sich mit der Hand durchs Haar, und ich sehe ein paar graue Strähnen an seinen Schläfen. Man vergisst leicht, dass man nicht als Einzige altert.

»Du könntest mit ihr zum Strand gehen«, sage ich leichthin, und er antwortet nur mit diesem seltsamen Schnauben, ganz wie sein Vater.

»Bist du verrückt? Sie ist unglaublich unfreundlich. Ich habe ihr heute Morgen etwas Gebäck gebracht, und es hat nicht viel gefehlt, dass sie es mir ins Gesicht geschleudert hätte.«

Ich bürste gerade die Hunde in meinem Küchengarten, wie ich ihn optimistisch nenne, auch wenn ich schon seit Jahren nichts mehr angepflanzt habe. Heute besteht er aus kargem Ödland, um die vernachlässigten Furchen herum ist die Erde hart und trocken.

»Eine Pause vom Alltag könnte ihr guttun.«

»Was für ein Alltag?« Arthur sieht mich auf seine übertriebene Art an, die Augenbrauen bis über den oberen Brillenrand hochgezogen wie gotische Mauerbögen. »Wo ist sie gerade? Und was tut sie?«

Floss winselt unter meinen Händen. Haarbüschel schweben in der Luft, treiben wie Distelwolle auf kalten Luftströmen und sinken Sekunden später Richtung Boden, wo sie sich an Gräsern verhaken oder schließlich zertrampelt werden. Es gibt nichts Schlimmeres als feuchte, frei fliegende Hundehaare, aber besser hier draußen als im Haus. Mit meinen ganzen Schmerzen kann ich den Staubsauger nicht mehr so energisch herumschieben wie früher.

Ich konzentriere mich auf einen Knoten im Fell an Floss' Ohr. »Natürlich haben wir einen Alltag. Lucie ist im Arbeitszimmer, an diesem teuflischen Gerät – lädt etwas herunter oder ab oder was auch immer. Ich habe ihr gesagt, dass sie danach für heute aufhören soll. Sie wirkte aufgewühlt. Was?« Ich erwidere abwehrend seinen Blick.

»Du wirst noch weich im Alter!« Arthur schüttelt den Kopf auf diese irritierende Art, wie es nur die eigenen Kinder können.

»Aber zum Glück nicht im Kopf. Was willst du überhaupt?«

Arthur stößt den Atem aus. Er ist wirklich wütend, und seine Nase ist rot vor Kälte. Er verbringt definitiv zu viel Zeit neben einem heißen Ofen. Ein Spaziergang am Strand würde ihm guttun.

»Du hast nicht zufällig ein paar Papierhandtücher irgendwo gehortet? Und Sultaninen?«

Wir gehen in die Küche. Ich schließe die Hintertür, um die Hunde noch ein bisschen länger auszusperren.

»Schau mal im Vorratsschrank, dort müssen Sultaninen sein. Habe ich vor einer Weile Sirenen gehört? Ich habe die Vogelhäuschen aufgefüllt, und ich bin mir sicher, dass ein Rettungswagen die Straße entlanggerast ist.«

Arthur wühlt bereits in meiner Vorratskammer. Eine dieser kalten, grün gestrichenen Kammern, die immer nach Käse riechen. Früher hätte hier ein Schinken von der Decke gebaumelt oder die Sahne in großen, flachen Schalen gezogen. Seine Stimme klingt wie ein Echo.

»Soweit ich weiß, ist ein Auto bei der scharfen Kurve von der Straße abgekommen. Es waren einige Polizisten dort, als ich vorbeigefahren bin. Es muss den Zaun durchbrochen und auf die Wiese gefahren sein.«

»O je. Die Kuhweide vom alten Clark? Das wird ihm überhaupt nicht gefallen.«

»Er ist doch immer schlecht gelaunt.« Arthur taucht mit

vollen Armen aus dem Schrank auf. »Ich habe auch etwas Zucker genommen und das starke Vollkornmehl, das ich dir vor einer Weile gekauft habe. Du hast es bisher nicht benutzt.«

Sein Gesicht ist angespannt, wie immer, wenn er von Mehl spricht. Wir sollten eigentlich kein Mehl kaufen müssen, wo doch eine Mühle auf der anderen Straßenseite steht, doch der Tod hat ihn um sein Mehlerbe betrogen. Natürlich sprechen wir nicht darüber.

»Bedien dich nur«, bemerke ich trocken.

»Ich muss los. Sei nicht zu nachsichtig mit Lucie. Sie ist hier, um zu arbeiten.«

»Ich habe dir doch gesagt, sie tippt meine Notizen ab, aber … ich komme gerade nicht so recht voran. Und außerdem …« Ich halte immer noch den Metallkamm für die Hunde in der Hand. Geistesabwesend zupfe ich Haarbüschel ab und werfe sie in den Abfalleimer. »Sie wirkt so traurig.«

Arthur packt die Sachen in eine Tragetasche. »Das ist nicht dein Problem! Sie hat dir nicht einmal von ihrem Freund erzählt, oder? Auf mich wirkt sie ein bisschen hinterhältig.«

»Sie ist nicht *hinterhältig*.« Ich schüttele den Kopf, die Stirn gefurcht wie der vernachlässigte Garten. »Ich glaube, er war ein Geist aus der Vergangenheit, mit dem sie nicht gerechnet hat.«

»Sie schien aber auch nichts dagegen zu haben, schließlich war er die ganze Nacht bei ihr. Vielleicht gibt es mehrere? Wir wissen viel zu wenig über sie, und mir gefällt die Vorstellung überhaupt nicht, dass hier fremde Männer herumhängen. Ich hoffe, du vergisst nicht, nachts abzuschließen.«

Ich massiere meinen unteren Rücken. »Ich bin mir sicher, sie ist nicht der Typ … Sie ist so ruhig. Wahrscheinlich nur eine alte Flamme. Es ist sinnlos, alte Geschichten wieder aufzuwärmen, das werde ich ihr sagen. Der Strand würde ihr guttun.«

Arthur wehrt meine Bemerkung mit der Handfläche ab und dreht sich weg. »Stille Wasser sind tief. Hör auf, deine Nase da hineinzustecken, Ma. Ich muss mich jetzt um mein Geschäft kümmern.«

Arthur wirft mir einen aufgebrachten Blick zu, und ich weiß, dass das Gespräch beendet ist. Zumindest für den Moment.

Lucie

Sie sitzen auf der grasüberwachsenen Bank und werfen Fruchtstände aufs Wasser, die wie kleine Schiffe den Bach hinabtanzen. Bella hat in letzter Zeit viel über Männer nachgedacht, über Heirat. Sie fragt ihre Schwester, ob sie mit jemandem verheiratet werden wolle, und Elspeth sagt: »Ja, zur rechten Zeit.« Doch wann ist das? Woher weiß man das? Und Elspeth sagt: »Nun, ich *werde es wissen, weil du als Erste heiraten musst. Die Älteste ist immer zuerst dran.« Bella denkt darüber nach. Doch was, wenn Elspeth, die Jüngere, zuerst jemanden kennenlernt? Was ist dann? Bella hat viele Fragen und keine Antworten. »Glaubst du, wir sind jetzt im richtigen Alter, um vermählt zu werden?« Elspeth zuckt mit den Schultern, als wäre es ihr egal, und zupft weiter Blütenblätter von einem Gänseblümchen. Sie denkt ein wenig länger darüber nach und sagt schließlich: »Aber das entscheiden ja nicht wir, oder?«*

Ich lehne mich zurück und massiere meinen steifen Nacken. Ich wäre gern Schriftstellerin. Als Teenager habe ich Tagebuch geschrieben. Jedes Jahr schenkte mir meine Mutter zu Weihnachten ein schmales rosa- oder lilafarbenes Buch, das viel zu sittsam für Gedanken wie meine war. Auch wenn ich noch Jungfrau war und keinen Freund hatte, hätte meine Fantasie meine Mutter über Nacht ergrauen lassen. Ich schrieb daher so zensiert in mein Tagebuch, als würden mir meine Eltern über die Schulter blicken. Es enthielt langweilige Ausführungen über die Jungs in der Schule, die mir gefielen – das änderte sich jede Woche – oder über einen unerreichbaren Filmstar oder Rockmusiker. Wenn es jemand heimlich gelesen hätte, hätte er nur gekichert oder den Kopf geschüttelt. Meine wahren Gedanken und Gefühle blieben in meinem Kopf, unzensiert, ohne Scham.

Als ich mit vierzehn meine Jungfräulichkeit an Robert Guthrie verlor, war mein Urteil nicht in meinem Tagebuch zu lesen. *Das soll es also gewesen sein? Darum wird so ein Aufstand gemacht, dieses trockene, schmerzhafte Fummeln?* Es hat mich lange abgeschreckt, und ich habe nur ein oder zwei andere Experimente gewagt, die ich alle wahrscheinlich mit drei Sternen bewerten würde. Bis Reuben kam.

Nach diesem betrunkenen Nachmittag auf der Couch, dem ersten Kuss, dachte ich kein einziges Mal an Jane. Es war seltsam. Das mit Reuben – es war einfach so perfekt, dass ich nie darüber nachdachte, wie Jane zu *uns* passte. Es gab ein neues Uns, und für mich war das die Realität. Jane war meine Fantasieschwester, die ich in eine dunkle Ecke meines Gewissens verbannt hatte. Ich holte sie nie ans Licht. Vielleicht war das meine Art, damit zurechtzukommen. Vielleicht bin ich aber auch einfach nur ein schlechter Mensch.

Am Tag nach dem Kuss musste ich jedenfalls wie immer zur Arbeit im Do-it-yourself-Shop gehen. Mrs. Black sah mich neugierig an, wahrscheinlich weil ich gar nicht mehr aufhörte zu lächeln. Ich verhielt mich völlig irre. Ich grinste sogar den mürrischen alten Mann an, der einen batteriebetriebenen Wecker zurückbrachte. »Er funktioniert nicht«, knurrte er. »Ich bin zu spät zu meinem Bowlingmatch gekommen.«

»Haben Sie eine Batterie eingesetzt?«, fragte ich freundlich.

Er starrte mich an. »Sind Batterien denn nicht dabei?«

Ich deutete auf die kleine Schrift auf der Schachtel. »Tut mir leid, nein, aber ich kann Ihnen eine Batterie verkaufen.«

Der Mann fluchte, verlangte sein Geld zurück und ging schnaubend davon. Ich lachte und speicherte die Begegnung ab, um sie Reuben später zu erzählen. Wir würden gemeinsam darüber lachen. Doch je weiter der Tag voranschritt, desto kälter wurde mir. Was, wenn es das gewesen war? Ein betrunkener Kuss, der nichts bedeutete? Ich hatte Reubens Nummer nicht, ich wusste nichts über seine weiteren Pläne. Vielleicht saß er schon in einem Helikopter zur Bohrinsel? Wir hatten uns nicht einmal verabschiedet. Tränen drohten mich wie eine schwarze Wolke zu überwältigen, und ich musste sie mit aller Gewalt zurückdrängen. Mrs. Black ließ mich nicht aus den Augen, und ich versteckte mich lange auf der Toilette. Schließlich putzte ich mir die Nase und ging zum Tresen zurück. Und da war er. Reuben. Er untersuchte ein paar Dübel.

»Besuch für dich«, sagte Mrs. Black spitz. Ich strahlte. In Reubens Augen flackerte diese ganz besondere Hitze, die er nur bei mir zeigte. Mrs. Black zog sich steif in ihr Büro zurück, und Reuben holte sein Handy hervor.

»Mir ist aufgefallen, dass du meine Nummer gar nicht hast«, sagte er und tippte etwas ein. Er sah auf und raubte mir damit den Atem. »Wir müssen wirklich in Verbindung bleiben.«

Meine Gedanken wandern zurück in die Gegenwart, und mir wird bewusst, dass ich einen Bleistift zwischen den Fingern drehe. Er ist seltsam flach und sieht aus, als wäre er mit einem Messer gespitzt worden. Mein Vater hatte auch so einen. Er nannte ihn Zimmermannsbleistift. Behutsam stecke ich ihn hinters Ohr. Es fühlt sich unnatürlich an, nicht fachmännisch. Ich frage mich, zu wessen Ohr er wohl gehört hat. Vielleicht Macs totem Mann. Ich stelle mir vor, wie er seine Arbeiten systematisch erledigt, Bücherregale zusammengezimmert, Maschinen repariert hat. Wie er mehlbestäubt aus der Mühle kommt, um sich einen Moment in den Sonnenuntergang zu setzen.

Wenn so eine tröstliche Gegenwart aus dem eigenen Leben gerissen wird … Ich kann mir nicht vorstellen, wie Mac sich gefühlt haben muss. Wie es ihr immer noch damit geht. Vielleicht schreibt sie deshalb, um die Lücke zu füllen. Als Reuben bei uns einzog und mir klar wurde, dass meine Gefühle für ihn sehr viel stärker als erlaubt waren, begann ich ernsthaft zu schreiben. Ich schrieb über meine Gefühle, wenn ich ihn sah, die lähmende Schüchternheit, die Unbeholfenheit. Wie er aussah, was er sagte. Wie ein Anwalt dokumentierte ich unsere Unterhaltungen. Welche Worte er verwendete, wie sie sich auf mich bezogen. Manchmal dachte ich mir, dass ich alles falsch verstanden hätte, dass ich zuerst so bedeutungsvoll klingende Sätze falsch interpretiert hätte. Natürlich hatte er es nicht so gemeint. Ich las etwas hinein, drehte alles so hin, dass er mich meinte, wo seine Worte doch für Jane bestimmt waren.

Ich dachte, ich könnte alles aus mir herausschreiben, mich reinigen, und niemand müsste es je erfahren. Reuben war der Freund meiner Schwester. Er war meine heimliche

Liebe. Eine Fantasie. So redete ich mir Reuben lange Zeit aus. Ich sagte mir, dass ich mir sein Interesse an mir nur einbildete. Wenn seine Augen ein wenig dunkler loderten, wenn er mich ansah … vergiss es. Hör nicht auf deine Intuition. Ignorier dein Bauchgefühl. Warum sollte er sich überhaupt für mich interessieren, die langweilige ältere Schwester?

Manchmal muss man seine Gefühle einem weißen Blatt Papier anvertrauen, um sie zu ordnen. Als Sicherheitsventil, schätze ich. So kann man den Druck ablassen, wenn man es so nennen will, diesen tief sitzenden Schmerz. Ich finde einen alten Zettel und kritzele fünf Minuten lang wild mit dem fetten Bleistift drauflos. Worte. Manche bedeutungslos, manche aus so tiefstem Herzen, dass ich sie nicht lesen kann. Ich verabschiede mich von Reuben.

Als ich einen Punkt setze, vibriert mein Handy in der hinteren Jeanstasche. Ich ziehe es heraus und werfe einen Blick auf das Display. Der Name meiner Schwester leuchtet auf: Jane. *Jane, Jane!* Wie immer nagen die Schuldgefühle an mir. Mein Daumen schwebt über dem Display, und rasch gehe ich im Geist durch: Bin ich noch im Bett? Nein. Bin ich angezogen? Ja. Reuben ist nicht hier? Ja.

»Hallo?«

»Lucie, ich bin's.« *Schnief.* Weint sie? Warum weint Jane?

»Reuben. Er hatte einen Autounfall.«

Meine Beine geben unter mir nach. Ich sinke in Macs Lederstuhl und bringe kein Wort hervor.

»Lucie? Bist du noch dran? Hast du mich gehört?«

»Ja, ja.« Ich kann nur krächzen. »Wie … schlimm ist es? Ist er …?«

»Sie haben ihn ins Ninewells Hospital gebracht. Ich …

ich weiß noch nichts. Ich weiß nicht mal, was er überhaupt in Dundee gemacht hat. Ich dachte, er wäre in Aberdeen. Er ist bewusstlos. Ich bin gerade auf dem Weg zu ihm, Dad fährt mich. Lucie, kann ich bei dir bleiben? Ich muss in seiner Nähe sein.«

Mir stockt der Atem. Mein Herzschlag pulsiert in den Ohren. »Natürlich«, höre ich mich antworten. »Natürlich musst du in seiner Nähe sein. Wo genau ist der Unfall passiert?«

Sie weint jetzt ganz offen. Sie kann nicht mehr weitersprechen, sagt sie, aber sie wird mich anrufen, sobald sie mehr weiß. Sie legt auf. Ich bin froh. Ich traue meiner Stimme nicht.

Mac

»Natürlich müssen Sie ins Krankenhaus. Arthur fährt Sie hin, nicht wahr, Arthur?«

Arthur bleibt der Mund offen stehen, doch er widerspricht nicht, schüttelt vielleicht kaum merklich den Kopf. Er nimmt seine dünne Brille ab und putzt sie am T-Shirt-Saum. Das macht er immer, wenn er nervös ist; es ist mir schon oft aufgefallen. Das Mädchen zittert, und eine gewisse Zärtlichkeit ergreift von mir Besitz. Letztes Jahr wurde Jethro im Dorf von einem Auto angefahren (meine Schuld, ich hätte ihn anleinen sollen) und musste zum Tierarzt. Er sah so bemitleidenswert aus, dass ich fast schon den Tränen nahe war. Ich halte diese ganze Rührseligkeit, von der wir umgeben sind, nicht aus. Wenn man den Fernseher einschaltet, weint jemand oder zündet eine Kerze an. Tränen und brennende Kerzen sind die Geißeln der modernen Gesellschaft. Doch gegenüber dem Hund empfand ich eine gewisse *Mütterlichkeit,* und so geht es mir jetzt auch mit dem Mädchen. Sie ist weit weg von Eltern und Zuhause, und jetzt das. Die Schwestern müssen sich wohl doch nahestehen, wenn sie der Unfall so erschüttert.

Sie steht immer noch neben meinem Schreibtisch, als

wisse sie nicht, wohin sie gehen soll. Hinter ihr sehe ich eine meiner Geschichten auf dem Computerbildschirm. Ich hoffe, sie verschwindet nicht im Äther.

»Schon gut.« Ich tätschele ihre Schulter. »Kopf hoch, Liebes. Arthur bringt Sie ins Krankenhaus. Aber zuerst speichern Sie bitte das Wieheißtesnoch, ja? Damit es nicht verloren geht.«

Sie drückt etwas auf der Tastatur, und meine Geschichte wird kleiner und verschwindet. Arthur nimmt ihre Jacke von der Rückenlehne und hält sie ihr an den Schultern hin wie ein Gentleman. Lucie schlüpft natürlich nicht mit den Armen hinein, sondern reißt sie ihm fast trotzig aus den Händen und zieht sie allein an.

Nachdem sie gefahren sind, stehe ich noch einige Minuten da und lausche den lauten Westminsterschlägen von der Uhr auf dem Fensterbrett. Das Arbeitszimmer fühlt sich anders an. Es ist seltsam, wenn sich jemand Fremdes in der eigenen gewohnten Umgebung aufhält, die eigenen Sachen durchsieht, selbst wenn man ihn dafür bezahlt. Ich habe mich wahrscheinlich daran gewöhnt, mit mir allein zu sein. Nach Jim … Eine Weile dachte ich, ich sollte mich nach jemand Neuem umsehen. Vielleicht einem älteren Gentleman in flaschengrünem Pullover und Baumwollhosen. Ein Fernglas hinge ständig um seinen Hals, und er würde gern wandern. Und er mochte Hunde. Doch er ist nie aufgetaucht. Meine Mutter hat immer gesagt, dass Menschen nicht fürs Alleinsein geschaffen sind, auch wenn es verflixt schwer ist, mit jemandem zusammen zu sein. Ich bleibe am Schreibtisch stehen, an derselben Stelle wie Lucie zuvor. Der Laptopbildschirm ist schwarz. Jim sieht mir aus dem Bilderrahmen entgegen.

Lucie ist auch nicht ordentlicher als ich. Mein Schreibtisch ist immer noch chaotisch – offene Notizbücher, ein Päckchen Kaugummi (ich verziehe das Gesicht und schmeiße es in den Mülleimer), Taschentücher, zerknülltes Papier, Stifte und Bleistifte. Ich nehme einen kurzen Stummel in die Hand. Jims Zimmermannsbleistift. Mein Herz verkrampft sich. Woher hat sie den denn? Er steckte immer hinter seinem Ohr, selbst wenn wir zu Dinnerpartys oder so etwas gingen.

Ich blättere durch die Papierfetzen. Lucies Schrift, wütende Kritzeleien mit dem Bleistift. Ein Gedicht, oder? Schreibt sie etwa? Noch etwas, was sie nie erwähnt hat. Ich mustere die Worte. Ja, es könnte ein Gedicht sein, vielleicht ein erster Entwurf. Ich ärgere mich ein wenig. Warum schreibt sie Gedichte, wenn sie doch meine Notizen abtippen soll?

Es ist doch trotzdem Liebe, nicht wahr?
Auch wenn es ein dickes fettes schmutziges Geheimnis ist.
Ich spüre immer noch meine Hand in deiner
Auch wenn uns nie jemand gesehen hat, wie wir gehen
Hand in Hand
Dein Lieblingsrasierwasser haftet noch auf mir,
Auch wenn ich nie nach der Marke gefragt
Oder es dir gekauft habe.
Ich werde es nie liebevoll einwickeln und dir
Unter den Christbaum legen können.
Wir werden nie einen Christbaum haben, du und ich.
An meinem Geburtstag wünschst du mir alles Gute,
Und ich bin beherrscht,
Als wäre es mir egal,

Doch innerlich
Warte ich auf die nächste Gelegenheit, allein zu sein
Mit dir, dich mir wieder einzuprägen.
Es ist doch trotzdem Liebe, nicht wahr?

Himmel. Was kann das nur bedeuten?

Lucie

Ich sitze gegen das Fenster gelehnt da, als ob ich das Auto antreiben könnte, indem ich nur fest genug nach draußen starre. Die Straße ist eng und kurvig, und Arthur ist ein vorsichtiger Fahrer. Links und rechts verlaufen Gräben, und einmal sehe ich vor uns unverwechselbare Reifenspuren, die in die Böschung führen. *O Gott.* Mir wird übel, und das Auto wird langsamer. Ich weiß nicht, ob Arthur auf mein Zucken reagiert oder darauf, dass meine Finger plötzlich nach dem Türgriff greifen oder ob er schon die ganze Zeit gewusst hat, dass wir das hier zu sehen bekommen würden.

Seine Stimme klingt sanft. »Der blaue Citroën, gehört der nicht deinem Besuch?«

Ich sehe etwas Blaues in der Wiese und wende den Blick ab. Bevor ich antworte, denke ich über seine Worte nach. Doch Arthur hat mein Geheimnis schon erraten. Wir haben angehalten, der Motor läuft im Leerlauf, und er hat sich mir leicht zugewandt. Seine Hand liegt auf dem Schaltknüppel. Ich will ihn nicht ansehen, sondern starre auf das Handschuhfach. Es ist geschlossen, verrät nichts.

Arthur versucht es noch einmal, immer noch sanft. »Er

ist also eigentlich der Freund deiner Schwester und nicht deiner?«

Geradeheraus. Manchmal mag ich das an Menschen, doch nicht jetzt, nicht heute. Ich fahre ihn an, sehe, wie er bei der Bitterkeit in meiner Stimme zusammenzuckt.

»Wer bist du, die Liebhaber-Polizei?«

»Ich urteile nicht. Ich …«

»Du sagst es nur. Lass es einfach. Fahr weiter.«

Stille. Arthur überprüft die Spiegel und legt den ersten Gang ein. Wir fahren weiter, schneller als bisher. Felder ziehen vorbei, frei stehende Bungalows, ein Shetlandpony auf seiner Koppel. Ich lehne immer noch am Fenster, das unter meinem Atem beschlägt.

»Keiner weiß es«, flüstere ich. »Niemand.«

»Das glaubst du, aber es ist ein kleiner Ort …«

»Niemand wird es erfahren, außer du erzählst es weiter.«

Aber es stimmt nicht, oder? Dass es niemand weiß? Meine Mutter weiß es. Und sie sehe ich auch als Erstes, als ich auf die Station komme, auf der Reuben liegt. Sie wartet auf dem Flur, die Handtasche so fest unter den Arm geklemmt, dass ihre Brust ganz verschoben aussieht. Sie trägt ein gelbbraunes Oberteil, in dem sie mit den Krankenhauswänden verschmilzt, und sie hält sich an ihrer Tasche fest, als würde sie sonst zusammenbrechen. Über dem üblichen Klinikgeruch erhasche ich einen Hauch ihres blumigen Parfüms, der mich sofort in meine Kindheit zurückversetzt. Plötzlich breche ich in Tränen aus. Ich weine laut und leicht hysterisch, und meiner Mutter ist das furchtbar peinlich. Sie versucht nicht, mich zu trösten, sondern hält ihre Tasche nur noch fester.

»Lucie, willst du ein Taschentuch?« Sie beschäftigt sich mit dem Reißverschluss und muss mich so nicht ansehen. Doch letztendlich gibt Arthur mir ein Stück zerknittertes Küchenpapier, mit dem ich meine Augen abtupfe. Das Papier riecht nach Talg.

»Wie geht es ihm?«, bringe ich schließlich leise heraus.

Da sieht mich meine Mutter endlich mit frostigem Blick an. »Jane und Laura sind gerade bei ihm und sprechen mit der Krankenschwester.«

Laura ist Reubens Schwester. Ihre Eltern sind schon tot, weshalb sie ein enges Verhältnis zueinander haben, und weil sie Reubens Schwester ist, weiß ich alles über sie. Ihr Mann arbeitet wie Reuben auf einer Ölplattform. Sie hat drei Kinder, ist wieder schwanger und ausgebildete Krankenschwester, arbeitet aber gerade nicht. Ich habe das Gefühl, als würde ich sie in- und auswendig kennen, aber tatsächlich habe ich sie nur zweimal getroffen und bin mir nicht sicher, ob ich sie wiedererkenne.

Mum sieht zu Arthur, und verlegen stelle ich die beiden einander vor. Ich dachte, er würde mich einfach absetzen, er hat bestimmt Wichtigeres zu tun, aber er ist bei mir geblieben, hat mich in einen Aufzug geführt, als ich dabei war, mich zu verlaufen, hat auf die Schilder geachtet, hat mit mir geredet. »Ich kenne das Krankenhaus gut. Meine Mutter lässt sich hier immer untersuchen. Mein Vater war keinen Tag seines Lebens im Krankenhaus. Nach dem Unfall hat man ihn hierhergebracht, aber er war schon …«

Ich wusste nicht, was ich sagen sollte, begriff die ganze Situation kaum, dass Reuben hier irgendwo im Gebäude unter kalten Laken lag. Mir waren Krankenhausbetten schon immer unheimlich gewesen; sie sehen so hart und fremd aus. Hatte Arthurs Vater auch einen Autounfall gehabt? Ich ließ den Gedanken vorüberziehen, hielt den Kopf gesenkt und ging weiter.

Arthur macht Small Talk über die Parkgebühren. Vater ist nach unten gegangen, um Kaffee zu holen, sagt Mum – es könnte eine lange Nacht werden. Mir wird klar, dass wir erst einmal hierbleiben werden, eine Familie, die Stärke zeigt. Ich muss eine Schwester sein, eine pflichtbewusste Tochter. Ich kann nicht an Reubens Bett weinen. Ich muss mich distanzieren, wie ich es immer getan habe. Ich erinnere mich an die Gedichtzeilen, die ich an Macs Schreibtisch hingekritzelt habe. *Es ist doch trotzdem Liebe, nicht wahr?* Hatte ich den Zettel mitgenommen? Weggeworfen? *Ich spüre immer noch meine Hand in deiner.* Hoffentlich habe ich es weggeworfen. Was, wenn Mac es liest? *Wir werden nie einen Christbaum haben, du und ich.*

Niemand soll es wissen, mich verurteilen. Arthur hat es erraten. Meine Mutter weiß es. Hat sie es meinem Vater erzählt? O Gott. *Doch innerlich warte ich auf die nächste Gelegenheit, allein zu sein mit dir.* Ogottogott. *Und ich bin beherrscht, als wäre es mir egal.*

Ogottogottogott …

Der eine Mensch, der mich überhaupt nicht kennt, ist wahrscheinlich meine Schwester.

Das kalte Neonröhrenlicht verbrennt das weiße Laken. Ich kann kaum glauben, dass Reuben darunter liegt. Er sollte viel unruhiger sein, viel mehr Raum einnehmen. Doch jetzt ist er nur noch ein Strich von einem Mann, der an Maschinen angeschlossen ist, die ich nicht verstehe. Eine Art Käfig hält das Laken über seinen Beinen.

Ich erinnere mich an das andere Licht, das ich doch erst vor Kurzem gesehen habe: Wie die Sonne durch den Spalt zwischen den Vorhängen fiel, auf seine Nase, sein Kinn. Ich erinnere mich an seine langen schwarzen Wimpern, wie sich seine Brust im Schlaf hob und senkte. Ich fragte mich, wovon er wohl träumte. Jetzt haben Medikamente seinen Geist geleert. Ich höre, wie sie in ihn hineintropfen, durch einen der vielen Schläuche. Am liebsten würde ich die ganzen Geräte nicht ansehen, doch so muss ich keinen Blickkontakt zu Jane aufnehmen. Laura ist auf die Toilette gegangen. Ihr Bauch ist schon riesig. Wie schrecklich es gewesen sein muss, diese Nachricht zu erhalten, eine Betreuung für die Kinder zu organisieren, hierherzukommen, um an der Seite ihres Bruders zu sein. Ich bin erschüttert, als ich merke, dass ich mehr Mitgefühl mit dieser Fremden habe als mit meiner eigenen Schwester. Zu was für einem Menschen werde ich eigentlich gerade?

Jane trägt eine gelbe Strickjacke; das ist mir als Erstes aufgefallen, als mich die Krankenschwester hineingeschickt hat, und ich fand sie viel zu optimistisch für so eine Situation. Und dann erinnerte ich mich, dass sie Gelb nicht mal mochte. Einmal habe ich ihr ein großes, weiches gelbes Kissen zu Weihnachten geschenkt, und sie hat es gegen ein hellrosafarbenes umgetauscht. Jane hat die irritierende Angewohnheit, ein Kissen an sich zu drücken, wenn sie Fernsehen schaut oder mit Reuben telefoniert.

Vielleicht konnte sie in ihrer Panik nur die gelbe Strickjacke finden, als Laura anrief. Sie war sicher wie betäubt, atemlos. Hat versucht zu funktionieren, ihre Schuhe, ihre Jacke gesucht. Hat nach irgendeiner Strickjacke gegriffen, sie angezogen, ohne sie zuzuknöpfen, weil ihre Finger zitterten.

Ich fühle mich elend und greife nach der Hand meiner Schwester. Meine Handfläche ist schweißnass, ihre eiskalt.

»Er ist stark. Er schafft das.«

Sie sieht mich an. Ihre Augen sind trocken, und dass es meine auch sind, dafür habe ich gesorgt. Mit aller Kraft unterdrücke ich meine Gefühle. Sie schweigt, und mein Herz verkrampft sich. Weiß sie es? Wie ist das möglich?

»Brauchst du etwas?«

Jane leckt sich über die Lippen. Es ist heiß hier drin. Die Luft ist trocken und chemisch. »Nein, Dad holt gerade Kaffee. Lucie …« Sie drückt meine Hand. »Danke, dass du hier bist.«

Da beginne ich wieder zu weinen.

Das Gebäck ist frisch und einladend. Zu sinnlich für eine Krankenhauscafeteria. Es sollte eigentlich schon trocken sein und nach Staub schmecken, um zur Atmosphäre dieses Ortes zu passen. Arthur beißt in ein Croissant. Warum ist er immer noch hier?

»Warum bist du immer noch hier?«

Ich sehe ihn über den Formica-Tisch hinweg an. Dampf steigt von einem Cappuccino zwischen meinen Ellbogen auf. Arthur hört auf zu kauen, als ob er gar nicht gemerkt hätte, dass ich ihn beobachte, und es ihm jetzt peinlich wäre. Seine Wangen röten sich, und er wischt sich Krümel aus den Mundwinkeln.

»Ich teste nur das Backwarenangebot.« Seine Augen hinter den verschmierten Brillengläsern funkeln leicht amüsiert. »Die Mandelcroissants sind gut. Aber nicht so gut wie das, das ich 2006 in Budapest gegessen habe.«

»Du weißt noch, wo du mal gutes Gebäck gegessen hast?«

»Weiß das nicht jeder?«

»Nein. Ich weiß noch, wo ich guten Sex hatte.«

Ich will ihn schockieren. Die Wut macht sich immer mehr bemerkbar, seit der erste Schock verklungen ist. Ich bin verdammt wütend. Warum hatte Reuben den Unfall? Warum muss ich mich jetzt so verstellen, wenn ich mich doch nur zu ihm in das Bett legen will? Der arme, stille Arthur ist das perfekte Ziel für meine Wut.

»Oh, echt?« So einfach ist er nicht zu schockieren. »Und wo war es am besten?«

Jetzt werde ich rot und senke den Kopf, atme den Kaffeedampf ein. »In einem alten Pub an der Küste. Mit Seeblick und Messingbett.«

»Mit Reuben?«

Ich nicke langsam. Ich spüre seinen Blick auf meiner Stirn. »Weißt du was? Ich möchte nach Hause.«

»Ich fahre dich heim, nachdem du dich verabschiedet hast.«

Ich richte mich auf und sehe zu den hoch angebrachten Schildern. Die Cafeteria ist belebt, voller Menschen, die Süßigkeiten kaufen, Zigaretten, Zeitschriften. Manche tragen Pyjama und Bademantel und ziehen ganz selbstverständlich ihren Infusionsständer hinter sich her, als wäre das hier die Realität und wir die Neulinge. An diese Realität will ich mich nicht gewöhnen müssen.

»Auf welcher Station liegt er noch mal?«

»Orthopädische Notfallchirurgie. Soll ich mitkommen?«

Ich antworte nicht, doch er schiebt trotzdem seinen Stuhl zurück und begleitet mich nach draußen.

Mac

Etwas ist im Gange. Mein Mund ist trocken, und ich rieche Pferde – nein, Sattelzeug. Das alte Herz pumpt wie ein Zug, und ich versuche, nach Elspeth zu rufen. Ich sehe sie in der Ferne, gefährlich nahe am Ufer. Wo ist Bella? Bella sollte auf sie aufpassen, doch so genau ich mich auch umsehe, nirgends entdecke ich das dunkle Haar, das blasse Gesicht. Die Bäume behindern meine Sicht. Dann höre ich Pistolenschüsse: einen, zwei. Aus der Nähe. Elspeth! Geh da weg!, glaube ich zu schreien …

Atemlos schrecke ich aus dem Traum auf. Ich war in meinem bequemen Ohrensessel eingeschlafen. Mein Kopf lehnt in einem schmerzhaften Winkel an einem Ohr, die Nase ist gegen das grüne Leder gedrückt. Kein Wunder, dass ich Sattelzeug rieche. Ich verlagere vorsichtig mein Gewicht, das Gesicht in Erwartung des einsetzenden Schmerzes verzogen. So bekommen wir die ganzen verdammten Falten – weil wir dem Mist entgegensehen, den uns das Leben vor die Füße wirft. Der Fernseher läuft noch, irgendeine furchtbare Krimiserie, in der irgendwelche Amis sich in New York gegenseitig abschießen. Aus kurzer Entfernung. Einer, zwei. Der Traum verblasst. Ich erinnere mich, dass ich »Die grausame Schwester« las.

Das Buch liegt auf dem Boden. Elspeth und Bella, wo auch immer sie sein mag, ziehen sich in die Welt meiner Fantasie zurück.

O Gott … Ich wische mir mit der Hand übers Gesicht. Es fühlt sich klamm an, und mein Nacken tut weh. Schlimmer ist jedoch, dass mein Herz immer noch herumspringt wie ein hyperaktiver Spaniel. Ich presse beide Handflächen gegen den harten Knochen unter meinen weichen Brüsten. Habe ich abgenommen? Ich werfe einen Blick auf die Reiseuhr am Kaminsims – kurz nach zehn. Ich muss während der *One Show* eingeschlafen sein. Stöhnend hieve ich mich aus dem Sessel. Die Hunde haben sicher die ganze verfluchte Küche vollgepinkelt.

Die zwei Schwestern rennen durch meine Träume: Bella und Elspeth. Sie haben nichts Gutes im Sinn, schleichen um die Mühle herum und streiten sich. Die Ereignisse des Tages haben mich erschüttert, und ich kann Lucies Reaktion nicht vergessen. Sie wirkte so verzweifelt, und doch hatte ich nicht den Eindruck, dass sie ihrer Schwester nahesteht.

Ich schlurfe den Flur entlang und frage mich, ob Arthur zurück ist. Hat er Lucie nur am Krankenhaus abgesetzt? Warum ist er nicht vorbeigekommen und hat mich auf den neuesten Stand gebracht? Wenn es denn etwas Neues zu berichten gibt. Heutzutage sind die Ärzte ganz schön verschlossen. So ist es immer, wenn ich mich untersuchen lasse. Man könnte Loch Ness mit dem Blut füllen, das sie mir abzapfen, und trotzdem stellt keiner eine vernünftige Diagnose. Arrhythmie. Herzrhythmusstörungen. Warum ist mein Herz nicht mit dem Rest von mir im Einklang? Keiner will eine Vermutung wagen, weil wenn sie dann falschliegen … nun, heutzutage hat jeder Angst vor den teuren Klagen.

Die Hunde sind am Durchdrehen, aber zum Glück hat keiner in die Küche gepinkelt, und ich lasse sie durch die Hintertür hinaus. Die Nacht ist frisch und stockfinster. Kein Mond, auch wenn ich danach suche. Mond und Sterne am Himmel, eine der Freuden des Lebens. Er muss gar nicht voll sein, eine ordentliche Sichel reicht auch schon. Man fühlt sich weniger allein im Universum, wenn man zum Mond hinaufsieht und denkt, dass ein geliebter Mensch auch irgendwo darunter ist. Die Verbindung, darum geht es.

Natürlich trifft nichts davon mehr auf mich zu. Damals, als Jim noch da war, konnte ich so etwas denken. Ich war immer diejenige, die abwesend war. Irgendeine Konferenz erforderte immer meine Aufmerksamkeit oder ein Lehrauftrag oder ein Literaturfestival. Immer war ich es, die in einem Hotelzimmer das Fenster öffnete und nach dem Mond suchte. Jim hat sich nie weit von seinem Zuhause entfernt, und irgendwie tat er mir deswegen leid.

Die Hunde schnüffeln draußen im Dunkeln herum. Einer bellt kurz und warnend. Ein Fuchs jault in der Ferne eine Antwort, und der durchdringende Geruch nach Rosmarin steigt mir in die Nase. Mein Herz stolpert immer noch, und langsam kehrt der Grund dafür in mein Bewusstsein zurück. Da war noch jemand in meinem Traum, jemand, an den ich schon so lange nicht gedacht hatte.

Das Krachen der zuschlagenden Tür hallt durch das stille Haus, und ich zucke zusammen. Max, der Anführer, bellt aufgebracht. Ist er das? Ist es dieses Mal Arthur? Pelzige Körper blockieren die Hintertür und hindern mich zuerst daran, die Küche zu betreten. Ich glaube, zwei Stimmen zu hören.

»Ma?«

Arthur ist in der Küche, Lucie drückt sich hinter ihm im Flur herum.

»Kommen Sie schon rein. Ich setze Wasser auf.« Ich klinge etwas harsch. Arthur krault den Hunden die Ohren. Er sieht erschöpft aus. Ich scheuche das Mädchen in die Küche, als wäre sie eine Gans, und sie tritt ins grelle Licht. Ihr Gesicht ist verkniffen und bleich. Ich halte den Kessel unter den laufenden Wasserhahn.

»Soll ich Ihnen eine heiße Schokolade machen?«, rufe ich gegen das rauschende Wasser an. »Zucker ist gut gegen den Schock.«

Denn ja, sie steht unter Schock, das sehe ich jetzt. Sie zittert, und Arthur führt sie zu einem Stuhl am Esstisch.

»Mir ist nur ein wenig übel«, sagt sie und legt den Kopf in die Hände. Ihr dunkles Haar ergießt sich auf die Kiefernholzplatte, und ich würde es am liebsten streicheln, sie trösten, wie Floss oder einen der anderen. Wenn ich eine Tochter gehabt hätte, wäre ich vielleicht weicher gewesen, hätte weniger Angst vor Körperkontakt gehabt. Ich beschäftige mich rasch mit den Tassen.

»Na, na, Kopf hoch. Gibt es etwas Neues aus dem Krankenhaus?«

Arthur antwortet an ihrer Stelle. »Reuben – der Freund ihrer Schwester – ist stabil, aber ohne Bewusstsein. Er hat innere Verletzungen, ein gebrochenes Bein und einen Schädelbruch.«

»Also ist es ganz schön schlimm?«

Arthur gestikuliert ungehalten, und ich zucke entschuldigend mit den Schultern, während ich eine dampfende Tasse heiße Schokolade vor das dunkle Haar stelle. Mehr ist von Lucie nicht zu sehen. Die Haare erzittern und werden zurückgezogen.

»Es tut mir leid.« Ihre Stimme ist gepresst. »Ich habe nichts gegessen. Mir ist ein wenig …«

»Übel? Wird ihr schlecht?« Ich schaue zu Arthur, warum, weiß ich nicht. Ich sehe schon den alten Eimer unter der Spüle vor mir, die Wurzelbürste, das Desinfektionsmittel. Die Hunde kotzen immer auf den Teppich. »Vielleicht einen Keks? Arthur, hol die Keksdose. Nehmen Sie einen Keks, das beruhigt den Magen. Oder einen Esslöffel Brandy. Darauf hat meine Großmutter immer geschworen.«

Das Haar stöhnt. Die Keksdose wird auf den Tisch gestellt, und die Hunde sammeln sich darum, die braunen Augen schon vorbeugend vorwurfsvoll, weil sie eine Zurückweisung erwarten.

Plötzlich schaut Lucie auf, als hätte sie etwas Wichtiges vergessen.

»Mac«, sagt sie. »Ich muss Sie um einen Gefallen bitten.«

»Mmm?«

»Könnte meine Schwester Jane ein paar Tage bei mir wohnen? Es wird überhaupt keine Umstände machen, ich …« Sie spricht hastig, als würde ich ihre Bitte ablehnen. Ich schüttele den Kopf.

»Kein Problem. Natürlich kann sie hier wohnen. Sie will sicher in der Nähe des Krankenhauses sein und muss sich um einiges kümmern. Hat sie mit der Polizei gesprochen? Wo ist der Unfall passiert?«

Lucie sieht zu Arthur, Arthur sieht zu mir und öffnet den Mund. »Äh … Tatsächlich nicht weit von hier. Er …«

»… hatte in der Gegend zu tun«, vollendet Lucie den Satz.

Ich sehe zwischen den beiden hin und her. Irgendwas geht hier vor, und die Puzzleteile wollen nicht so recht zusammenpassen. »Aha. Und was ist mit Ihren Eltern? Hier sind auch noch Zimmer, wenn …«

»Nein!« Das Mädchen zuckt hoch, als wäre allein schon die Vorstellung, ihre Familie könnte hier sein, zu schrecklich. »Das ist sehr nett von Ihnen, aber für heute haben sie sich ein Hotelzimmer genommen und fahren morgen mit dem Zug nach Hause und lassen Jane das Auto da. Sie nimmt Urlaub. Wir wissen nicht, wie lange … Heute Nacht bleibt sie natürlich im Krankenhaus.«

»Ja, natürlich.«

Eine ganz neue Dynamik also – zwei Schwestern im Miller's Cottage. Wie seltsam. Wie passend. Traumfetzen blitzen wieder auf. Zwei Schwestern. Am liebsten würde ich sofort die Einzelheiten aufschreiben, bevor sie wieder verschwinden. Ich drehe mich um und nehme meine Tasse von der Arbeitsfläche, wobei ich geistesabwesend in der Strickjackentasche nestele. Die Hunde stürzen auf mich zu, und Jethro setzt sich auf meinen Fuß. Meine Finger berühren ein gefaltetes Stück Papier – Lucies Liebesgedicht an einen Unbekannten.

Interessant.

Lucie

März

Jane hat Hände wie ein Kind, und wie Kinderhände sind sie ständig in Bewegung. Sie sind nicht mehr mit Fingerfarbe und Kleber verschmiert, sondern elegant und geschickt; gefeilte Nägel, eine zarte Golduhr an einem schlanken Handgelenk. Ich schaue auf meine eigenen Nägel, von denen der blaue Nagellack abblättert. Mac sagt, es sieht aus, als hätte ich Frostbeulen. »Kein Wunder, dieses Arbeitszimmer ist ja auch wie ein Kühlschrank«, hatte ich schnippisch erwidert. Sie schlug vor, ich solle vom Cottage aus arbeiten und Jane Gesellschaft leisten, doch die Vorstellung macht mir Angst. Mein schreckliches Geheimnis ist zutiefst erschüttert worden. Ich fürchte, es könnte aufgedeckt werden und uns vernichten. Daher sage ich Mac, dass es schon in Ordnung ist. Arbeit ist eine gute Ablenkung.

An diesem ersten Abend schüre ich den Kamin im Wohnzimmer des Cottages an. Unter diesen Umständen erscheint es mir als das Richtige. Kaminfeuer ist tröstlich. Ich sitze im Schneidersitz auf dem Boden und lege immer wieder feuchte Holzstücke nach, die verfault riechen und die kleinen Flammen zu ersticken drohen. Ich habe eine gekühlte Flasche Pinot Grigio im Dorf gekauft, die jetzt offen neben mir steht – nicht der beste Platz, aber ich bringe sowieso nur viel Rauch und keine Wärme zustande. Jane sitzt auf der Couch, die Beine unter sich gezogen, ihre goldene Armbanduhr glitzert im Licht des Feuers, während sie etwas erzählt und ihre Worte mit einer Hand unterstreicht. Die andere hält ihr Weinglas. Die Uhr war ein Weihnachtsgeschenk von Reuben, weil Jane es hasst, zu spät zu kommen. Ich habe nichts bekommen. Ein Geschenk hätte uns entlarven und gegen ihn verwendet werden können, hat er gesagt. Jane hat ihren Wein mit Wasser gemischt, falls sich »die Umstände ändern« und sie ins Krankenhaus gerufen wird.

»Wir haben uns also dieses entzückende kleine Cottage angesehen. Du weißt schon, das an der Kreuzung, wo die Inveraray Road nach links abzweigt?« Eine knappe Handbewegung. »Mum ist dort mit uns immer in den Wald gefahren, um die Kaulquappen im Teich anzuschauen. Du hattest immer Angst vor dem Wasser und vor den schleimigen kleinen Dingern.«

»*Wir* haben einen Teich«, murmele ich.

Sie ignoriert mich und erzählt weiter. Mir wird klar, dass ich ein neues Wir definiert habe – Mac und Arthur und ich, auch wenn ich eigentlich kein Teil eines Wir sein will, das Reuben ausschließt. Janes »Wir« hat sich ein Haus angesehen. Janes »Wir« spricht über Verlobung. Sie nestelt an ihrer Uhr und stellt sich dabei sicher einen kleinen Goldreif vor. In ihren Augen steht eine solche Traurigkeit, dass ich mich sofort schuldig fühle.

»Trink noch etwas Wein.« Ich strecke mich nach der Flasche, doch sie legt sofort ihre Hand aufs Glas.

»Nein, besser nicht. Ich muss noch fahren können, falls … falls das Krankenhaus anruft.«

Wir werfen beide einen Blick auf ihr schweigendes Handy, das auf der Armlehne der Couch liegt. Jane nimmt es auf, überprüft das Netz, den Akku. Es klopft laut an der Hintertür, und wir zucken beide zusammen. Ich sehe zur Wanduhr, es ist kurz nach neun.

»Könnte Arthur mit mehr Gebäck sein.«

Doch als ich die Hintertür öffne, stehen da zwei Polizisten. Ich schmecke den Wein in meinem Atem und fühle mich sofort grundlos schuldig. Sie nehmen ihre Helme ab, als ich sie hereinbitte. Der Mann muss sich unter dem Türsturz hindurchducken. Die Frau ist kleiner als ich, doch ihre Augen sagen *unterschätz mich bloß nicht.* Das werde ich auch nicht. Ich führe sie ins Wohnzimmer. Jane hat ihr Weinglas abgestellt und umklammert jetzt ein Sofakissen. Sie weiß nicht, ob sie aufstehen oder sitzen bleiben soll. Die Polizisten kauern auf Stühlen, und der Mann holt ein Notizbuch aus seiner Brusttasche. Sie sind hier, um uns – Jane – über die Einzelheiten des Unfalls zu informieren.

Jane musste sich mit dem ganzen Mist herumschlagen, den eine solche Situation mit sich bringt. Sie musste für Reubens Schwester Laura da sein, die sich um ihre ganzen Kinder kümmern muss, bis ihr Mann von irgendeiner Ölplattform zurückkehrt. Sie musste sich mit der Versicherung auseinandersetzen und der Werkstatt; das Auto ist ein Totalschaden. Was offensichtlich einen riesigen Verwaltungsaufwand erfordert, weshalb ich auch nur da sein, Tee kochen und die richtigen Worte zum richtigen Zeitpunkt anbieten konnte.

Die Polizisten sagen uns, dass der Unfall auf der B333

passiert ist, in der Nähe von Fettermore. Jane sieht zu mir und wartet auf eine Erklärung, doch mein Mund ist zu trocken, um zu sprechen.

»Das ist nicht weit von hier«, fügt die Polizistin erklärend hinzu, während sie sich im Raum umsieht. Sie hat schon das feuchte Holz bemerkt und die Löcher an den Knien meiner Jeans. Sie hält nicht viel von mir als Gastgeberin, oder als Schwester.

»War er dann auf dem Weg nach Dundee?« Jane verzieht fragend die Nase und sieht dabei wie eine verstörte Reese Witherspoon aus und nicht wie Miss Piggy – wie es bei mir der Fall wäre.

»Äh, möglich, auch wenn …« Die Polizistin sieht zu ihrem Kollegen. »Die Hauptstraße ist ein bisschen entfernt. Vielleicht hat er im Dorf etwas besorgen müssen oder so.«

»Und die Unfallstelle … ist in der Nähe des Dorfes«, sagt der Polizist, »das Auto fuhr nach Osten, was bedeutet, er …«

Ich unterbreche ihn mit einem gezwungen fröhlichen »Möchte jemand Tee? Gebäck?«.

Dank Arthur kann ich ihnen eine Plastikdose voller Blaubeermuffins anbieten. Der Mann tätschelt seinen durchtrainierten Bauch und lehnt mit einem Lächeln ab. Die beiden stehen schließlich auf und versprechen, sich wieder zu melden. Ich bringe sie zur Hintertür hinaus und lehne mich atemlos dagegen, sobald sie gegangen sind.

Als ich zu Jane zurückgehe, merke ich, dass sie immer noch darüber nachdenkt. Sie sitzt kerzengerade auf der Couch und streicht aufgebracht über die Armlehne.

»Also … wohin wollte er? Hat er hier bei dir vorbeigeschaut?«

»Äh … Wusste er überhaupt, dass ich hier im Cottage bin? Ich habe viel im Haus gearbeitet, weshalb ich ihn verpasst haben muss, wenn er hier war.« Mein Herz hämmert gegen die Rippen. Ich muss dringend auf die Toilette.

Jane drückt wieder das Kissen an die Brust. »Ich habe ihm erzählt, wo du bist, aber …«

»Na, da haben wir es doch schon. Vielleicht hat er wirklich hier vorbeigeschaut. Wenn er in Dundee zu tun hatte.«

»Er hat nie gesagt, dass er in Dundee arbeitet.«

Sie zupft an ein paar losen Fäden an dem Kissen. Ich will ihre Hand packen, sie ruhig halten. Man zupft nicht an losen Fäden.

»In Dundee erledigen sie viele Wartungsarbeiten an den Ölplattformen. Sie werden im Hafen festgemacht«, plappere ich drauflos. »Du solltest da mal am Abend sein – Mac sagt, sie leuchten wie Weihnachtsbäume.«

»Vielleicht ist das der Grund, ja.« Jane klingt nicht überzeugt. »Es ist nur … ach, egal.« Sie drückt das Kissen fester an sich.

»Was?«

Sie verschweigt mir etwas, das spüre ich.

»Es ist nur, dass Reuben etwas seltsam war. Ach, ich will nicht darüber reden, wenn es ihm gerade so schlecht geht …« Ihre Stimme bricht leicht. Ich bringe keinen Ton heraus. *Was?,* schreie ich innerlich. *Was?*

Sie schüttelt den Kopf, schüttelt irgendeinen unbegründeten Gedanken ab. »Er war nur sehr abwesend, hat meine Nachrichten nicht immer beantwortet. Ach, es ist wirklich nichts, aber …«

»Aber?« Ich setze mich wieder neben den Kamin, greife nach meinem Glas und trinke einen großen Schluck Wein.

Sie fixiert einen Punkt über dem Feuer, rechts von der Uhr. Ihre Augen funkeln ein bisschen zu sehr. »Wenn ich Reuben nicht besser kennen würde … würde ich sagen, er hat eine andere.«

Mac

Ihr Vater ist ein wahrer Riese. Er schläft morgens lange und verlässt abends das Haus, kommt schlammbespritzt nach Hause und riecht nach Pferdeschweiß und dem Vieh anderer Männer. Manchmal, wenn sie nicht schlafen können, schleichen die Schwestern über den Flur und kauern im Schatten und hören ihrem Vater zu, wie er mit seinen Männern zecht. Die Männer trinken blutroten Wein und Whisky, und Triumph liegt in der Luft. Manchmal entdeckt ihr Vater die Mädchen und ruft sie zu sich, damit sie auf seinem Knie oder seinen Sessellehnen sitzen können, und fordert die Soldaten auf, einen Toast auf sie auszusprechen. Die Hunde knurren laut, wenn ein Mann zu nahe kommt. Einmal hat Elspeth die Nase gerümpft und ihrem Vater gesagt, dass er nach einem anderen Parfüm als dem ihrer Mutter riecht, worauf er dröhnend gelacht hat.

Mein Stift ruht. Zwei Dinge werden mir klar: Ich starre schon seit Ewigkeiten auf die Seite. Und werde gleichzeitig selbst von jemandem beobachtet.

Anita kommt zu mir und überprüft, ob ich noch Kaffee brauche. Ich war mir erst nicht sicher gewesen, ob ich im Café schreiben sollte, aber das Haus fühlt sich plötzlich so leer an, seit Lucie mit Jane im Krankenhaus ist. Ich habe mich an ihre mürrische Gesellschaft gewöhnt, wie sie die

Hunde zurechtweist, das mörderische Funkeln in ihren Augen, wenn ich sie bitte zu bügeln. Es klingt traurig, aber sie hat *Präsenz*. Manchmal weiß man erst, wie einsam man eigentlich ist, wenn man nicht mehr allein ist.

Der Vorteil von der Arbeit im Café ist, dass mich Anita ständig mit heißen Getränken versorgen kann, und warm ist es auch. Der März ist wie der sprichwörtliche Löwe eingefallen, mit Zähnen und Klauen, und es zieht im Haus zum Gotterbarmen. Ich muss mich dort ständig in eine karierte Wolldecke einwickeln. Arthur sagt, ich sehe aus wie eine Obdachlose, nur mit einem Heim.

»Woher weiß man, dass man betrogen wird?« Ich kaue am Radiergummiende meines Bleistifts und sehe zu Anita auf. »Ich habe hier das alte Parfümklischee genommen, aber wahrscheinlich ist es das auch – ein Klischee.«

Anita runzelt die Stirn. Mit meiner schmutzigen Kaffeetasse in der Hand tut sie so, als würde sie über meine Frage nachdenken, aber insgeheim glaubt sie, dass ich total verrückt bin, das weiß ich. Sie hat mich nie verstanden, und doch ist sie in vielerlei Hinsicht meine treueste Verbündete. Als Arthur und Nancy sich getrennt haben, war Anita mein Maulwurf, meine Augen und meine Ohren. Ich hatte gedacht, dass vielleicht sie und Arthur … Aber man erzählt sich, dass sie mit einem entfernten Cousin in Indien verlobt ist. Ob sie sich jemals fragt, was der entfernte Cousin in den weit entfernten Gefilden so treibt? Wahrscheinlich nicht. Wenn sie nicht gerade Tische abräumt, vertieft sie sich in ihr Studium – irgendetwas mit Forensik, glaube ich. Einmal hatte sie zwei Lehrbücher dabei – wie man einen Menschen anhand von Knochen identifiziert und so was. Ganz schön makaber für so ein junges Mädchen. Ich kenne ihren Tutor, einen rundlichen, einfallslosen Mann, der in einer völlig anderen Welt lebt als ich. Wir hatten einmal eine recht freimütige Diskussion über Wissenschaft und Kunst, und er besaß tatsächlich die Frechheit, mich zu warnen, dass jeder Vorstoß in Richtung Literatur meinem Ruf als Wissenschaftlerin schaden würde. »Sie werden von Ihrer eigenen Fantasie vernichtet werden!«, hatte er kichernd gesagt.

Schließlich antwortete Anita auf ihre stille, zurückhaltende Art. »In einer aktuellen australischen Studie haben Forscher herausgefunden, dass Männer fremdgehende Frauen allein an einem Foto ihres Gesichts erkennen können. Männer haben demzufolge im Laufe der Zeit die Fähigkeit entwickelt, einer Frau Untreue anzusehen, um sicherzugehen, dass die gemeinsamen Nachkommen auch wirklich von ihnen sind. Meiner Meinung nach sollte man überhaupt nicht so viel darüber nachdenken, ob der andere untreu sein könnte. Das wird nur zu einer selbsterfüllenden Prophezeiung. Noch Kaffee? Sie sollten auch etwas essen – es ist fast Mittag.«

»Ja …«, antworte ich zerstreut. Eine selbst erfüllende Prophezeiung? Das stimmt nicht, und das will ich ihr auch sagen. »Ich nehme die Suppe. Für die Männer mag das ja gut und schön sein, aber was ist mit den Frauen? Woher wissen Frauen, dass ihr Mann fremdgeht?«

»Die Suppe also.«

Sie schwebt davon. Irgendwo hinter dem Perlenvorhang, der das Café von der Küche abtrennt, höre ich, wie Arthur zu einem Lied aus dem Radio mitsingt. Nein, das mit der selbst erfüllenden Prophezeiung ist absurd. Ich habe nie darüber nachgegrübelt, ob Jim ein Doppelleben führen könnte. Ich war zu sehr damit beschäftigt, über alles andere nachzudenken. Etwas Dunkles, Verschlafenes rührt sich in meinem Bauch, und als Anita die Suppe bringt – Erbsen und Brokkoli –, frage ich mich, ob ich sie vertragen werde.

Ich weiß nicht, warum die alten Gefühle plötzlich jetzt an die Oberfläche kommen. Ich verbringe unglaublich viel Zeit damit, über die jüngsten Ereignisse nachzudenken. Am Morgen des Unfalls habe ich Sirenen gehört. Ein überraschender Unfall auf einer wenig befahrenen Nebenstraße. Lucies unerwarteter Besuch. Ich muss zugeben, dass ich etwas verwirrt bin, wie sich die Puzzleteile alle zusammenfügen. Arthurs Worte kommen mir wieder in den Sinn. *Stille Wasser sind tief.* So tief wie der Mühlteich. Auch diese andere Geschichte quält mich, die unbedingt geschrieben werden, aufgezeichnet werden will. *Dinge müssen ans Licht kommen.* Dieser Satz kreist in meinem Kopf. Heute Morgen bin ich mit den Worten auf den Lippen aufgewacht. Und ich habe Bellas Stimme gehört.

Die Tür wird aufgestoßen, und plötzlich steht Lucie zerzaust und mürrisch da. Sie blickt zu mir und schließlich zu Arthur, der in diesem Moment aus der Küche kommt und sich die Hände an einem Geschirrtuch abtrocknet. Anita fängt meinen Blick auf.

»Hast du letzten Abend wieder Gebäck an meine Tür gehängt?«, will Lucie wissen. Sie kann fürchterlich unverblümt sein. Arthur weicht kaum merklich zurück und schlägt mit dem Geschirrtuch kräftiger gegen den Tresen als nötig. Die zwei Kirchendamen in der Ecke heben die Köpfe.

»Ich habe eine Kiste mit Schokoladen-Dattel-Brownies

hingestellt, ja«, antwortet er vorsichtig. »Ich dachte, du und deine Schwester möchtet vielleicht …«

Lucie wirft entnervt die Hände in die Luft. »Warum hast du nicht geklopft?«

»Weil ich normalerweise nicht besonders freundlich empfangen werde.«

Arthur hebt leicht die Stimme. Die alten Frauen stecken die Köpfe zusammen und flüstern, und Anita beschäftigt sich rasch hinter dem Tresen. Mir ist nicht ganz wohl angesichts der Spannung zwischen den beiden. Sie wirkt gefährlich, außer Kontrolle.

»Der Hund hat sie jedenfalls gegessen. Heute Morgen lag überall zerrissenes Papier vor dem Haus. Ich bin nur vorbeigekommen, um dir das zu sagen …«

Ich halte mich an der Tischkante fest. »Welcher Hund? Schokolade ist Gift für Hunde!«

Lucie wirbelt herum. »Genau! Deshalb bin ich hier! Ich habe keine Zeit für diesen Mist.« Sie dreht sich halb um, und durch das Fenster sehe ich das Auto ihrer Schwester. Jane umklammert das Lenkrad und sieht angespannt zur Cafétür.

»Es wird Floss gewesen sein …«

»Wahrscheinlich Floss …«

Arthur und ich sprechen gleichzeitig. Lucie packt den Türgriff und will gehen. Plötzlich wirkt sie weicher.

»Wahrscheinlich war es Floss. Ich dachte, ich erzähle es dir besser. Ich will nicht, dass ihr etwas passiert, und ich habe keine Zeit … ich muss gehen.«

Langsam öffnet sie die Tür.

Arthur tritt vor. »Ist alles in Ordnung?«

Sie sieht ihn an, und etwas geht zwischen ihnen vor. Ich

stehe direkt neben ihnen, bin jedoch ausgeschlossen, was mich beunruhigt.

Schließlich flüstert sie: »Ich weiß es nicht. Das Krankenhaus hat angerufen. Reuben ist wach.«

Lucie

Reuben ist wach.

Ich stehe am Fuß deines Bettes, Reuben. Ich wahre bewusst so viel Abstand, weil du mich nicht anschauen solltest. Janes Platz ist neben dir, wie sie dein Gesicht streichelt, deine Hand hält. Ich höre eure kostbaren ersten Worte nicht, die ihr zueinander sagt, doch sie klingen vertraut, bedeutungsvoll, und ich fühle mich beraubt.

Jane hilft dir, aus einem beschlagenen Plastikbecher mit Wasser zu trinken.

»Komm schon, Lucie!« Wie ein Verkehrspolizist winkt sie mich zu sich. »Komm und sag Hallo!«

Zögernd trete ich in dein Blickfeld. Unter den Bartstoppeln, die ich immer so sexy fand, wird dein Gesicht plötzlich hart; deine Augen sehen mich bewusst ausdruckslos an. Deinem Gedächtnis geht es also gut. Du versuchst zu lächeln, und als du sprichst, ist deine Stimme leise und rau, weil du so lange geschwiegen hast.

»Lucie, das ist alles deine Schuld.«

Mir wird eiskalt, als hätte mich jemand mit Eiswasser übergossen. So hast du dir das also gedacht? Erzählst ihr alles, während du zu geschwächt bist, um beschuldigt zu werden? Ist dir ein Licht aufgegangen, als deine eigenen Lichter ausgeschaltet waren? Jane kichert neben mir, versteht den Witz natürlich nicht. Sie sieht zwischen ihm und mir hin und her. Ich wage es nicht zu antworten.

»Weißt du noch, dass du deine Mutter um die Bücher gebeten hast?« Du siehst mich irgendwie verzweifelt an. Ich habe keine andere Wahl, ich muss mitspielen.

Ich nicke. »O ja … die Bücher.«

»Ich dachte, ich bringe sie dir vorbei, wo ich sowieso auf dem Weg nach Dundee war. Aber du warst nicht daheim.«

»Ja, das war ich wohl nicht.« Meine Kiefer verkrampfen sich. Wie lange hast du hier gelegen, Reuben, und dir Lügen ausgedacht? Hast in deinem Gefängnis aus weißen Laken versucht, der Wahrheit aus dem Weg zu gehen?

Die Wahrheit. Wir nähern uns ihr, nicht wahr? Sie treibt dicht unter der Oberfläche, wie eine große fette Forelle. Fast könnte ich sie berühren, wenn ich nicht so Angst vor dem Wasser hätte.

»Wisst ihr was?« Ich lächele so fröhlich ich kann. »Ich lasse euch zwei Turteltäubchen jetzt mal allein.«

»Aber wie kommst du heim?«, fragt Jane.

»Mit dem Bus. Es fahren ständig Busse. Dann kannst du so lange bleiben, wie du willst.«

Ich eile aus dem Zimmer, ihre halb ernst gemeinten Einwände hallen in meinen Ohren wider. Du sagst nichts, hältst immer noch ihre Hand. Ich dränge mich an einer Krankenschwester vorbei und renne den Korridor entlang. Ohne Arthurs geduldige Anweisungen verlaufe ich mich, doch irgendwann lande ich in der Cafeteria. Ich muss mich ein paar Minuten hinsetzen. Ich bestelle einen Latte macchiato und ein Mandelcroissant. Die sind tatsächlich *echt* gut.

Der Bus hält am Fuß der Straße, die zur Mühle hinaufführt. Als wir langsam zum Halten kamen, war mir schon aufgefallen, dass das Café noch geöffnet ist, das Fenster ein Rechteck aus warmem, verschwommenem Bernstein an einem trostlosen Tag. Ich zögere noch, doch meine Füße tragen mich schon über die Straße. Durch das beschlagene Fenster sehe ich, wie die Bedienung den Boden unter den Tischen wischt. Langsam öffne ich die Tür. Mac steht mit dem Rücken zu mir am Tresen. Sie ist richtig in Fahrt.

»Und ich habe zu ihm gesagt, nein, Sie kümmern sich *nicht* noch mal um meinen Garten. Nicht nach letztem Jahr. Himmel, der Dummkopf hat einen Apfelbaum voller Äpfel umgehackt und wollte die Früchte dann verstecken. Wer fällt einen Obstbaum? Ich habe ihn gebeten, den Flieder zu *beschneiden*. Er ist wirklich dumm wie Bohnenstroh. Ich habe ihm gesagt …«

»Die Äpfel sind ja nicht verdorben.« Arthur taucht aus den Tiefen der Küche auf. Er sieht müde aus. »Wir hatten Apple Crumble, Apfelteigtaschen, Apfelgelee, Apfelchutney mit Gewürzen … Oh, Lucie …«

Mac dreht sich um, und ich bin unter ihrem Blick gefangen.

»Und? Wie war es?«

Bei ihr klingt es so, als hätte ich bei einem Theaterstück mitgespielt. Was gar nicht so weit hergeholt ist. Spielen kann ich mittlerweile.

»Lass sie doch erst einmal hereinkommen. Lucie, setz dich, ich bringe dir was Heißes zu trinken.« Arthur nimmt eine saubere Tasse und stellt sie unter die Kaffeemaschine. Die Bedienung zieht einen Stuhl am nächsten Tisch heraus, und ich setze mich erschöpft hin. Ihr Lächeln ist wachsam, wie ihre Augen. Mac setzt sich mir gegenüber. Ich kann ihren Fragen nicht ausweichen.

»Er ist wach. Jane ist bei ihm. Wir müssen nicht beide bei ihm sein.« Arthur stellt einen dampfenden Latte macchiato vor mich hin. »Und er will sowieso Jane sehen«, sage ich leichthin und sogar recht heiter, doch Arthur fängt kurz meinen Blick auf, bevor er weggeht.

»Hat sie ihn gefragt, wie der Unfall passiert ist?«, beharrt Mac. »Hat sie den Grund herausgefunden? Wahrscheinlich war er zu schnell.«

Die Bedienung spricht schnell und leise. »Die Kurve ist wirklich böse, selbst wenn man die Straße kennt.«

»Anita ...« Arthur steht hinter dem Tresen und schüttelt kaum merklich den Kopf. Anita beißt sich auf die Unterlippe und putzt schnell weiter. Als ich ihn ansehe, lächelt er nur und legt mit der Zange mehr Gebäck auf einen weißen Teller. Hoffentlich ist es nicht für mich. In dem warmen Café wird mir schwindelig.

»Es ist noch früh, aber sie sagen, dass Reuben schon bald entlassen werden könnte.« Meine Zunge verweilt einen kurzen Moment sehnsüchtig auf seinem Namen. »Er wird intensive Physiotherapie benötigen und wahrscheinlich noch eine Operation am Bein.«

»Das klingt doch ganz positiv. Ihre Schwester wird ihn gesund pflegen. Das macht man doch so. In guten wie in schlechten Zeiten, in Gesundheit und Krankheit. Darauf lässt man sich ein.« Macs Stimme hat einen bitteren Unterton, den ich nicht erwartet hätte. Sie dreht sich zum Tresen. »Bekomme ich keinen Kaffee? Oder bring mir lieber Tee. Wenn ich so spät noch Kaffee trinke, muss ich nachts raus und wie die verdammten Hunde auf den Teppich pinkeln.«

Arthur reinigt den Portafilter der Espressomaschine. Er klopft sie ein paarmal wütend aus und flucht leise. »Ma, du bist schon den ganzen Tag hier. Wir wollen schließen.«

Mac sieht mich mit weit aufgerissenen Augen an. »Haben Sie das gehört? Ich habe *gearbeitet.* Ich wette, J. K. Rowling musste sich im Elephant House so etwas nicht gefallen lassen.« Sie stupst ihr Notizbuch an, das zwischen uns liegt, der Bleistift ordentlich darauf abgelegt. Ich hatte es nicht bemerkt, aber jetzt durchzuckt mich leichte Spannung wie ein Koffeinschub.

»Haben Sie an Ihren Geschichten gearbeitet?« Ich gehe ihr ständig auf die Nerven, dass sie die von dem Schloss zu Ende schreiben soll, doch sie hat es aufgeschoben.

Sie neigt den Kopf, als hätte sie ein Geheimnis und könnte es nicht aussprechen. Ich will nach dem Notizbuch greifen, doch sie ist schneller und lässt es in ihrer Handtasche verschwinden. »Geschichten müssen sich in ihrer eigenen Geschwindigkeit entwickeln. Also …« Sie steht langsam auf. »Da ich hier ja nicht mehr willkommen bin, gehe ich jetzt, damit ihr beiden euch unterhalten könnt.«

Sie murmelt etwas von ihren Schlüsseln und räumt den ganzen Kram, den sie in ihrer Tasche mit sich herumträgt – Notizbücher, Stifte, Hustenbonbons, einen Knirps – auf den Tisch. Schließlich taucht sie mit dem Schlüssel wieder aus der Tasche auf, ein glänzender, schlüpfriger Fisch. »Gefunden! Meine Mutter hat ihn mir immer an die Unterhose geheftet. Sie wusste schon, warum.«

Arthur stöhnt hinter dem Tresen. Anita ist verschwunden. Die Vorstellung, mit ihm allein zu sein, ist erschreckend, aber ich weiß nicht genau, warum.

Mac

Ein plötzlicher Regenschwall trifft mich, als ich die Straße entlangstapfe. Ich hätte Anita bitten sollen, dass sie mich absetzt. Sie heizt immer mit ihrer alten Mühle herum, auch wenn sie keine zehn Minuten vom Dorf entfernt wohnt. Sie hat etwas davon gesagt, sie wolle sich mit Freunden treffen, vielleicht war sie spät dran. Sie hat auf jeden Fall nicht gewartet, sondern nur schnell ihre Schürze abgenommen und war verschwunden.

Arthur hat jetzt also Lucie als Gesellschaft. Sie ist nicht gerade einfach, in seiner Gegenwart scheint sie sich aber ein wenig zu entspannen. Es knistert sanft zwischen den beiden, und ich weiß noch nicht, was ich davon halten soll. Seit Nancy ihn verlassen hat, ist er einsam, aber ob Lucie die richtige Frau ist, um die Lücke zu füllen? Ich ziehe den Reißverschluss meines Anoraks so weit hoch wie möglich und neige den Kopf gegen den Regen, der von meinem Wachshut abperlt. Heute war ein produktiver Schreibtag. Bella und Elspeth sind gewachsen. Ein junger Mann ist auf der Bildfläche erschienen; er umwirbt den Vater, bevor er den Töchtern Aufmerksamkeit widmen darf. So langsam passiert etwas.

Ich komme zu der scharfen Kurve. Nach meinem Gespräch mit Arthur habe ich nach den Reifenspuren in Clarks Wiese gesucht. Auf dem Weg zum Café habe ich sie gesehen; tiefe Furchen, die sich in die Erde gegraben haben. Das Auto ist durch die Hecke gebrochen und hat den Zaun mitgenommen. Ich beschwere mich seit Monaten über diesen Zaun. Das Vieh ist immer auf die Straße gelaufen, und jetzt frage ich mich, ob das eine Rolle gespielt haben könnte. Musste der Fahrer einem verirrten Ochsen ausweichen? Oder war er von anderen Dingen abgelenkt?

Das Auto ist schon längst von der örtlichen Werkstatt auf Anweisung der Polizei abtransportiert worden. Clark hat mit dem Zaundraht herumgewerkelt, aber selbst in der aufziehenden Dunkelheit sehe ich, dass die Wiese leer ist. Die zwei alten Damen aus dem Café hatten gesehen, wie es abgeholt wurde. Sie dachten, ich wüsste vielleicht etwas, und fragten mich flüsternd aus, als vermuteten sie einen kleinen Skandal dahinter. Immerhin war es ein *fremdes* Auto, und ein junger Mann saß am Steuer. Ein *Fremder.* Wieso sie mich da fragen, habe ich gesagt. Es steht doch nicht nur mein Haus an der Straße. Wenn ein Fremder im Ort war, hat er sicher nichts mit mir oder meiner Familie zu tun. Punkt. Arthur hasst es, wenn ich tratsche, weshalb ich das Gespräch beendet habe, bevor er aus der Küche zurückkam. Als er wiederauftauchte, löffelte ich meine Suppe und ignorierte die beiden alten Schachteln in der Ecke.

Mit einem Ruck wird mir klar, dass ich immer noch mitten auf der Straße stehe. So ein abwegiger Platz für Kummer. Der Fahrer, wer auch immer es war, muss es ganz schön eilig gehabt haben. Ich gehe weiter. In fünf Minuten bin ich daheim. Ich sehe schon das Ende der Auffahrt. Ein leises Wimmern ertönt aus der Hecke, und Floss trippelt zu mir. Ich reibe ihre feuchten Ohren.

»Was sollen wir nur mit dir machen? Du solltest doch in der Küche bei deinen Brüdern sein. Du gibst wohl nie Ruhe.«

Zumindest scheint ihr die Schokoladenorgie nicht geschadet zu haben. Wir gehen die letzten Meter zu dem dunklen Haus. Ich sehe mich schon in der Küche, wie ich Wasser aufsetze und nach der Keksdose greife. Warme, pelzige Körper drängen sich an meine kalten Beine, feuchte Schnauzen in meine Hand.

Meine Gedanken wandern zurück zu dem fremden Auto in der Wiese, dem Flüstern der alten Schachteln. Ich weiß, wie Dorfgerede sein kann. Jim und ich sind immer für uns geblieben, aber Klatsch und Tratsch entwickelt eine Eigendynamik. Man muss nur einmal mit roten Augen in den Laden kommen, und schon erfinden die Leute etwas.

Ich versuche, den Schlüssel schnell ins Schloss zu schieben und ins Haus zu kommen, weil die Vergangenheit aufgewacht ist und wie ein riesiges Untier hinter mir lauert. Die Collies bellen, sobald der Schlüssel ins Schloss gleitet, und das Geräusch hallt in dem leeren Haus wider. Ich versuche mich zu beruhigen. Was geschehen ist, ist geschehen. Ich werde sie zuerst hinauslassen, dann meinen Tee in den kühlen Garten mitnehmen und in den Himmel hinaufschauen. Der Flur ist kalt. Ich ziehe die nassen Sachen aus, hänge den Hut an den Treppenpfosten. Ich mache mir keine Mühe, das Licht einzuschalten; die Dunkelheit ist nicht so aufwühlend. Man kann sich hineinfallen lassen und sich vertraute Umrisse in den Schatten vorstellen. Ich bilde mir ein, dass der Boden unter unsichtbaren Schritten knarzt. Ich erhasche einen Blick auf Bellas Unterrock oben auf der Treppe, das Aufblitzen eines weißen Schenkels. Elspeth kichert im Dunkel. Sie sind in diesem entzückend unschuldigen Alter, bevor Männer in ihr Leben treten und alles verderben. Ich habe keine Lust mehr auf eine schöne Tasse Tee, sondern werde in mein Arbeitszimmer gehen und dort bis spät in die Nacht schreiben. Die Geschichte der »Grausamen Schwester« muss vollendet werden.

Lucie

Arthur bietet mir einen Nachschlag an, aber ich schüttele den Kopf.

»Bist du in Ordnung?«, fragt er. »Du siehst nicht gut aus.«

»Vielen Dank auch.«

»Ich meine, du bist blass. Leichenblass.«

»Mir ist ein bisschen …« Mein Magen verkrampft sich, und ich schlage die Hand vor den Mund. Arthur, der am Tresen lehnt, zuckt zusammen, als ich plötzlich aufspringe, und deutet nach hinten. Wahrscheinlich fürchtet er, dass ich hier gleich den *Exorzisten* nachspiele.

Die Toilette riecht nach überreifen Zitronen, was die Übelkeit noch zehnmal schlimmer macht. Ich lehne die Stirn gegen den kalten Spiegel und sehe, wie weiß meine Haut in dem kalten Neonlicht ist. Erbrechen oder nicht Erbrechen – einen Moment lang kann alles passieren. Langsam klingt die Übelkeit ab.

Arthur lächelt, als ich ins Café zurückkomme. Er sieht besorgt aus. »Ich habe übrigens die Tierärztin wegen Floss angerufen.«

»Und?«

»Sie hat gesagt, die Schokoladenmenge in den Brownies wird sie überleben. Sie wird keinen Schaden anrichten, aber ihr wird sicher … schlecht werden.« Er wirft einen Blick zur Toilettentür. Ich lasse mich auf den Stuhl sinken.

»Es geht mir gut. Das war die Hitze im Krankenhaus. Sie drehen die Heizung immer voll auf.« Ich schiebe das Latte-Glas zur Seite. »Könnte ich vielleicht etwas Kaltes zu trinken haben?«

Er holt mir rasch eine Limonade mit Eis. Er ist so nett, aber ich bedanke mich nicht einmal. Wieder fragt er nach Reuben.

Ich zucke mit den Schultern, als ob der Schmerz nicht wichtig wäre. Schüttele ihn ab. Es gibt nichts zu sehen.

»Wie lange bleibt deine Schwester?«

»Ich habe keine Ahnung.« Ich trinke durch den Strohhalm. Die Limonade ist furchtbar süß. Eigentlich mag ich doch nichts und schiebe das Glas zur Seite. Ich will nicht reden, ich will nicht sitzen. Ich will auch nicht mit mir allein sein. Arthur setzt sich zu mir an den Tisch, was seltsam vertraut ist.

»Wirst du … wirst du dich weiter mit ihm treffen?«

»Was?« Ich funkele ihn aufgebracht an. Reuben als Gesprächsthema existiert nur in meinem Kopf. Ich habe nie über ihn gesprochen, nicht so. Einen Moment verweigert meine Zunge ihren Dienst. Ich umfasse das kalte Glas mit meinen verschwitzten Handflächen. »Ich … ich weiß es nicht. Ich habe keine Wahl.«

»Du hast keine Wahl?« Arthur strafft die Schultern. Ich spüre den Schatten eines wissenden Lächelns, und ich verteidige mich instinktiv.

»Ich liebe ihn«, flüstere ich nachdrücklich, beschützerisch. Der Hauch eines Lächelns verschwindet, und Arthur sieht plötzlich viel älter aus.

»Wir haben alle eine Wahl. Es ist nicht immer leicht.«

Ich erinnere mich klar und deutlich an meine Gedanken aus der letzten Nacht und flüchte mich in ein höhnisches Grinsen. »Oh, du kennst dich aus, oder?«

»Ich weiß, wie es ist, wenn eine Beziehung auseinanderbricht, ja.«

Ich hebe das Limonadenglas, stelle es wieder ab und weiß nicht, was ich sagen soll. »Was ist passiert?«

»Sie hieß Nancy. Es gibt nicht viel zu erzählen.«

»Es hilft aber, darüber zu reden.«

Schweigen erstreckt sich zwischen uns, und ich habe den Eindruck, dass ich Dinge aufgerührt habe. Vielleicht hat er schon eine ganze Weile nicht mehr an Nancy gedacht. Ich hätte nicht fragen sollen. Es geht mich nichts an. Arthur lockert die Spannung mit einem halben Lachen. Er lehnt sich zurück, setzt sich ein wenig zur Seite. Als er das Wort ergreift, scheint er zu einem Fleck auf dem Boden zu sprechen.

»Das ist lange her. Nancy hat hier gearbeitet. Sie war eine Freundin von Anita. Wir … sind uns nähergekommen. Das ist immer schlecht, wenn man miteinander arbeitet. Man kann dann nicht entfliehen.«

»Hat Nancy dich verlassen?« Ich fixiere die Spitze seines linken Ohrs, weil mich fasziniert, wie gut das Brillengestell zu seinen Haaren passt. Nancy fand ihn zweifellos attraktiv. Das ist er auch, auf eine ruhige, bescheidene Art. Ich bin mir nicht sicher, wo mich meine Gedanken hinführen, weshalb ich sie gerade noch rechtzeitig im Zaum halte, um das Ende seiner überaus kurzen Geschichte zu hören.

»Und das war es. Sie wollte reisen, ich konnte das nicht. Nicht mit alldem hier.« Er wirft einen Blick durch den Raum.

Ich denke an die Mühle, an seine Mutter. »Du bist gefangen«, sage ich.

»Es kommt immer der Moment«, antwortet er vorsichtig, »an dem man sich entscheiden muss. In jeder schwierigen Situation muss man eine logische Entscheidung treffen. Manche Menschen stürzen sich in etwas und wissen dann nicht weiter. Dann wundern sie sich, warum sie ertrinken.«

Plötzlich wird mir klar, dass er das Gespräch wieder zu mir gedreht hat. Nancy ist Geschichte. Sie hatte gesagt, was sie wollte, und Arthur hatte sie gehen lassen. So will er mir vermitteln, dass ich mir das Leben selbst schwer mache.

»Aber was ist, wenn man gestoßen wird?«, sage ich schwach, entschuldigend. »Gute Menschen begehen wegen der Umstände Fehler.«

Arthur betrachtet mich mit einem gewissen Mitgefühl. »Niemand hat dich gestoßen – du bist gesprungen. Aber es gibt immer einen Ausweg. Auch da hat man die Wahl.«

Ich gehe früh ins Bett, wie man es macht, wenn man erschöpft ist und glaubt, dass man sofort einschläft. Doch das passiert quasi nie. Man bleibt wach, das Gehirn lädt Daten herunter wie ein unkontrolliertes Handy. Ich liege mit brennender Nachttischlampe im Bett und sehe zur unebenen Decke hinauf. Ich fühle mich klein, zerquetscht, als läge Reubens ganzes Gewicht auf mir und drücke mich in die Matratze. Doch es ist kein gutes Gewicht, nicht seine Wärme und seine sanfte Rauheit und all das andere Gute. Mich erdrücken Schmerz, Verrat und Verzweiflung.

Am Anfang der Affäre hat sicher auch Triumph mitgespielt. Ich konnte es kaum glauben, dass jemand wie Reuben jemanden wie mich gut finden könnte. Ich war das genaue Gegenteil meiner Schwester, dunkel, still, ungelenk, und Reuben war bunt und sorglos. Mit ihm war ich nie still und ungelenk, vor allem im Bett. Dann hat sich der Triumph zu etwas Dunklerem gewandelt, einem ungesunden Verlangen. Mein Körper hat mich überrascht, wie er auf ihn reagiert, sich nach ihm gesehnt hat. Mein Gewissen hat sich verabschiedet. Wir haben viel riskiert, gingen miteinander ins Bett, wenn wir allein im Haus waren, warfen uns heiße Blicke über den Esstisch zu. Es war ein Spiel, von dem Jane ausgeschlossen war. Ich habe es nie darauf angelegt, mich in ihn zu verlieben, und er dachte wohl, er könnte mich auf Abstand halten – zumindest emotional. Zuerst fand Reuben es sicher spannend, zwischen zwei Schwestern abzuwechseln. Davon träumt doch jeder Mann, oder? Mir wäre nie eingefallen, ihm ein Ultimatum zu stellen, bis zu dem er sich entscheiden muss. Auch wenn die Liebe unter einem schlechten Stern steht, ist man von ihr geblendet.

Einen Ausweg ohne gebrochenes Herz gibt es nicht, und dieser Gedanke lastet immer schwerer auf mir, bis ich wie Reuben in seinem Krankenhausbett nur noch ein schmaler Umriss bin.

Immerzu muss ich daran denken, wie schnell er versucht hat, sich zu retten. Ein Teil von mir hat sich danach gesehnt, dass er unter den weißen Laken eine Erleuchtung hat. *Du bist die, die ich wirklich liebe, Lucie. Nicht Jane, sondern von Anfang an habe ich dich geliebt.* Ein Teil von mir hat gedacht, dass Reuben eines Tages den Mut haben würde, zu seinen Gefühlen zu stehen. Ein Teil von mir hat gedacht, dass »eines Tages« jetzt wäre.

Was, wenn Reuben überhaupt nie den Mut gehabt hat? Mir ist zum Weinen zumute. Die pure Kraftanstrengung, unser Verhältnis in einem neuen und wenig schmeichelhaften Licht zu sehen, ist unerträglich.

Ich beschließe aufzugeben. Das Bett ist plötzlich eine Wüste, und ich rieche Reuben immer noch an meinem Kissen. Ich schlüpfe in den Bademantel, stolpere in die Küche, schalte jedes Licht ein, erleuchte das Cottage hell, mache die Nacht zum Tag. Nächte sind so sinnlos, wenn man allein ist. Schon bald blubbert der Wasserkocher, und ich singe bei einem Take-That-Song im Radio mit. Mir ist eigentlich nicht nach Fröhlichkeit und Singen, aber ich will nicht allein mit meinen seltsamen neuen Gedanken sein. Meine Verbindung zu Reuben ist makellos und unerschütterlich. Es ist kein Platz für einen Fleck oder Zweifel.

Macs Notizbuch liegt auf dem Küchentisch. Als sie im Café nach ihrem Schlüssel gesucht und ihre Tasche dabei ausgeleert hat, hat sie das Buch vergessen, und ich habe Arthur versprochen, es ihr zurückzugeben. Sie hat viel geschrieben in letzter Zeit, das Buch aber immer zugeklappt, wenn ich ins Zimmer kam, als ob sie eine geheime Unterhaltung geführt hätte. Ich bin neugierig, zögere aber, das Buch zu öffnen; aus Gründen, die ich selbst nicht ganz verstehe. Ich mache mir eine Tasse Tee und esse zwei Jaffa-Kekse, bevor ich mich schließlich an den Küchentisch setze.

Die Schwestern wissen, dass sie im heiratsfähigen Alter sind, als der junge Lord Musgrave seine Aufwartung macht. Zuerst umwirbt er ihren Vater. Sie treffen sich spätabends zu ernsten Worten und viel

Wein. Einmal versteckten sich Elspeth und Bella hinter den Vorhängen, doch diese waren so verstaubt, dass Bella niesen musste und sie dadurch verriet. Ihr Vater befahl der Magd, die Kinder nach oben zu bringen. Doch immerhin hatten sie den jungen Lord noch genau sehen können, bevor man sie fortbrachte. Er war ein wenig ungeschlacht, was er durch die Qualität seiner Kleidung ausglich. Er trug ein feines Seidenhemd und einen Umhang aus burgunderrotem Samt, der nach Kräutern roch.

Als er das nächste Mal seine Aufwartung macht, werden Bella und Elspeth dazugerufen. Bella atmet ihn ein wie frischen Regen, als sie ihm Rotwein in seinen Becher gießt. Elspeth redet zu viel und kichert zu laut und wirft ihr reizendes Haar über die Schulter. Sie trägt ein gelbes Kleid, das zusammen mit ihren Haaren vor dem Feuer wie Butterblumen leuchtet. Ihr Vater lächelt und nickt von seinem schweren Stuhl aus.

Am nächsten Tag liefert ein Dienstbote des jungen Musgrave ein Päckchen zusammen mit einem Brief ab. Vater bricht das Siegel, und Bella packt es mit zitternden Fingern aus. Aufregung macht sich in ihrem Bauch breit wie Hungerkrämpfe, als sie ein winziges Paar blasser Glacélederhandschuhe entdeckt.

Höre ich da ein Auto? Höre ich, wie die Tür zugeschlagen wird und sich jemand an der Hintertür zu schaffen macht? Ich weiß es nicht, ich bin zu gefesselt von der Lektüre. Ich packe das Notizbuch fester und lese weiter.

»Oh, wie schön!« Bella hält die Handschuhe in die Höhe und zeigt sie herum.

Ihr Vater wedelt mit dem Brief in ihre Richtung. Er sieht erleichtert und traurig zugleich aus. »Sie sind nicht für dich, Tochter, sondern für die kleine Elspeth. Unser junger Lord möchte sie gern zur Frau nehmen. Das hatte ich mir schon gedacht!«

Plötzlich ist meine Schwester da und wirft ihre Autoschlüssel klirrend neben mir auf die Tischplatte. Alles in mir verkrampft sich, und ich schlage das Notizbuch zu.

»… fahre morgen früh nach Hause, um frische Kleider zu holen«, sagt Jane und berührt den Wasserkocher, um zu sehen, ob er noch heiß ist. »Mein Mund ist so trocken, ich brauche unbedingt eine Tasse Tee – willst du auch eine? Warum bist du noch wach? Es ist nach Mitternacht.«

Sie trägt immer noch die Strickjacke.

»Zieh das gelbe Kleid aus«, sage ich.

»Was?« Sie starrt mich an, ein Teebeutel baumelt zwischen ihren Fingern.

»Zieh dir was anderes an – die Farbe ist völlig unpassend.«

»Welches Kleid?«

»Das gelbe.«

»Kleid?« Sie zieht einen zweiten Teebeutel aus der Schachtel, während sie mich immer noch ansieht, als sei ich verrückt.

»Die – gelbe – Strickjacke«, sagte ich langsam, als sei sie der Idiot.

»Du hast *Kleid* gesagt.«

»Habe ich nicht. Ich habe …«

»Du hast gesagt, zieh das gelbe Kleid aus. Ich habe überhaupt kein gelbes Kleid. Hör mal, Lucie, der Tag war wirklich lang.«

Sie sagt noch etwas, doch das Notizbuch ist aufgeklappt. Oder habe ich es aufgeschlagen? Die Wörter tanzen vor meinen Augen.

Elspeth schreit auf und entreißt die Handschuhe dem tauben Griff ihrer Schwester. Sie passen perfekt. Sie bewegt ihre Finger wie kleine Katzenkrallen, prüft die Geschmeidigkeit des Leders. Der

Samen der Eifersucht schlägt in Bellas Brust Wurzeln, so schmerzhaft, dass sie sich abwenden muss.

»Warum bist du nur so?«, fragt Jane. »Ich war acht Stunden im Krankenhaus. Ich kann kaum mehr geradeaus schauen, und jetzt ignorierst du mich einfach.«

Ich schließe das Notizbuch wieder und strecke selbst prüfend meine Finger wie Katzenkrallen, und als ich mich zu meiner Schwester wende, betrachte ich sie aufmerksam. Es ist so lange her, seit ich ihr in die Augen gesehen oder mich mit ihr anders auseinandergesetzt habe als verstohlen und aggressiv. Ich weiß nicht, wie ich mich verhalten soll. Ich habe das Bild eines Kindes von ihr, wie sie aussehen sollte, mit ihren glänzenden rosa Lippen und den großen Augen mit den sorgfältig getuschten Wimpern. Die beweglichen Hände, die klirrenden Armbänder. Die hübsche Golduhr, die Reuben ihr gekauft hat, damit sie nie zu spät kommt. Jane ist eine Routinefanatikerin. Sie bleibt nie länger als bis halb elf auf, und vor dem Schlafengehen schreibt sie noch eine To-do-Liste für den nächsten Tag. Dann reinigt sie ihr Gesicht mit teurer Kosmetik und trägt sogar Gesichtswasser auf. Wer macht das schon, Himmel noch mal? Jane ist so organisiert und gefasst, doch als ich sie jetzt ansehe, erkenne ich, dass sie kurz vorm Zusammenbrechen ist, und das schockiert mich.

Diese Frau ist eine Fremde. Ihre Haut ist gespannt und empfindlich, das Make-up hat sich in den feinen Fältchen um ihren Mund gesammelt, und die Nase glänzt. Unter ihren Augen sind tiefe, dunkle Daumenabdrücke und schwarze Flecken, wo die Wimperntusche verschmiert ist. Ungeschickt stehe ich auf; das Scharren der Stuhlbeine durchdringt brutal die stille Küche. Ich nehme die Teebeutel.

»Setz dich. Ich mache den Tee. Willst du auch Toast?«

Sie lässt sich schwer auf den Stuhl sinken, von dem ich gerade aufgestanden bin, und ich stelle mir vor, wie meine verbleibende Körperwärme in ihre Kälte übergeht. Ich möchte sie umarmen, aber ich kann mich nicht erinnern, wann wir uns das letzte Mal umarmt haben.

Sie schüttelt den Kopf. »Ich habe heute schon viel zu viele Kohlenhydrate gegessen. Ich lebe im Moment von Gebäck.«

»Wem sagst du das!« Ich gieße kochendes Wasser in zwei Tassen. »Der Bäcker Arthur scheint zu glauben, dass ich ohne eine tägliche Portion seiner Backwaren nicht überlebe. Ich habe schon zugenommen.«

»Das ist mir aufgefallen.«

Sie mustert meinen Hintern, das spüre ich. Mein plötzlicher Anfall von Wohlwollen verpufft. Ich stelle unfreundlich eine Tasse vor ihr ab und setze mich auf den alten Kiefernstuhl am Kopf des Tisches.

»Also …« Ich verbrenne mir die Oberlippe am ersten Schluck Tee. »Läuft … lief es nicht so gut zwischen dir und Reuben? Vor dem Unfall?«

Ihr Gesicht verschließt sich. Sie bläst sanft auf ihren Tee, und ich denke schon, dass sie mir nicht antworten wird. »Es war alles wie immer. Ich … ich denke nur die ganze Zeit …«

»Du glaubst, dass er dich betrügt?« Reden wir nicht lange um den heißen Brei herum. Mein Herz hämmert gegen den Brustkorb. Etwas tief in mir sehnt sich nach einer Explosion. Ich will alles durcheinanderwirbeln und die Überreste durchkämmen.

»Es ist nur ein Gefühl.« Jane spannt ihren Kiefer auf diese starrsinnige Art an, an die ich mich noch aus unserer Kindheit erinnere. Das ist meine Schwester, das verärgerte kleine goldene Mädchen. Diesen Ausdruck hat sie perfektioniert, wenn sie ihren Willen nicht bekam. Wenn man sie fälschlich beschuldigte, einen Streit begonnen zu haben, wenn sie nicht zur Klassensprecherin gewählt wurde, wenn sie an der Uni für eine Arbeit nur eine Drei bekam … dann sah sie so aus. Ein Teil von mir hat sich immer gefreut, wenn man sich ihr widersetzt hat.

Als ich mit Reuben in dem alten Fischerpub übernachtet habe, haben wir so getan, als wären wir ein echtes Paar. Wir tranken eng aneinandergeschmiegt Pints an der Bar, und die Einheimischen lächelten uns freundlich zu. Okay, ich sehe es wie einen nostalgischen Fernsehfilm vor mir. Vielleicht wollten sie ja auch nur, dass wir endlich in unser Zimmer verschwinden. Jane hatte Reuben an dem Abend angerufen. Sie dachte, er wäre mit seinen Kumpels beim Golfen. Er hielt das Handy ans Ohr, belog sie, und die ganze Zeit drückte er mein Knie, während ich so leise war wie eine kleine Maus.

Von meinen früheren Triumphgefühlen ist nichts mehr übrig. Jane kann mich nicht ansehen, und ihre Stimme ist leise und metallisch.

»Er bekommt SMS, die er sofort löscht.«

»Du hast sein Handy überprüft?« Ich habe alle Nachrichten von Reuben aufgehoben. Ich kann sie nicht löschen.

»Natürlich. Eifersucht macht einen zu einem Monster.« Sie lacht bitter. »Er weiß, dass ich ihn verdächtige. Er genießt das Versteckspiel.«

Mein Herz sinkt noch tiefer. Bin ich das für ihn? Ein bloßes Versteckspiel?

»Du irrst dich sicher.« Ich muss ihm doch mehr bedeuten als das.

Jane zuckt mit den Schultern. Ihre zarten goldenen Ohrringe erzittern unter den feinen blonden Haaren. »Jetzt ist nicht der richtige Zeitpunkt, um darüber zu reden.« Sie streckt die Arme, und die schreckliche gelbe Strickjacke rutscht bis zu ihren Ellbogen. »Ich fahre morgen früh dann also heim, hole frische Kleider und kümmere mich um den ganzen Haushaltmist. Das Leben geht schließlich weiter, nicht wahr? Lucie?«

»Ja. Ich höre dir zu. Du solltest dir eine Pause gönnen, dich etwas erholen. Ich besuche Reuben morgen.«

»Danke. Danke, dass du da bist, Lucie.«

Ich erwidere ihr Lächeln und meide ihren Blick. Ich kann es mir nicht leisten, meine Schwester wieder als diese gebrochene Frau zu sehen.

Der Tag, an dem das wieder passiert … An dem Tag muss ich Reuben gehen lassen.

Lucie

Ich bin an einem dunklen Ort.

Sogar ganz wörtlich.

Ich setze den Punkt mit lilafarbener Tinte und schließe mein Notizbuch. Es ist kalt, und ich bereue es schon, mitten in der Nacht zum Mühlteich gekommen zu sein. Jane ist ins Bett gegangen, aber ich war nicht müde.

Floss, die offensichtlich an Schlaflosigkeit leidet, kam wieder zur Hintertür und hat mich mit ihrem Winseln und Kratzen nach draußen gelockt. Ich wollte ihr schon böse sein, doch als ich die Tür öffnete, wollte der Hund einen Mitternachtsspaziergang unternehmen. Ich trat nach draußen ins Mondlicht, und plötzlich war ich verzaubert. Ich dachte an das Weihnachtsgedicht, in dem der Mondschein so silbern auf alles schien, als sei es heller Tag. Der Mond beleuchtete die wuchernde Natur um das Cottage, eine geisterhafte Imitation von Tageslicht. Ich hatte die ganze Welt für mich. Ich holte nicht mal eine Taschenlampe, getrieben von einem seltsamen Gefühl von etwas Knospendem. Ich schlüpfte mit nackten Füßen in kalte Gummistiefel und ging mit flatternden Pyjamahosenbeinen und fest gegen die Kälte gegürtetem Bademantel nach draußen.

Der brombeerschwarze Teich glitzert saftig unter dem Vollmond. Etwas krabbelt im Unterholz hinter mir, und vogelartige Wesen schießen tief übers Wasser davon. Wahrscheinlich Fledermäuse. Die nächtliche Welt ist auch nur ein Spiegel der Tageswelt, aber weniger kompliziert, weil alles seinem natürlichen Lauf folgt. Sie ist vollständig und kommt auch ohne mich wunderbar zurecht. Ich schaudere und ziehe den Bademantel am Hals enger zusammen, als mir erschreckend bewusst wird, dass ich im Dunkeln im Schlafanzug auf einer Bank sitze und Gedichte auf einen Notizblock schreibe, den ich in der Küchenschublade gefunden habe. Manche wurden schon für weniger eingesperrt.

Ich war mit einer gewisser Hoffnung nach draußen gegangen – vielleicht kann ich das alles hinter mir lassen und die Schwester sein, für die Jane mich hält. Es ist nicht schlimm, allein zu sein. Der Himmel wird nicht auf mich herabstürzen. Man muss nur einen Sinn darin sehen. Ich schlage den Notizblock wieder auf, nehme den lilafarbenen Stift zwischen die Finger und blicke in den Himmel, auf der Suche nach Inspiration.

Ich sehe den bleichen Mond;
Sterne
Wie Samen.

Da draußen ist ein riesiges Universum. Du kannst erst weitergehen, wenn du Reuben abgehakt hast. Du weißt, dass du das musst. Du kannst nicht darauf warten – worauf hatte Jane gewartet? Dass sich die Umstände änderten? Nur man selbst kann etwas daran ändern.

Die Wahrheit hat sich festgesetzt. Der glitschige Fisch war aus dem Brombeerwasserteich an Land gesprungen. Du musst eine Entscheidung treffen.

Ich blicke nach oben,
doch dadurch entblößt man
seine verletzliche Seite.

Du hast es begonnen. Es ist deine Schuld. Du musst es beenden, bevor dich die Schuldgefühle kaputtmachen.

Ein Vogel ruft aufgeregt vom anderen Ufer, und ich zucke zusammen.

Es beenden … es beenden … es beenden …

Welcher Vogel singt in der Nacht? Einer, der nicht schlafen kann. Verdammt, ich sollte nicht hier draußen sein. Ich schiebe den Notizblock in die Bademanteltasche und stehe auf. Floss taucht wie aus dem Nichts auf, und ich tätschele ihren Kopf. Da erschreckt mich ein lautes Platschen. Das Geräusch vibriert durch meinen Körper, doch als ich mich umdrehe, sind nur die konzentrischen Kreise auf der Wasseroberfläche zu sehen.

Was zur Hölle war das denn? Wie groß muss ein Fisch sein, um solchen Lärm zu machen? Floss winselt. Ich halte den Atem an und warte gespannt. Am Wasser fühle ich mich nie besonders wohl, doch dass hier etwas Unbekanntes unter der Wasseroberfläche lauert, macht das Ganze nicht besser. Am liebsten wäre ich schreiend nach Hause gerannt. Nur die Kreise sind zu sehen, wie das Wasser sanft ans Ufer schwappt. Ich suche nach einer logischen Erklärung. Vielleicht gibt es hier Hechte? Man liest doch ständig davon, dass die Leute Monsterhechte mit ihren

Netzen fangen. Ich sehe einen merkwürdigen, vorzeitlich aussehenden Fisch vor mir, der in den schlammigen Tiefen lauert.

Der Mond verschwindet hinter einer Wolke und nimmt die Umgebung mit. Vereinzeltes Funkeln bleibt zurück – ein Schimmern hier, ein Tropfen da, ein paar bleiche Blätter. Ich beobachte den Punkt, an dem das Ding verschwunden ist. Das Platschen, das schwere Gewicht … Meine Sicht erblüht im Dunkeln, ich reiße die Augen auf. Dahinten kommt etwas nach oben. Etwas Gelbes. Etwas Gelbes, das direkt unter der Oberfläche treibt. Und dann langsam nach unten sinkt.

Nicht jeder kann treiben.

Ich renne. Ich renne zurück zum Cottage, schlittere durch den Schlamm, stolpere über die dornigen Zweigschlangen der Brombeeren, während Floss mir hinterhergaloppiert. Ich habe keine Ahnung, was ich gerade im Teich gesehen habe – das laute Platschen, das gelbe Etwas –, doch ich kann nur an Jane und ihre blöde gelbe Strickjacke denken. Ich stürze zu ihrem Zimmer, krümme mich vor der Tür, ringe nach Atem. Mein Herz klopft laut vor Angst. Ich weiß, dass es nicht sie ist. Habe ich ihr nicht vor einer Stunde erst gute Nacht gewünscht? Aber ich habe Angst, die Tür zu öffnen. Ich habe furchtbare Angst, Jane nicht vorzufinden, wo ich mich doch all die Monate nach ihrer Abwesenheit gesehnt habe. All die Male, wo meine Schwester einfach verschwinden sollte … Ich kann nur noch an die gelbe Strickjacke denken, wie sie sich mit Teichwasser vollgesogen hat und sie nach unten zieht …

Ich stürze ins Zimmer.

Jane schläft tief und fest. Ich wusste es.

Erleichterung durchströmt mich, bis ich mich kaum noch auf den Beinen halten kann. Leise ziehe ich mich zurück und schließe die Tür.

Mac

April

Weitere Geschenke des jungen Lord Musgrave treffen ein: Liebesbeweise, Anhänger, sogar ein Pony, das so weiß wie frische Milch ist. Es ist ungewöhnlich, dass die jüngere Schwester zuerst verheiratet wird, und ihr Vater gibt vor, nicht erfreut darüber zu sein und gleichermaßen verwirrt. Die beiden Männer diskutieren lange bei geheimen Zusammenkünften, bei denen viel Ale getrunken wird. Schließlich werden sie sich einig, und das Datum für die Hochzeit wird festgesetzt. Elspeth hat schließlich noch immer ihren Willen bekommen.

Bella hält es nicht länger im Gemach ihrer Mutter aus, als sich das Gespräch Blumen und Kleidern und Kindern zuwendet. Sie sprechen sogar über die Hochzeitsnacht, wobei sich Bella innerlich krümmt. Sie fürchtet allmählich, dass sie niemals so eine Nacht erleben wird, dass kein Mann jemals ins Schloss ihres Vaters kommen und um ihre Hand anhalten wird. Vielleicht wird sie hier sterben, ungeliebt, nur mit dem alten Hund als Gesellschaft, der über ihrer Leiche wacht. Der Samen des Hasses schlägt tief in ihrem Inneren Wurzeln.

Liebesbeweise. Verbindet man damit nicht etwas Süßes, Zeitloses und Reales? Meine Finger sind steif vor Kälte. Ich lege den Stift zur Seite und ziehe die Decke enger um meine Schultern. Wenn ich damit wie eine Obdachlose aussehe, soll es mir recht sein. Meine Durchblutung ist im Eimer, alles eine Folge der Herzprobleme, die keiner lösen kann. *Liebesbeweise.* Ich presse die Handflächen gegen den Brustkorb, als ob ich nach den Schmetterlingsgeistern verlorener Gefühle suche, doch ich spüre nur ein leichtes Brennen. Zu viele Bananen in den Cornflakes.

Jim hat mir einmal einen Liebeslöffel aus Apfelholz geschnitzt. Ich glaube, ich kann mich immer noch an das verheißungsvolle Kribbeln tief in mir erinnern. Den Glauben an Magie.

Eine Erinnerung erwacht zum Leben. Eine ältere, alleinstehende Tante hier in Fettermore, in dem Haus neben der Kirche, und meine Mutter bringt mich in regelmäßigen Abständen zu ihr. *Mach dich nützlich. Sie hat sonst niemanden.* Das Haus riecht nach Brühe und Pilzen, und im Staub auf ihrem edlen Mahagoni-Esstisch sind Abdrücke von Katzenpfoten zu sehen. Ich wische sie ab, mache Tee, biete an, einkaufen zu gehen. Aus dem Schrank unter der Treppe zieht die alte Frau einen karierten Einkaufstrolley hervor, tief und breit und mit Spinnweben an den Kanten. Ein Relikt, die Art Monstrosität, die meinem ganzen Selbstbild widerspricht – meinem Minirock, meiner hübschen Baskenmütze, meinem blitzgescheiten Verständnis der nuklearen Aufrüstung und der artgerechten Haltung von Tieren: Mein ganzes Selbst sackt nach unten wie eine Hose ohne Gummizug, als ich das Relikt über die Dorfstraße ziehe. Man starrt mich durch Cottagefenster hindurch an. Ich bin eine Fremde mit einem vornehmen Akzent und einem geliehenen Einkaufstrolley. Ich erinnere mich noch gut an den Gang der Schande.

Ich lebte für die Male, wenn meiner alten Tante das Mehl ausging. Dann konnte ich nämlich zur Mühle entkommen.

Wo ich Jim sehen würde, einen jungen Mann, der gerade die Schule abgeschlossen hatte und seinem Vater half. Er würde mein Maß mit frischem, pudrigem Mehl füllen und lächeln und alltägliche Dinge aus dem Landleben erzählen, die meinem jungen, urbanen Ich nichts sagten. *Wir hatten eine gute Vegetationszeit.* Sein träges Lächeln, die blauen Augen. *Wird ein trüber Tag.* Ich begann ihm von meinem Leben in Edinburgh zu erzählen. Immer öfter schaute ich bei der Mühle vorbei. Ich wartete im Halbdunkel unter dem Apfelbaum auf ihn und stellte mir den Geschmack von Mehl auf seinen Lippen vor.

Der Apfelbaum war der älteste auf dem Mühlengrund. Er wäre mittlerweile noch viel älter, wenn dieser Dummkopf von Gärtner ihn nicht gefällt hätte. Damals wusste man noch, wie man Bäume zu beschneiden hatte, und eines Tages, in dem Monat, bevor ich nach Cambridge zog, hat Jim mir einen Liebeslöffel geschenkt, den er aus einem der Zweige geschnitzt hatte.

Er muss irgendwo in der Schublade sein. Das Bedürfnis, ihn zu finden, ist überwältigend. Ich schiebe den Stuhl vom Schreibtisch zurück und komme mühsam auf die Füße. Dann drehe ich mich einmal um die eigene Achse. Mir ist leicht schwindelig, als würden die Bücherstapel auf mich zukommen. Ich krümme mich, schlinge die Arme um die Brust, halte meinen keuchenden Atem fest. Den Liebesbeweis. Ich muss ihn finden. *Du hast ihn behalten. Ganz bestimmt.* Jeder bittere Knochen in meinem Körper lacht laut auf. Die Erinnerung schaltet sich kichernd ein. *Du hast ihn über dem Knie zerbrochen und ihn in den Herd geworfen.*

Ich stolpere zurück zum Stuhl, welk unter meiner Decke. Meine Bewegung hat die Seiten des Notizbuches aufwirbeln lassen. Das Gewicht der Tinte verankert die beschriebenen Seiten, doch die unbeschriebenen flattern wie Flügel. Es sind nur noch so wenig freie Seiten übrig.

Angst treibt mich wieder an. Ich bin ein Wirbelwind, reiße Schranktüren auf, durchwühle die Sachen auf meinem Schreibtisch. Ich reiße die oberste Schublade auf und suche nach Hinweisen. Da ist der Zimmermannsbleistift, mit dem Lucie einen Liebesbrief an einen Mann geschrieben hat, der niemals ihr gehören kann. Wut entrollt sich wie ein Seil in mir, treibt mich an. Ich ziehe die Schublade vollständig heraus, verteile ihren Inhalt auf dem fadenscheinigen Teppich: alte Quittungsblöcke, auf Briefumschläge gekritzelte Rezepte, verbrauchte Batterien, Bleistiftspan. In der hintersten Ecke liegt etwas, von dem ich gar nicht gewusst hatte, dass ich es suchte. Ein weiteres Liebesgeschenk. Ein Saphiranhänger an einer goldenen Kette. Ich beginne zu lachen.

Ich nehme den blauen Stein, lege meine Finger um das kalte Gewicht, erinnere mich an seine Geschichte. Im Licht der Schreibtischlampe glitzert der blaue Saphir, und meine Augen jucken, als hätte ich am Meer zu lange in die Sonne geschaut. Ich erinnere mich, wie ich die Kette vor vielleicht zwanzig Jahren gefunden habe. Es ist die alte Geschichte: Mit tränenfeuchten Augen entdeckt die Heldin die Quittung (so teuer! Und von *dem* Juwelier!), schleicht sich davon, fest davon überzeugt, dass sie am Weihnachtsmorgen eine hinreißende, glitzernde Überraschung erleben wird. Nur, dass die Überraschung nie kommt und sie sehr genau weiß, dass sie ein Set antihaftbeschichteter Pfannen auspacken wird, während ihr Herz bricht. Eines der ältesten Klischees des Lebens.

Ich denke an die Zeit zurück. Hatte ich ihr Parfüm an ihm gerochen? Nein. Es hatte keine Hinweise, keine Anzeichen gegeben, nur dieses Weihnachtsgeschenk, das niemals für mich bestimmt war. Nichts hatte darauf hingedeutet, um den Schlag zu mildern.

Ich kehre in die Gegenwart zurück und knie auf dem Teppich. Mein Inneres rebelliert, und ich halte die Kette immer noch fest umklammert. Tränen tropfen zwischen meine Finger. Als ich meine Trauer nicht mehr ertragen kann, heule ich auf und schleudere das Ding gegen die Wand. Der funkelnde Stein trifft mit einem harten Klicken auf dem Putz auf, und die betäubende Stille danach hallt durch den Raum. Mein Kopf dreht sich wie ein gebrochenes Rad. Ich sinke auf dem Teppich zusammen und weiß nicht, ob ich mich jetzt besser fühle oder schlechter.

Der Drang, etwas zu zerstören, ist überwältigend.

Ich lasse mein Arbeitszimmer zurück, meine Bücher, meine Decke, meine Wärme. Es ist mir egal, wie spät es ist. Ich halte den Mühlenschlüssel in der einen, die Kette in der anderen Hand. Der harte Aufprall an der Wand konnte dem Stein nichts anhaben. Ich *muss* das Ding loswerden. Das Leben ist so zerbrechlich. Jede Nacht quäle ich mich mit dem Gedanken, dass ich am nächsten Morgen vielleicht nicht mehr aufwachen könnte. Ich darf keine losen Enden zurücklassen.

Es ist so kalt, dass ich meinen Atem im Dunkeln sehe. Ich höre das leise Rufen einer Eule, das beständige Rauschen des Mühlzulaufs, der sich seinen Weg durch die extra angelegten Kanäle bahnt.

Sobald ich eingetreten bin, umfängt mich die Mühle. Sie

ist kalt und feucht. Meine Schritte hallen von den Wänden wider, und mein Puls stolpert unregelmäßiger als sonst. Meine Hand tastet erbärmlich nach dem Lichtschalter, als könnte dieser alles Böse bannen, die dunklen Geister, die hier lauern. *Hinter dem Lichtkreis der Zivilisation.*

Ich gehe zum Wasserhebel. Früher hat mich die glatte Form des Gewichts in meiner Hand getröstet. Es war zeitlos, das Wasser zu teilen, das alte Rad in Bewegung zu versetzen.

Als Jim mir zum ersten Mal gezeigt hat, wie ich ihn bedienen soll, war mir ganz schwindelig vor Machtgefühlen, dass ich den Befehl über so viel Wasser hatte. Selbst jetzt erfüllt es mich mit elementarer Freude, als sich das Geräusch des Wassers vor der Mühle ändert und das Rad sich in Bewegung setzt. Das Mahlwerk erwacht zum Leben.

Ich trete zurück und warte, bis alles in Gang gekommen ist. Das anfängliche Mahlen wird rasch zu einem geschäftigen Klacken, als die Siebe und Schütten ihren Rhythmus finden. In der Ecke der Mühle erwachen die Mühlsteine zum Leben. Der Geruch nach Schießpulver erfüllt die Luft, Funken schießen ins Dunkel. Die Steine haben nichts zum Mahlen. Ich eile zum Trichter, in dem noch ein wenig Getreide liegt, doch es ist klebrig und feucht. Ich stochere mit einem Stock darin herum, bis sich etwas löst und zwischen die Mühlsteine rinnt. Hungrig beginnen sie zu mahlen.

Ich erlaube mir ein leichtes Lächeln und hole die Kette aus der Tasche. Ich muss ein paar Fussel und Hundekuchenkrümel abwischen. Kurz halte ich die Kette in die Höhe und sehe zu, wie sich der Anhänger dreht. Früher haben sich alte Frauen die Geschichte erzählt, dass man das Geschlecht des

Kindes vorhersagen kann, wenn man einen solchen Anhänger über den Bauch einer schwangeren Frau hält. Jim hat es bei mir ausprobiert, als Arthur unterwegs war. Er hat es mit einem verbogenen Nagel und einem Faden versucht, aber wir wussten nicht so recht, was wir erwarten sollten, und das Experiment endete in Gelächter und Neckereien. »Was es wohl wird?«, hatte ich aufgeregt im Dunkeln geflüstert. Jim hatte mich zärtlich geküsst und scherzhaft gesagt: »Ein Müller!«

Der Anhänger dreht sich immer schneller. Was versucht er mir zu sagen? Schaudernd gehe ich näher zu den Steinen und werfe die Kette dazwischen. Ein Aufprall, ein Knirschen. Die Steine geraten ins Stocken, zögern, grunzen wie ein großes Tier, das frisches Futter zwischen die Kiefer bekommt. Offensichtlich zufrieden nehmen sie wieder Fahrt auf, leicht ruckend, aber unaufhaltsam.

Lucie

Nach einer weiteren schrecklichen Nacht wache ich spät am Morgen auf. Reuben ist aus dem Krankenhaus entlassen worden, und Jane hat ihn zurück in den Norden gebracht. Ich quäle mich mit den Dingen, die ich nicht weiß. Verstehen sie sich? Hat Reuben sich seit dem Unfall verändert? Nimmt er seine Schmerzmittel? Vorher hat er nicht einmal eine Paracetamol genommen.

Floss tauchte schon wieder auf, als ob sie meine Grübeleien spüren könnte, als ich nachts verstohlen eine Zigarette unter der Pergola rauchte. Zeit, nach Hause zu gehen, sagte ich ihr, nicht für einen Besuch. Und nein, wir machen jetzt *keinen* Mitternachtsspaziergang, nicht schon wieder. Ich war zu erschöpft, um sie zurechtzuweisen, als sie mir ins Schlafzimmer folgte. Mühelos sprang sie auf die Bettdecke, nachdem ich mich hingelegt hatte, drehte sich dreimal um sich selbst, bevor sie sich einrollte. Dreimal, wie ein Schutzzauber.

Das unverkennbare Grollen, das tiefe, unheimliche Rumpeln hatte uns eine Stunde später oder so wieder aufgeweckt. Ich wusste sofort, dass es das Mühlrad war, doch als ich zum Fenster stolperte, warnte mich der schwarze Spalt zwischen den Vorhängen, dass die Tageszeit und die Umstände überhaupt nicht passten. Die Mühle sollte jetzt nicht laufen, und dieser unnatürliche Vorgang ließ meinen Mund austrocknen. Floss war ebenfalls aufgewacht und setzte sich mit gespitzten Ohren auf. Ich packte meine Jacke und eine Taschenlampe und atmete tief durch.

Es hatte gefroren. Die Außenwelt war schwarz-weiß; weißer Raureif bedeckte die schwarzen Zweige, die schwarzen Steine. Das Rumpeln war so tief, dass ich es bis in die Knochen spürte. Die Mühlentür stand offen. Von meinem Standort im Schatten aus sah ich, wie das sanfte Licht nach draußen auf den weißen Boden floss. Und da war auch Mac, sie stand in einem Lichtkreis in der Tür. Sie hielt die Hände in die Höhe, wie der böse Zauberer in einer Pantomime. Ihre Hände glitzerten vor jenseitigem Frost und waren mit etwas befleckt, das ich nicht verstand. Geisterblut. Mein Gehirn produzierte Bilder, die es nicht gab. *Geisterblut.*

Ich beobachtete verwirrt und wie im Traum, wie Mac zurück zum Haus ging. Woraufhin ich in die Mühle schlich. Ich wollte es eigentlich nicht, aber sie hatte die Tür offen gelassen. Ich hätte einfach absperren und ihr den Schlüssel zurückbringen sollen, doch stattdessen stand ich im Dunkeln auf der Türschwelle und ließ den Blick über die rauen Wände wandern, den komplizierten Aufbau des Mühlwerks. Ich ging hinein, schauderte in der eisigen Kälte. Der Frost schien sich in den Wänden festgesetzt zu haben. Ich ließ den Strahl der Taschenlampe über die alten Balken bei den Mühlsteinen wandern und entdeckte eine silbrige Inschrift. Eine Art Liste: *4 Firlots, 2 Viertelscheffel Gerste, ein Viertelpfund Nägel.* Eine einfache Bleistiftzeichnung: eine Blume, Stiefmütterchenblüten, Blätter, aufs Holz gekritzelt. Daneben ein Name. Ich sah genauer hin. Die Inschrift war fast verblasst, aber der Name war unverkennbar: *Bella.*

Am Mühlengrund halten sich die Schwestern am liebsten auf. Der Bach, braun wie eine angelaufene Münze, verläuft mitten hindurch, und die Bäume beugen sich wie zum Gebet hinunter zum Wasser. Manche Stämme sind so breit wie Ponyrücken, und die Mädchen lehnen sich gern daran und sehen hinauf in die Blätterkronen und den Himmel, der dazwischen zu sehen ist. An manchen Tagen ist der Himmel bleigrau, manchmal blau wie ein Vogelei, und die schwarzen Falken schreiben ihre Worte darauf. Bella stellt sich vor, dass ihr Name für immer im Himmel eingeritzt ist.

Sie sammeln Wildblumen oder Kräuter, sie kennen den Unterschied nicht, und schlittern hinunter zum Wasserrand, um Kiesel hineinzuwerfen. Ihr Hund Faithful wirft sich hinein, und das Wasser glitzert um ihn herum, als hätte man eine Handvoll Diamanten hineingeworfen. Elspeth bettelt immer, im Mühlteich schwimmen zu dürfen, doch er ist sehr tief, und Bella will es ihr nicht gestatten, falls etwas passiert.

Ich sitze mit Macs Notizbuch am Tisch, als ein lautes Klopfen an der Hintertür mich in die Gegenwart zurückholt, in die sichere Cottageküche. Erschrocken merke ich, dass es nach zehn Uhr am Vormittag ist und ich immer noch im Schlafanzug bin. Floss, die unter dem Tisch liegt, bellt einmal warnend. Der arme Hund ist völlig verstört. Ich bücke mich und streichele ihre seidigen Ohren, dann öffne ich die Tür einen Spalt, während ich versuche, meine zerzausten Haare zu glätten.

Es ist nur Arthur. Ich trete zur Seite und lasse ihn herein, wobei ich ihn automatisch nach verdächtigen Päckchen absuche. Ausnahmsweise scheint er ohne Kuchen gekommen zu sein. Arthurs weiße Gebäckkartons stapeln sich schon auf dem Küchentisch. Einer ist leer, die anderen halb voll, voller Krümel und angebissener Ecken, wo ich die Sachen probiert und dann unbeeindruckt zur Seite gelegt habe. Der letzte Karton muss dringend weg. Irgendetwas darin stinkt nach Vanille, und ich musste ihn zukleben. Bei Vanille muss ich würgen.

Max und Jethro traben auch herein, ihre Krallen klicken auf dem Boden. Sie riechen nach Erde und Kuhmist. Floss knurrt unter dem Tisch, als ob sie die beiden gerade überhaupt nicht ertragen könne. Arthur hebt die Augenbrauen.

»Was ist mit ihr los?«

»Frag deine Mutter!«

»Was hat sie jetzt schon wieder getan?« Ein Anflug von Angst huscht über sein Gesicht.

Ich zögere mit der Antwort.

»Sie wird wirklich komisch. Hat gestern die Mühle mitten in der Nacht angeworfen. Wir dachten schon, die Erde bebt.« Ich sehe zu dem kleinen Spaniel. »Kein Wunder, dass Floss mich adoptiert hat.«

Arthur seufzt. Er reibt und massiert seinen Nasenrücken so fest, dass er fast seine Brille abwirft. »Ma ist exzentrisch. Ich habe gelernt, damit zu leben, aber ich verstehe, dass sie … merkwürdig wirkt. Sie mag es, wenn die Mühle im Leerlauf läuft.« Er seufzt wieder. »Ich würde sie am liebsten zusperren und den Schlüssel wegwerfen.«

Die Brille rutscht wieder an ihren Platz und umrahmt die Angst, die ich in seinen blauen Augen sehen kann. Ich nehme den großen Schlüssel von der Arbeitsfläche. »Hier. Tu dir keinen Zwang an. Du tust uns allen einen Gefallen.«

Er zuckt zurück. »Verdammt. Sie ist einfach gegangen und hat nicht abgeschlossen?«

»Sie stand ganz schön neben sich.« Als ich seinen Gesichtsausdruck sehe, bekomme ich Mitleid mit ihm. »Komm. Du brauchst Bewegung. Ein Spaziergang hilft garantiert gegen alles, was dich quält.«

Er lacht freudlos auf. »Das wollte ich gerade tun, doch ich konnte Floss nicht finden.«

»Manchmal ist menschliche Gesellschaft auch sehr gut.« Ich kann nicht glauben, dass ich das gerade gesagt habe. Ich zupfe an meiner Schlafanzughose. »Gib mir zwei Minuten, um eine Jeans anzuziehen.« Das passt erst recht nicht zu mir.

Wir gehen zum Mühlteich und passen unsere Schritte schnell einander an. Der Weg ist immer noch weich und feucht, doch die Bäume sind faszinierend, neue Blätter zeichnen sich vor dem hellen Himmel wie glitzernde, lebhafte Haare ab. Als ich das letzte Mal in den Himmel geschaut habe, war er von Sternen übersät. Alles ist so anders im Tageslicht. Normal.

»Meine Mutter macht sich Sorgen um dich«, sagt Arthur.

Es tut gut, dass sich jemand um mich Sorgen macht. »Sie hat mir die Woche freigegeben.«

»Sie ist viel zu weich zu dir.«

»Meinst du wirklich?«

»Du solltest für mich arbeiten. Ich bin ein Sklaventreiber.«

Ich sehe ihn von der Seite an und lache. Die Sonne hat ihn in Gold getaucht: die Haare, die Brille, seine Haut. Er sieht überhaupt nicht aus wie ein Sklaventreiber, sondern einfach nur nett und gesund und voller Leben.

»Das glaube ich nicht!« Ich grinse. Bei ihm will ich lächeln. »Du bist so weich wie deine Mutter!«

Er sieht stur geradeaus und setzt einen gespielt strengen Gesichtsausdruck auf. »Unterschätz weiche Menschen nicht. Die weichen, ruhigen Menschen sind die, die denken.«

»Und was denkst du jetzt?« Ich mag sein Profil, seinen aufrichtigen Mund. Er lächelt nur, wenn ich auch lächle, als ob er sich auf mich einstellen würde.

»Ich glaube, du genießt meine Gesellschaft.«

»Wir machen einen Spaziergang, Arthur. Sei nicht eingebildet.«

Wir lachen beide und werden dann wieder ernst.

»Hast du was gehört von … du weißt schon wem?«

Der Gedanke an Reuben verdunkelt einen Moment die Sonne, und ich schüttele den Kopf. »Nein, nicht seit Jane ihn nach Hause gebracht hat. Sie hat ein paarmal angerufen und mich auf dem Laufenden gehalten, aber mit ihm hatte ich keinen Kontakt.«

Ich will ihm von meinem letzten Besuch im Krankenhaus erzählen, dem Tag, an dem Jane wegen frischer Kleider nach Hause gefahren ist. Ich sehnte mich nach Klarheit, ich wollte wissen, woran ich bin, aber Reubens Schwester war da, zusammen mit einer Freundin, die sie gefahren hat. Es wurde viel zu viel über Busfahrpläne und Besuchszeiten gesprochen, und die ganze Zeit suchte ich in Reubens Gesicht nach Hinweisen. Wie sehr ich mich danach sehnte, diese besondere Wärme in seinen Augen zu sehen, das Feuer, das nur wegen mir aufflackert. Doch er war kühl, höflich.

Einmal ging Laura auf die Toilette, und die Freundin wollte sich einen Kaffee holen. Als wir endlich allein waren, wollte ich Reuben alles sagen, was in meinem Kopf kreiste. Überstürzt brachte ich alles hervor. *Ich vermisse dich. Ich liebe dich. Wenn du wieder gesund bist, können wir wieder zusammenkommen* … und dann hält er seine Hand hoch. Ich muss auf seine Handfläche schauen und die vielen kleinen Falten, die ich so gern küssen würde. Er sagt auch etwas, genauso schnell wie ich. *Die Dinge haben sich geändert. Wir müssen aufhören. Mir ist unsere Freundschaft immer noch wichtig, aber* …

Wir haben den Mühlteich erreicht und bleiben stehen. Ich blicke auf das schwarze Wasser, leicht beunruhigt, was ich unter der Oberfläche wohl sehen könnte.

»Als ich ihn das letzte Mal gesehen habe, war ihm unsere Freundschaft viel wert.«

»Hm … eine Freundschaft kann auch unterschätzt werden«, sagt Arthur vorsichtig.

Ich werfe ihm einen bösen Blick zu. »Der Kerl hat mich monatelang gevögelt und wagt es jetzt, mich als Freund zu bezeichnen?«

Eine angespannte Stille breitet sich aus. Arthur zuckt mit den Schultern. Er sieht zum anderen Ufer, wo sich zwei Enten gerade lautstark streiten. Sie flattern aufgeregt mit den Flügeln, und Wasser spritzt silbern auf.

»Vielleicht ist das die Antwort, nach der du gesucht hast.«

Ich verschränke die Arme über der Leere in mir. »Ich habe nicht nach einer Antwort gesucht.«

»Du wolltest keine Entscheidung treffen, aber du hast dich doch sicher gefragt, wie es einmal enden würde.«

Wieder funkele ich ihn an. »Wer sagt, dass es vorbei ist?

Es ist gerade etwas kompliziert. Er braucht Zeit für sich, und ich auch.«

»Aber er nennt dich ›Freund‹, und das macht dich wütend.«

»Ich weiß es nicht! Ich weiß nicht, was ich denken soll!« Ich stapfe davon und gestikuliere zu Arthur, der mir folgt. »Themawechsel.«

Plötzlich bin ich erschöpft. Die fehlende Ehrlichkeit in meinem Leben zieht mich nach unten wie ein mit Wasser vollgesogener Wintermantel. Ich bin gefangen, trotte den immer gleichen Weg entlang, der einfach nie aufzuhören scheint. Ich weiß nicht, wie ich den Mantel abstreifen soll, weshalb ich mich nur noch tiefer darin vergrabe. *Themawechsel.*

»Worüber möchtest du dann sprechen?«, fragt Arthur, was nicht gerade weiterhilft.

»Können wir es etwas eingrenzen?« Ich klinge ungerechtfertigt unfreundlich. Ich seufze. »Reden wir über dich. Erzähl mir, was hier passiert ist. Mit deinem Vater.«

Arthurs Miene ist ausdruckslos. Der Weg ist schmal, er sieht nach vorne, und ich laufe ein wenig hinter ihm, weshalb ich nur seinen angespannten Kiefer sehe. Auch seine Stimme ist angespannt, als würde er nicht zu viel verraten wollen.

»Er war jahrelang der Müller hier, wie schon vor ihm sein Vater. Ein echtes Familienunternehmen. Ich dachte immer, ich würde in seine Fußstapfen treten.«

»Aber es gab einen Unfall?«

»Hat meine Mutter es dir erzählt? Normalerweise spricht sie nicht darüber.«

Ich versuche mich zu erinnern, ob sie wirklich davon

erzählt hat. »Vielleicht auch nicht. Ich glaube, du hast im Krankenhaus etwas erwähnt. War es ein Unfall?«

»Ja, ein tödlicher Unfall, in der Mühle. Vor etwa fünf Jahren.«

Ich weiß nicht genau, was ich sagen soll. Ich weiß nie, wie man sich bei solchen Gesprächen taktvoll verhält.

»Wie war er, dein Vater?«

Arthurs Gesicht wird weich. Wir sind am Mühlteich vorbei, nichts ist passiert. Ich möchte ihm erzählen, was ich glaube, gesehen zu haben. Ich möchte meine Angst teilen, aber damit würde ich auch zu viel über mich preisgeben. Was würde er über mich denken, wenn er wüsste, dass ich nachts im Schlafanzug im Mondlicht herumlaufe und Gedichte schreibe?

Ich weiß nicht mehr genau, wo wir sind. Der Weg ist bewachsen, und der Geruch des Unterholzes erfüllt mich. Es ist grün und wild und verwunschen, und irgendwo vor uns springen die Hunde herum.

»Hier kommt man zum Wehr. Willst du weitergehen?«

Ich bin immer noch erschöpft, aber ich nicke trotzdem. »Dein Vater?«

Arthur lächelt, und wir gehen hintereinander weiter. Seine Stimme strömt warm und liebevoll zu mir. »Er war ein sehr freundlicher Mann, auf den man sich immer verlassen konnte. Man spricht von ›Felsen‹, nicht wahr? Dad war ein Fels, ein großer alter Flussstein, der fest in der Strömung stand und den ganzen alltäglichen Mist an sich vorbeifließen ließ. Vielleicht saßen dabei auch ein oder zwei Vögel auf seinem Kopf!«

»Wasseramseln sitzen gern auf großen Felsen.«

Mac hatte mir die Wasseramseln vor einer Weile gezeigt, große dunkle Vögel, die im Wasser nach Futter tauchten.

Ihr gälischer Name bedeutet »Schmiede auf dem Wasser«, sagte sie, und das hatte ich mir gemerkt.

»Sie erinnern mich an die Feen, wie sie sich ins Wasser ducken und tauchen«, sage ich. »Und der Fischreiher, der am anderen Teichufer steht – er ist ein richtiger alter Fischer.«

Mir wird bewusst, dass Arthur den Unfall seines Vaters geschickt umgangen hat. Wahrscheinlich will man auch nicht allzu viel darüber nachdenken oder mit einem Fremden über so etwas Ernstes reden, aber wie bei einem drittklassigen Detektiv ist meine Neugier geweckt.

Arthur wirft mir ein Grinsen über die Schulter zu. »So langsam fühlst du dich also hier zu Hause?«

Wirklich? Fühle ich mich hier zu Hause? Hinter Arthur herzugehen, mich nur auf den Weg und seinen Rücken zu konzentrieren, seinen feuchten Jeanssaum und das Knacken der Zweige, den grünen Geruch nach Frühling – ja, das ist schön. Friedlich. Während ich noch darüber nachdenke, spricht er von etwas anderem: Feen und Sagen und alten Geschichten.

»Moment mal … was für Geschichten?«

Er bleibt stehen, und ich stoße beinahe gegen ihn. Aus der Nähe ist er sehr groß, was sich seltsam vertraut anfühlt. »Die Geschichten, die Ma schreibt – sie basieren alle auf lokalen Legenden.«

»Alle? Auch die von den zwei Schwestern?«

»Die zwei Mädchen hat es wirklich gegeben. Sie lebten in einem Schloss ein paar Meilen von hier entfernt – Castle Binnorie. Heute ist es nur noch eine Ruine, aber wenn man dem Bach bis zum Meer folgt, sieht man es auf der Landzunge.«

»Wow.« Ich bleibe abrupt stehen. »Was willst du damit sagen? Es ist nicht einfach nur eine Geschichte?«

»Doch, das schon – eine Sage, Folklore, wie auch immer du es nennen willst.«

»Aber mit echten Menschen. An einem echten Ort. Das klingt nach mehr als ›nur einer Geschichte‹.«

»Die meisten Geschichten haben irgendeine Verbindung zur Realität.« Er sieht mich mit einem hauchzarten Lächeln an. »Denk an …« Er sucht zwischen den Blättern nach einem Beispiel. »Die Schlacht von Killiecrankie. The Soldier's Leap.«

»Das hat doch aber einen realen geschichtlichen Hintergrund.«

»Okay. Wie wäre es mit dem Ungeheuer von Loch Ness?«

»Aberglaube. Einbildung.«

»Aber ein realer Ort.«

»Stimmt auch wieder.« Ich denke darüber nach. »Einbildung um einen vertrauten Ort herum.«

»Aber ist es das wirklich? Man kann nicht sagen, das Ungeheuer existiert nicht, nur weil man es noch nicht gesehen hat. Man kann nur sagen, dass man nicht daran *glaubt*.«

»Du meinst, wenn ein Baum im Wald umfällt und es keiner hört, macht er dann trotzdem ein Geräusch? Bei solchen Gedankenspielereien bekomme ich Kopfweh.«

Arthur lacht und zupft im Vorbeigehen eine Blüte von einem Grashalm ab. Ich denke immer noch nach, auch wenn mein Kopf wirklich schmerzt.

»›Die grausame Schwester‹ ist also auf Tatsachen basierende Fiktion in einem Setting mit realem Hintergrund. Letzte Nacht … bin ich in die Mühle gegangen. An der Wand ist etwas geschrieben. Ich habe Bellas Namen gesehen.«

»Ja, das ist die Mühle, die in der Geschichte vorkommt«, sagt Arthur und holt mich in die Gegenwart zurück. »Aber frag mich nicht nach dem Müller. Der ist wirklich gruselig. Ich will dir den Spaß nicht verderben, wenn du es noch nicht zu Ende gelesen hast!«

Doch mir graut es jetzt schon. Ich sehe einen Horrorfilm durch meine gespreizten Finger und kann nicht wegschauen.

Mac

Mai

Minze ist eine hervorragende Medizin für den Bauch. Drei verschiedene Sorten wachsen in meinem Küchengarten, alle in unterschiedlich großen Töpfen. Minze darf man nicht wild wachsen lassen, sie verbreitet sich sonst wie ein Virus. Doch zu dieser Jahreszeit hat man die neuen Pflanzen gut im Griff, und sie haben einen vollen Geschmack. Ich habe beschlossen, Lucie Pfefferminztee zu kochen.

Ich ernte ein paar neue Zweige, und der scharfe Geruch bringt mich sofort zurück in meine Jugend zu den weißen Minztoffees, die ich mir von meinem Taschengeld immer gekauft habe. Der Geruch allein reicht schon, um mich aufzumuntern, und ich hoffe, dass es bei dem armen Mädchen auch funktioniert. In letzter Zeit war sie wirklich nicht sie selbst.

Natürlich, vielleicht reagiere ich über. Um ehrlich zu sein, fühle ich mich auch sehr niedergeschlagen. Mir gefällt die finstere Wendung meiner Gedanken nicht, und ich kann die Düsternis nicht abschütteln. Ich weiß nicht, was der Grund dafür ist. Erinnerungen kamen aus dem Nichts an die Oberfläche, und all die fieberhaften Kritzeleien zu den zwei Schwestern … Als hätte man eine Tür geöffnet. Die

Menschen halten nie inne, um zu überlegen, was für Auswirkungen ihre Handlungen im Lauf der Zeit haben: Bella und die kleine Elspeth. Und diese Frau … Ich habe schon lange nicht mehr an sie gedacht, aber ihr Name taucht aus den Tiefen meines Bewusstseins auf. Anna Madigan. Heute ist er fest in meinem Geist verwurzelt, und immer, wenn ich ihn sehe, dreht sich das grünäugige Monster im Schlaf um.

Als ob sie spürt, dass ich an sie denke, taucht Lucie in der Küchentür auf. Sie sieht immer noch mürrisch und verfroren aus, auch wenn ich einen elektrischen Heizofen ins Arbeitszimmer gestellt habe. Ich hatte ihr ein wenig leichte Arbeit im Küchengarten vorgeschlagen, statt die ganze Zeit an der Tastatur zu sitzen (eigentlich kam dafür immer ein Bursche aus dem Dorf, aber er war zu nichts nutze), aber sie hat mich nur unwirsch angesehen. Sie ist ganz schön schwierig in letzter Zeit geworden – entweder zu müde oder zu erschöpft oder sie hat einfach auf gar nichts Lust. Als sie im Januar mit ihrem Leben in einem Rollkoffer bei mir aufgetaucht ist, wirkte sie so demütig. Wahrscheinlich ist das aber wohl so, wenn man Menschen besser kennenlernt. Man muss lernen, mit ihren Fehlern zu leben.

Wir hatten einen kleinen Streit, einen Tag, nachdem ich die Mühle nachts zum Laufen gebracht habe. Ich weiß nicht, was sie sich wohl dabei gedacht hat. Wahrscheinlich denkt sie, dass ich allmählich senil werde. Sie hatte Floss am späten Nachmittag zurückgebracht. Ich hatte sie nicht erwartet, und als ich die Haustür öffnete, stand sie da, ganz in Schwarz wie ein Exorzist, und hielt den großen eisernen Mühlenschlüssel wie ein Kruzifix in der erhobenen Hand. *Sie haben was vergessen. Und bitte achten Sie auf den Hund – sie weckt mich nachts und weint wie ein Baby und macht mir Angst.*

Ganz schön überreizt, das arme Ding.

Ich hatte sie hereingebracht und sie ins Wohnzimmer gesetzt. Floss hat sich vor den kalten Kamin gelegt und mich mit traurigen Augen gemustert. »Meine Liebe«, sagte ich, »Sie sehen etwas blass aus. Kann ich Ihnen etwas holen?« Ich streckte eine Hand nach ihr aus und bemerkte den leichten blauen Glitzer auf meiner Haut. Gestern Nacht hatte ich das frisch gemahlene Mehl durchwühlt, um sicherzugehen, dass Anna Madigans Liebesgeschenk auch wirklich zu Staub zermahlen war. Lucie wich vor dem Glitzern zurück wie ein skeptischer Jack Russell, der gleich zubeißt. Ich wartete auf ihre Fragen.

Stattdessen sagte sie jedoch: »Ich bin in die Mühle gegangen, nachdem Sie schon weg waren, und habe mich ein wenig umgesehen. Ich habe Bellas Namen auf dem Holz gefunden und die Blumenzeichnung.«

»Dadrin stehen viele Namen«, erwiderte ich. »Arthurs Vater, Großvater, Urgroßvater – alle haben dort ihren Namen für die Nachwelt hinterlassen. Auch einige der Mühlenbauer und der Bauern. Sogar die Kunden! Wenn man ganz genau hinsieht, entdeckt man auch unsere Initialen, Jims und meine, in einem Herz. Wir waren da natürlich sehr jung …«

»Bella«, fuhr mich Lucie an. »*Bella* – es steht an der Wand. Ist das die Bella aus der Geschichte von der grausamen Schwester?«

»Es gibt viele Bellas. Das ist ein ganz normaler schottischer Name und kurz für Isabella …«

»Sagen Sie es mir einfach!«

»Es wurde niemals nachgewiesen, und die Geschichte ist sehr alt …«

»SIE SIND HISTORIKERIN!«

»Manchmal…« Ich wählte meine Worte sorgfältig. »Manchmal spiegelt sich die Vergangenheit in der Gegenwart. Ab und zu sehen wir einen Schimmer, wie einen zerbrochenen Spiegel oder…« Ich gestikulierte, und winzige Kristallsplitter funkelten im Licht. »Wir sind nicht weit weg von dem, was früher war.«

»Hinter dem Lichtkreis der Zivilisation.«

Der Satz klang wie eine Anklage, und der Hund knurrte auf dem kalten Kaminvorleger.

Ich bringe ihr dampfenden Pfefferminztee in einer Glastasse.

»Was ist das? Wollen Sie mich vergiften?«

Ich lache. Immer so kratzbürstig! Ich drücke ihr die Tasse in die Hände. »Sie sagen doch, dass Ihr Bauch nicht in Ordnung ist.«

»Eine Magenverstimmung, vom Gebäck Ihres Sohnes.« Sie nippt an dem Tee und verzieht das Gesicht. Ich weiß nicht, ob wegen der Hitze oder wegen des Geschmacks.

»Wie kommen Sie im Cottage zurecht?«

»Gut.«

»Ist es nicht ein wenig einsam? Sie sagten, Sie fühlten sich ein wenig unwohl. ›Es macht mir Angst‹, haben Sie gesagt, glaube ich.«

Sie sieht mich argwöhnisch an. »Ich habe überreagiert. Es ist alles in Ordnung.«

»Sie können auch hier wohnen, in Arthurs altem Zimmer. Sofern Sie die Flugzeugmodelle nicht stören.«

Sie wirkt entsetzt. »Nein. Ich brauche meinen Freiraum. Nehmen Sie es mir nicht übel.«

Sie verwendet meine eigenen Worte gegen mich. Touché. »Nun, das Angebot steht, wenn Sie es sich doch noch anders überlegen.« Ich sehe, dass sie mein Notizbuch umklammert. »An welchem Abschnitt arbeiten Sie gerade?«

Sie schweigt.

Ich ziehe das Notizbuch aus ihren kalten Fingern und deute Richtung Tisch. Wir setzen uns, und ich hole die Brille aus der Brusttasche meiner Bluse. »Das sind keine Kindermärchen, Lucie. Wir müssen sie originalgetreu aufzeichnen, ob uns der Inhalt gefällt oder nicht.« Ich lasse die Brille ein wenig die Nase hinunterrutschen und mustere sie über den Rand hinweg. »Sagen spiegeln die menschlichen Gefühle wider. Eifersucht, Betrug, Rache … sie sind real. Wir können ihnen nicht entkommen. Diese alten Geschichten erklären manchmal Dinge, die sich uns von allein nicht erschließen, sie halten uns unser Spiegelbild vor.«

»Mit dem Bild stimmt aber etwas nicht«, flüstert Lucie. Eine Träne läuft über ihre Nase. Wahrscheinlich denkt sie an ihren mysteriösen Männerbesuch. Nicht zum ersten Mal frage ich mich, was sie verbirgt und warum die Geschichte der grausamen Schwester sie so aufwühlt. Habe ich da einen Nerv getroffen? Die Vorstellung verleiht mir ein merkwürdiges Machtgefühl über sie.

Sie sieht so verloren aus. Etwas in mir will sie mit einem spitzen Stock anstupsen. Ich beginne zu lesen.

Die Schwestern gehen ein letztes Mal zum Mühlengrund. Elspeth trägt ihre neuen Glacéhandschuhe und das butterblumenfarbene Seidenkleid, und ihr Haar glänzt frisch gewaschen.

»Ich kann nicht glauben, dass wir getrennt werden«, seufzt sie. »Jetzt, da ich Lady Musgrave werde.«

Bella antwortet nicht. Sie ist ruhiger als sonst, ihre Stimmung gedrückter. Die Mädchen folgen dem Mühlzulauf zum Teich. Elspeth spricht aufgeregt von Hochzeiten und Kleidern und ihrem jungen Lord und wie sehr er sie verehrt.

Sie sind allein, niemand sonst ist zu sehen. Sie stehen am Rand des tiefen, dunklen Teichs.

Was als Nächstes geschieht, ist verschwommen. Ein irrationaler Moment, und Bella presst ihre Hand auf den Rücken ihrer jüngeren Schwester. Sie spürt die gelbe Seide, den weichen Stoff, den geringen Widerstand, als sie zustößt. Wasser spritzt auf, höher als beim größten Hecht, und Bella stürzt bis zu den Oberschenkeln ins Wasser, wobei sie ihre Röcke umklammert. Es gibt starke Strömungen und tiefe Kanäle; die gelbe Seide sinkt rasch außer Sicht. Strähnen des wunderschönen blonden Haars …

Sie greift nach den Strähnen, doch das Wasser ist stärker, und Elspeths Haare sind glitschig wie Wasserpest und entgleiten ihr. Sie findet eine leblose Hand in einem zarten Glacéhandschuh. Sie packt sie und zieht mit aller Kraft, fällt dabei nach hinten ins flache Uferwasser. Sie hält immer noch den Handschuh … doch der ist jetzt leer.

Erst da wird ihr klar, was sie getan hat.

Lucie weint, das feuchte Kinn in die Hände gestützt. Ich rücke meinen Stuhl näher zu ihr und schließe sie in die Arme, drücke ihre schmalen Schultern. Ich spüre ihre Knochen unter meinem Griff und löse eine Hand, mit der ich das Notizbuch schließe.

»Genug von der Vergangenheit. Denken wir an die Zukunft, Lucie.« Sie bewegt sich nicht unter meinem Arm. Ich drücke sie aufmunternd. »Sie werden schon jemanden kennenlernen, da bin ich mir sicher. Jemand, dem Sie wichtig sind.«

Sie entzieht sich mir und wischt die Tränen von den Wangen. »Allein geht es mir besser.«

»Unsinn. Das sagen wir alle. Menschen sind aber nicht fürs Alleinsein geschaffen.«

»Dann ist das ein riesiger Fehler im System. Und hier draußen im Nirgendwo jemanden kennenzulernen, ist quasi unmöglich.«

Ich räuspere mich. »Vielleicht haben Sie das schon.«

»Was?« Sie starrt mich an.

»Vielleicht müssen Sie gar nicht viel suchen.« Ich ziehe vielsagend die Augenbrauen hoch und warte, dass der Groschen fällt.

»Wie bitte? Arthur?« Sie lacht auf eine Weise, die ich ziemlich beleidigend finde. Ich presse die Lippen aufeinander. Was stimmt denn nicht mit Arthur? Ich will nicht, dass er wieder enttäuscht wird, nicht nach Nancy. Wenn sich etwas zwischen ihnen entwickeln sollte, könnte man Lucie vertrauen? Ich sage nichts, beschließe aber, ihre Freundschaft genauer zu beobachten.

Lucie

Juni

Ein warmes Badezimmer hat etwas sehr Tröstliches – der Dampf, wenn man gerade aus der Dusche kommt, der Geruch nach Shampoo. Es erinnert mich an eine Zeit, als noch alles in Ordnung war, eine Zeit, als ich meiner Schwester nur ihre sündhaft teure Bodylotion geklaut habe. Wir hatten die normalen Badezimmerstreits, wer das ganze heiße Wasser aufgebraucht oder das letzte der großen Handtücher genommen hat, doch grundsätzlich roch ein warmes Badezimmer nach Aufregung, nach Ausgehen. Nach Freude und Hoffnung.

Zumindest dachte ich das bisher.

Jetzt stehe ich in Unterwäsche auf einem feuchten Badezimmerteppich und versuche, mich in dem angelaufenen Spiegel zu erkennen. Was Reuben wohl gerade macht? Es ist Samstag, und wenn er daheim ist, wird er erst gegen Mittag aufstehen. Ich denke zwar an Reuben, doch ich kann den verängstigten Ausdruck auf meinem Gesicht nicht ignorieren. Ich bin ein Vogel auf einem Drahtseil in einem starken Sturm und klammere mich mit aller Kraft fest. Man muss schon besonders mutig sein. Oder dumm.

Ich habe das Wasser schon immer gehasst, aber seit dem

Vorfall am Mühlteich und dem Mühlrad, das in der Nacht geknarzt hat, bin ich noch ängstlicher geworden. Mir wird klar, dass es zahm sein kann wie die heiße Dusche, unter der ich gerade hervorgekommen bin, oder aber wild. Wenn ich das Badezimmerfenster öffne, wird sich das Geräusch einen Weg zu mir bahnen – wie der Mühlzulauf erst unterirdisch verläuft, dann oberirdisch auf das stillstehende Mühlrad trifft und daran vorbeiströmt. Man muss nur den Hebel umlegen und die Schleusen öffnen. Genauso wenig ist nötig, um eine Rivalin im tiefen, dunklen Wasser zu versenken …

Diese Geschichte von den zwei Schwestern. Versucht Mac mir damit etwas zu sagen? Weiß sie, wie ich meine eigene Schwester hintergangen habe? Ich kann ihr kaum in die Augen sehen – die Geschichte steht zwischen uns wie ein ausgestreckter Finger. Wenn ich mit Mac zusammen bin, habe ich immer das Gefühl, dass sie nur darauf wartet, dass ich etwas von mir erzähle. Gestehe. Vielleicht spricht da mein eigenes schlechtes Gewissen aus mir, auch wenn es mich sonst bisher kaum belastet hat.

Schaudernd schreibe ich etwas auf den beschlagenen Spiegel. Fast automatisch … Mein Finger fährt taub durch die kühle Feuchtigkeit. *Februar.* Im Februar habe ich zum letzten Mal mit Reuben geschlafen. Vor vier langen Monaten. Hier, in dem kleinen Schlafzimmer. Im Februar, und die Sonne schien durch den Spalt zwischen den Vorhängen und erhellte seine Haut.

Ich presse die Augen zusammen, berühre sanft mein Gesicht mit nassen Fingerspitzen. Tränen oder Kondenswasser? Mit einem Handtuch wische ich den Spiegel frei und breche den Zauber.

Arthur wartet vor dem Café auf mich in seinem Wagen. Er wollte mich abholen, aber ich habe abgelehnt, wollte allein gehen. Abgeholt werden ist ein bisschen zu sehr wie ein Date. Das hier ist alles andere als ein Date, einfach nur zwei Menschen, die vielleicht sogar Freunde sind und einen kleinen Ausflug unternehmen.

»Wie weit ist es? Ich will nicht den ganzen Tag unterwegs sein.« Ich schnalle mich an und sehe gerade noch sein Grinsen.

»Oh, hast du noch Pläne? Verabredungen?«

»So in etwa.«

»Hier ist die Karte. Du kannst mich lotsen.«

Eine zusammengefaltete Landkarte fällt in meinen Schoß. Ich seufze schwer. Das riecht nach Beteiligung. Fettermore ist ungeschickt mit Bleistift eingekreist. Das Auto heult leicht auf, und Arthur lehnt sich zu mir. Er riecht nach Mehl und ein wenig nach einem frischen Rasierwasser. Es ist nicht unangenehm, doch ich zucke trotzdem zurück. Er bemerkt es nicht, ist zu beschäftigt damit, mit dem Finger einen kurzen Bogen zwischen dem Dorf und einem schwarzen Turm am Meer zu beschreiben. Auf der Karte steht *Castle Binnorie.*

»Ich hoffe, es ist nicht allzu runtergekommen. Wahrscheinlich sind dort lauter Gras rauchende Verrückte. Oder Satanisten.«

»Oder Erinnerungen aus der Vergangenheit«, sagt Arthur. »Ich dachte, dich interessiert diese Grausame-Schwester-Geschichte?«

»Nur solange es um eine dysfunktionale Familie geht.«

Er seufzt und legt den Gang ein. Wir fahren gewundene Straßen entlang. Ich schaue aus dem Fenster, Arthur gibt

Kommentare zur Landschaft ab. Ich merke, dass ich mich sogar auf diesen Ausflug gefreut habe, doch der düstere, grüblerische Teil von mir lässt mich nicht los.

Laut Arthur, der den Fremdenführer gibt, steht das Schloss verborgen auf einem Felsvorsprung über dem Strand. Es wurde 1539 erbaut, auch wenn man nicht genau weiß, wann die beiden Schwestern darin wohnten. Das ist im Nebel der Zeit verloren gegangen. Oder in der Art Meernebel, der aufzieht, sobald wir das Auto abstellen. Arthur nennt ihn *haar* – einen kalten Nebel, der vom Meer kommt.

Wir müssen einen steilen, sandigen Weg entlanglaufen. Meine Turnschuhe rutschen immer wieder auf kleinen Kieselsteinen ab, und an einer Stelle müssen wir vorsichtig über die Wurzeln einiger Bäume klettern. Meine Leinentasche behindert mich, und ich wünschte, ich hätte sie im Auto gelassen. Was hatte ich mir nur dabei gedacht, Sachen für ein Picknick mitzubringen? Als Arthur meinen lauten Seufzer hört, streckt er mir die Hand hin, die ich ignoriere. Es stinkt nach Füchsen, und überall liegt Schafkot herum, Flaschenverschlüsse und Zigarettenkippen.

Das Schloss ragt hoch vor uns auf. Der Sandstein zeichnet sich tiefrot vor dem bleichen Himmel ab, und Nebelschwaden ziehen um die Überreste der Zinnen. Nur zwei Bereiche der Festung stehen noch: ein zerklüfteter Turm auf der linken Seite und eine baufällige Ringmauer auf der rechten. Das Schloss ist nur noch eine Hülle, das verlassene Gehäuse eines früheren Lebens, aber mich überkommt dennoch unerwartete Aufregung.

»Also, wie findest du es?« Arthur dreht sich zu mir und wartet geduldig auf mein Urteil.

»Mmm. Ich versuche, sie mir vorzustellen – die beiden Mädchen. Wie es wohl war, als sie hier gelebt haben? Es liegt sehr abgeschieden.«

Das Schloss scheint aus dem Felsen emporzuwachsen, die Mauern verschmelzen mit dem Gestein und der steilsten Kante, die ich je gesehen habe. Ich gehe zum Rand, und der Ausblick raubt mir den Atem. Weit unter mir wirbelt der Fluss durch den Nebel. Am einen Ufer wächst Schilf, das andere besteht aus alten Wäldern. Auf dem Wasser schwimmen zwei Schwäne über ihrem Spiegelbild. Ich sehe eine weiße Sichel aus Sand, die von Steinen und Muscheln gesprenkelt ist. Auf der anderen Seite erstreckt sich das Meer.

Arthur taucht plötzlich neben mir auf, und ich zucke zusammen. »Schau nur, was sie für einen Spielplatz direkt vor der Haustür hatten. Und dann noch die Mühle.«

»Die Mühle – unsere Mühle – ist also flussaufwärts?« Ich nicke zum Fluss. *Unsere* Mühle. Das klingt seltsam vertraut.

Beinahe kann ich sie sehen, die zwei Schwestern, wie sie am Flussufer entlanglaufen, um das Schilf herum, miteinander reden und lachen, während die Schwäne sich aufrichten und sie anzischen. Sie rennen los. Der Saum eines gelben Kleides verschwindet zwischen den Bäumen. Sie sind außer Sicht, laufen auf die Mühle zu – unsere Mühle – und lauschen auf das verräterische Rumpeln des Mühlrads.

Als ich zum Waldstück blicke, fliegen Möwen so nahe an uns vorbei, dass ich ihre gefleckten grauen Rücken erkennen kann. Mir ist bewusst, dass ein falscher Schritt mich das Leben kosten könnte. Nur ein Schritt. Arthur müsste mir nur die Hand ins Kreuz legen und drücken.

»Ich habe genug gesehen«, sage ich rasch. »Gehen wir zurück.«

Mac

Dichter Nebel war vom Meer aufgezogen an dem Tag, an dem Jim starb. Der *haar*, wie ihn die Einheimischen nennen. Eine echte Erbsensuppe. Man konnte kaum die Hand vor Augen sehen. Der Rettungswagen hat sich auf dem Weg hierher verfahren. Sie mussten den alten Clark nach dem Weg fragen, und das Gerücht, dass mein Mann tot war, verbreitete sich im ganzen Dorf, noch bevor sie ihn in den Krankenwagen geladen hatten. Wenn man am einen Ende von Fettermore niest, hat man die Pest, wenn man das andere Ende erreicht. Diese Kleingeister.

Der Todeszeitpunkt steht auf dem Totenschein, aber ich habe ihn mir nie genau angesehen. Ich will nicht wissen, wann diese endgültige Trennung stattfand – der letzte Atemzug, das Verlöschen des Lichts. Hat er meine Qual gespürt? Sah er die nächste Welt, wie sie sich vor ihm in den dunklen Ecken der Mühle auftat?

Ich sehe mich um. Ich habe Arthur versprochen, nicht mehr hierherzukommen. Beim letzten Mal hat er gedroht, mir den Schlüssel wegzunehmen, und ich bin wütend geworden, habe ihm gesagt, dass er mich nicht bevormunden, seine alte Ma nicht wie eine Greisin behandeln soll. »Am liebsten würdest du mich doch wegsperren, nicht wahr? Mich in ein verdammtes Heim bringen und mich vergessen?« Er war zusammengezuckt, und ich hatte einen Hustenanfall bekommen – ein weiteres Symptom, das in den letzten Wochen dazugekommen war. Er hatte mir ein Glas Wasser geholt, und seine Hand hatte gezittert, als er es mir gab.

»Du musst damit aufhören«, flüsterte er.

»Womit?« Ich trank einen Schluck Wasser und musterte ihn aufmerksam.

»Dich zu quälen. Die Vergangenheit ist vorbei.«

Ich zog einen Notizblock aus einem Stapel auf dem Küchentisch. »Ich bin Historikerin. Die Vergangenheit ist ein offenes Buch und noch längst nicht abgeschlossen.«

»Verlier dich nur nicht in ihr«, sagte er.

Verlier dich nur nicht in ihr. Es ist dunkel in der Mühle, doch nicht überall gleich. Es ist, als ob der Nebel durch die Ritzen gedrungen wäre. Ich mache kein Licht, ich kenne mich blind aus. Ich kenne die steile Holztreppe, den unterschiedlichen Abstand der zwei untersten Stufen. In alten Häusern war das eine Sicherheitsvorkehrung gegen unaufmerksame Einbrecher. Hier hat wahrscheinlich einfach jemand einen Fehler gemacht. Meine Finger erkennen die vertrauten Knoten im Holz, als meine Hände übers Geländer gleiten.

Die Schwärze im Keller ist undurchdringlich und perfekt. Ihre Anwesenheit überwältigt mich, als ich die Steinstufen hinabsteige. Ich gehe in die Raummitte, drehe mich mit ausgestreckten Händen um mich selbst, lasse die Dunkelheit über meinem Kopf wie Wasser zusammenschlagen. Meine Fingerspitzen prickeln. Er ist irgendwo hier unten, der Müller. Ich rieche ihn: der Gestank von stehendem Wasser und altem Schweiß. Er gibt diesen Ort nicht auf, nicht nach all den Jahren. Hier kann man immer noch Schaden anrichten. Und an dieser Möglichkeit labt er sich. Er braucht nur eine Schwäche, dann schlägt er zu.

Komm schon. Bringen wir es hinter uns. *Du kannst mich genauso gut auch einfach holen.*

Über mir ertönt ein lautes Geräusch. Das Schaben der Tür auf dem Boden. Mein Herzschlag stockt einen Moment. Ist Arthur schon zurück? Wie spät ist es? Ich trage keine Uhr, und selbst wenn, wäre es zu dunkel, um darauf etwas zu erkennen. Langsam komme ich wieder zu mir. Was in aller Welt tue ich hier unten? Arthur wird fuchsteufelswild sein. Was, wenn sie bei ihm ist? Lucie?

Angst läuft über meinen Rücken. Lucie sollte nicht hier sein. Sie sollte die Mühle nicht betreten dürfen. Vergiss nicht, was den anderen beiden Mädchen zugestoßen ist. Ich gehe langsam zur Treppe, taste mit dem großen Zeh nach der ersten Stufe. Elspeth und Bella hätten die Mühle natürlich gut gekannt. Sie wäre damals der Mittelpunkt der Gemeinschaft gewesen. Sie hätten den Müller gekannt und er sie. Oh, und wie er sie gekannt hätte.

Ein Schritt. Zwei. Soll ich rufen? Drei. Vier. Ich sage Arthur einfach, dass ich noch einmal Insektengift versprüht habe, gegen die Fliegen. Ja, das könnte funktionieren. Oder vielleicht sage ich, dass ich meine Uhr hier beim letzten Besuch vergessen habe und sie holen musste. Ich bin am Kopf der Treppe angelangt und suche nach einem Grund, warum ich meine Uhr hiergelassen haben könnte. Die Ausrede ist ziemlich schwach. Aber Lucie darf auf keinen Fall in den Keller gehen. Sie muss beschützt werden. Ich fühle mich für sie verantwortlich.

»Arthur? Bevor du irgendetwas sagst…« Außer Atem trete ich in das Dämmerlicht im Hauptraum. Doch nicht Arthur steht in der Tür, stelle ich schockiert fest.

»Oh«, sage ich, »ich habe keinen Besuch erwartet.«

Lucie

Arthur überredet mich, noch ein wenig länger zu bleiben. Wir stellen uns in die Schlossruine, zwischen Mauerreste, Nesseln und leere Bierflaschen. Jemand hat gegrillt und die verbrannte Aluminiumschale zusammen mit einem durchweichten Bierkarton zurückgelassen. Ich mustere die Mauern, lehne mich ein wenig zurück, um die Farne zu inspizieren, die zwischen den Vorsprüngen wachsen, die einsame Krähe, die auf einem hohen Bogen sitzt und sich putzt. Ich versuche mir vorzustellen, wo die Schlafzimmer gewesen sein mögen, die edlen Eichenholztreppen, die Wandteppiche, doch Bellas und Elspeths Welt ist so weit entfernt von meiner, dass ich sie nicht heraufbeschwören kann. Diese Geschichte muss vielleicht wirklich besser aufgeschrieben werden.

Neben mir befindet sich ein niedriges Fenster, ein zerklüftetes Loch in der Mauer, von dem man einen perfekten Ausblick nach unten hat. Ich lege meine Hand an den Sandsteinrahmen und sauge die Landschaft in mich auf. Sie hatten dasselbe gesehen: den *haar,* den spiegelblanken schwarzen Fluss, die Schwäne.

»Kommt deine Mutter hierher?«

Arthur stellt sich neben mich, und ich rücke ein wenig zur Seite, damit er auch den Blick genießen kann.

»Früher ja. Als ihre Gesundheit noch besser war, hat sie die Umgebung mit ihrem VW erkundet, Geschichten gesammelt und die Leute interviewt. Sie hat all diese alten Orte besucht. Hier war sie besonders gern.« Er tätschelt das steinerne Fensterbrett, als wäre es ein treues altes Pferd.

»Ich *sehe* es vor mir!« Ich höre die Aufregung in meiner Stimme. Ich wühle in meiner Schultertasche und hole Macs Notizbuch hervor, das, das ich gerade abtippe. Ich weiß nicht genau, warum ich es eingepackt habe. Es ist leicht klebrig, und ich hoffe, dass die Limonade nicht ausgelaufen ist.

»Sie schreibt so gut … Ich sehe das Schloss, wie es einmal war, die Mädchen, wie sie nach unten rennen und …«

Arthur sieht mich an, seine Lippen zucken. Ich erwidere das Lächeln. »Im Ernst. Hör mal …« Ich blättere durch die eselsohrigen Seiten. Mac sagt, ihre Schrift sieht aus wie eine Hühnerklaue, und damit hat sie nicht unrecht, aber ich habe mich daran gewöhnt. »Das ist ein schöner Abschnitt. Hör zu.«

»Das Schloss ist weitläufig, mit vielen Orten, an denen sie sich aufhalten können. Wenn ihnen kalt ist, gehen sie in die Küche und stellen sich vor die große schwarze Höhle der Feuerstelle, in der die Flammen ganze Baumstämme verzehren und Funken ausspucken. Er ist tief genug, um eine ganze Schweinehälfte darin zu braten, und die Köchin serviert ihnen Fleischscheiben, die so heiß sind, dass sie sie wie kleine Fische von einer Hand in die andere werfen müssen, bevor sie sie verschlingen können. Bella wischt ihrer Schwester den Mund ab und die Fettflecken vom Kleid. Ein kleiner Junge dreht stumm den Spieß und meidet ihren Blick. Die Gesichter der Bediensteten sind rot und ver-

schwitzt, selbst wenn draußen Schnee liegt, und sie halten niemals in ihrer Arbeit inne. Sie sind dunkelhäutig und misstrauisch, wie die Wachen auf den Zinnen. Die Mädchen klettern auch dort hinauf, Elspeth will das so. Das jüngere Mädchen lehnt sich so weit hinaus, wie es sich traut, und Bella hält sie an ihrem Mieder fest, und der Wind peitscht ihnen die Haare in die Augen und trägt ihr Lachen fort.«

Es ist seltsam, jemandem laut vorzulesen. Wieder überrascht mich die plötzliche Intimität zwischen uns. Ich hebe den Kopf und sehe, wie Arthurs Blick an meinen Lippen hängt. Ich erröte nicht leicht, aber mein Brustkorb wird etwas warm. Hastig schlage ich das Buch zu, leicht verlegen wegen meiner Begeisterung.

»Das war schön. Lies doch noch etwas.«

Ich gebe ihm das Notizbuch. »Bedien dich.«

Ich gehe ein Stück weiter und betrachte die Mauern, als ob sich die höhlenartige Feuerstelle auf einmal irgendwo materialisieren würde. Ich will hören, wie die Köchin mit Töpfen hantiert und Messer schärft und mit dem Spießjungen schimpft. Ich will Bellas Namen in einen Türsturz geritzt sehen. Ich will einen Beweis, dass die zwei Mädchen hier ihr Leben gelebt haben, so wie wir, so gut wie möglich.

Arthur will zum Strand, weshalb wir vorsichtig den Pfad wieder nach unten gehen. Dieser Ort, zusammen mit der Brandung in meinen Ohren, hat etwas Beruhigendes. Als wir am Ufer entlangwandern, verliere ich mich in meinen Gedanken.

Kann man sich ausreden, verliebt zu sein? Wahrscheinlich kann man trainieren, nicht an die Liebe zu denken. Ich habe es auf eine gewisse Taubheit abgesehen. Taubheit ist gut.

Es ist wirklich wunderschön hier: der Sandstrand, das Meer, der Horizont nur eine schwache blaue Linie weit draußen. Rechts von mir thront das Schloss, immer noch nebelumhüllt, auf seinem gotischen Felsen, beobachtet mich, genauso wie ich noch vor wenigen Minuten diese Szenerie betrachtet habe. Es ist alles eine Frage der Perspektive. Die weiß gekrönten Wellen rollen heran, und ich trete zurück.

Ich bin überzeugt, dass es gut ist, allein zu sein. Man braucht eine leere Seite anstatt der Vergangenheit, weil man sich sonst wahnsinnig macht vor lauter »Was wäre wenn« und »Es hätte doch sein können«. Alleinsein ist gut. Ich muss Dinge allein machen und sie auch genießen.

Die Taubheit weicht ein wenig, und ich bewege die Schultern, atme tief durch. Ich scheine zu einer umschatteten Seele geworden zu sein, gefangen von Steinmauern und feuchten Bäumen. Ich spüre, wie ich mich ein klein wenig entfalte. Arthur tritt Kiesel in die Brandung. Er schaut auf, unsere Blicke treffen sich. Ich weiß nicht, was er denkt, und gerade das Nichtwissen ist seltsam verlockend. Ich erlaube mir den flüchtigen, revolutionären Gedanken, dass das hier mein letztes Erlebnis in völliger Einsamkeit sein könnte.

»Sollen … wir zurückfahren?«, frage ich.

Er nimmt einen glatten Kiesel auf und streicht mit dem Daumen darüber. »Nach Fettermore?«

Seine Daumen, seine Finger sind stark. Seine Hände strahlen immer eine gesunde Frische aus.

»Na, hier sind wir doch fertig, oder?« Ich drehe mich übertrieben zum Auto um.

Seine Stimme folgt mir, und ich höre das Klirren von

Schlüsseln. »Ich bleibe noch. Du kannst dich aber schon mal ins Auto setzen, wenn du magst.«

Als ich einen Blick riskiere, lacht er. Ich kann entweder davonstürmen, oder ich kann bleiben und kämpfen. Ein Kampf kann viele Gesichter haben. Ich erlaube mir ein Lächeln, fühle, wie die Taubheit Risse bekommt.

»Ich hätte so eine Art Picknick dabei.« Ich zupfe am Griff meiner Schultertasche. »Limonade und Kekse.«

Er holt zu mir auf und geht an mir vorbei, näher als nötig. Der Strand ist schließlich ziemlich groß. »Das sind die besten Picknicks. Und Süßwaren, die Mehl enthalten? Ich bin dabei. Na komm, suchen wir einen schönen Platz.«

Ich hole tief Atem und folge ihm.

Mac

»Es tut mir leid, die Mühle ist nicht für die Öffentlichkeit zugänglich.« Ich fuchtele mit dem schweren Schlüssel vor seinem Gesicht und dränge den Mann nach draußen.

»Ich bin nicht wegen der Mühle hier«, erklärt er. »Ich will Lucie besuchen. Entschuldigung, ich habe mich noch nicht vorgestellt. Ich bin Reuben. Sie müssen Mrs. Muir sein.«

Ich mustere ihn von oben bis unten, bemerke den Gehstock, seine leicht schiefe Körperhaltung. Er ist ein gut aussehender Bursche, doch sein Gesicht weist Falten auf, die dort eigentlich nicht hingehören. Ich erkenne Schmerz, wenn ich ihn sehe. Hinter ihm steht ein graues Auto an der Stelle, an der das blaue Auto geparkt hat. Etwas macht Klick in meinem Gehirn. Ich starre zu dem Wagen, denke an den Unfall auf der Wiese des alten Clark, an Reubens Unfall am selben Tag. Dann richte ich meine Aufmerksamkeit wieder auf ihn. Ganz schön unverfroren, einfach hier aufzutauchen und nach Lucie zu fragen. Ich drehe mich zur Tür, um meine Gedanken zu verbergen.

»*Doktor* Muir, und Lucie ist nicht da.« Ich kämpfe mit der Tür; das Holz hat sich in dem feuchten Nebel verzogen, und ich muss mich anstrengen. Das verschafft mir ein wenig Zeit. Als ich mich wieder zu Reuben umdrehe, sieht er auf sein Smartphone. »Jane ist nicht bei Ihnen? Ihre *Freundin*?«

Ungeduldig blickt er auf. »Nein. Ist Lucie jetzt da oder nicht?«

»Nein, ist sie nicht. Sie ist den ganzen Nachmittag unterwegs. Bei einem Date.«

Ich beobachte sein Gesicht, und tatsächlich zuckt es kurz, als hätte er sein wehes Bein falsch belastet.

»Wann kommt sie zurück?«

»Ich habe keine Ahnung.« Ich will nichts mehr mit diesem Mann zu tun haben, doch er folgt mir, als ich zum Weg gehe. »Auf mich machen Sie den Eindruck, als sollten Sie sich daheim erholen. Bei Jane.«

»Es war ein langer Weg«, gibt er zu. »Ich bin quasi noch eine laufende Arbeit.«

Ah ja, jeder Schriftsteller weiß, wie schwierig die sein können.

»Na gut. Ich sage ihr, dass Sie vorbeigeschaut haben«, antworte ich, hoffentlich desinteressiert genug. Vielleicht steigt er ja einfach in sein Auto und fährt.

»Ich werde auf sie warten.« Er mustert mich mit einem Blick, der »Versuchen Sie doch, mich aufzuhalten« besagt.

»Wie Sie wollen.«

Soll er doch zur Hölle fahren. Warum ist er jetzt zurück und wirbelt alles wieder auf? Das kann nichts Gutes bedeuten.

Lucie

»Lass mich einfach am Café raus«, habe ich zu ihm gesagt. »Du musst mich nicht heimfahren.« Als ob die kurze Strecke vom Dorf zur Mühle plötzlich eine ganz neue Vertrautheit zwischen uns bedeuten würde.

»Schon gut«, antwortete er. »Die eine Meile mehr macht auch keinen Unterschied.«

Das klang ein wenig kryptisch, aber wahrscheinlich hat Arthur unerforschte Tiefen. Etwas Flüchtiges, Verräterisches steigt in mir auf. Während der Wagen über den Weg zum Cottage holpert, packe ich meine Sachen zusammen: die klebrige Limonade, die halb gegessene Packung Kekse. Ich wische ein paar Krümel von Macs Notizbuch und verstaue es sorgfältig in einer Seitentasche. Ich nehme mir vor, sie direkt zu fragen, warum sie sich mit der Geschichte so viel Zeit lässt, wo ich doch unbedingt wissen will, wie sie ausgeht.

»Ein fremder Wagen«, murmelt Arthur. Ich blicke auf, als wir langsam daneben zum Halt kommen. Hellgrau, irgendein Toyota, das Nummernschild kenne ich nicht. »Du hast wohl Besuch.«

»Ich erwarte aber niemanden.« Ich ziehe meine Tasche

enger an mich, wie ein Schild. »Das ist nicht das Auto meiner Eltern, auch nicht Janes …«

Dann sehe ich ihn, wie er sich neben dem Cottage herumdrückt. Reuben. Er ist mit seinem Handy beschäftigt, und ich frage mich, ob er mir gerade schreibt. Heute ist der erste Tag seit Monaten, an dem ich nicht ständig mein Telefon überprüft habe. Mein Magen verkrampft sich wie eine Faust.

»Ah.« Arthur hat ihn auch gesehen. Das Auto rollt noch ein paar Zentimeter vor, als wüsste er nicht, was er tun sollte. »Schaffst du das?«

»Warum denn nicht?« Meine Stimme klingt angespannt, wie aus weiter Ferne. Ich schnalle mich ab.

»Ich meine nur …« Arthur seufzt und legt einen neuen Gang ein, als ich die Tür öffne. »Sag mir, wie es gelaufen ist.«

Ich bin schon ausgestiegen, will Reuben eigentlich gar nicht auf mich aufmerksam machen. Auf Arthur muss ich unbeteiligt wirken, kalt, doch mein Herz hämmert panisch, und meine Hand an der Autotür zittert.

»Ich komme schon klar.« Ich schlage Arthur die Tür vor der Nase zu, drehe mich um und gehe zu Reuben.

Wieder einmal steht er in meiner Küche.

Er wirkt müde, und seine Augen leuchten nicht mehr auf, wenn sein Blick auf mich fällt. Etwas fehlt, als ob der echte Reuben noch im Krankenhaus wäre und das hier nur die abgespeckte Version. Die erste unsichere Begrüßung und das übliche Trara, bis man die Tür aufgeschlossen und einen unerwarteten Besucher ins Haus gelassen hat, haben mich abgelenkt. Doch jetzt, als ich die Schlüssel auf den

Tisch lege und ihn richtig ansehe … erinnere ich mich an das letzte Mal, als es aus sein sollte und wir uns küssten und miteinander ins Bett gingen. Diese Möglichkeit ist immer noch da, schwebt um uns herum wie Pollen, die darauf warten, irgendwo zu landen.

Reubens früher so unbeschwertes Lächeln hat Risse bekommen. Ich sehe den Schmerz in seinen Augen, der an meinem Herzen wie ein Magnet zerrt. *Lass das.* Umarme ihn nicht. Berühre ihn nicht. Stattdessen frage ich ihn nach seinem Bein, dem neuen Wagen und wie es war, nach dem Unfall wieder hinter dem Steuer zu sitzen.

»Am Anfang ganz schön beängstigend«, sagt er. »So weit bin ich heute zum ersten Mal gefahren, seit …«

»Die Straße … das war sicher nicht leicht.«

Er nickt. Das alte tollkühne Grinsen ist verschwunden. Ich lege eine Hand auf meinen Bauch, der verkrampft und angespannt ist.

»Arbeitest du wieder?«

»Noch nicht. Wir sprechen gerade über eine schrittweise Rückkehr. Eine Weile bin ich erst mal im Büro, was ja auch logisch ist.«

Er hebt den Gehstock ein paar Zentimeter und lässt ihn wieder auf die Fliesen knallen. Hastig ziehe ich ihm einen Stuhl unter dem Tisch hervor.

»Hier, setz dich. Wo bin ich nur mit meinen Gedanken? Willst du einen Kaffee?«

»Keinen Kaffee. Danke. Deine Chefin ist ein wenig frostig, oder? Weiß sie von uns?«

»Glaubst du das?« Plötzlich stockt mir der Atem, und ich lasse mich auf den Stuhl neben ihm sinken. »Ich dachte mir, dass sie es vielleicht erraten haben könnte. Sie schreibt eine Geschichte über zwei Schwestern, und ich denke die ganze Zeit, dass sie mit mir spielt, mit dem Finger auf mich deutet. Als ob sie sagen will, das bist *du*. Das tust du *deiner* Schwester an.«

»Na und? Es geht sie doch nichts an, die blöde alte Kuh.« Reuben tut meine Besorgnis mit einem verächtlichen Grinsen ab, das mich wütend macht.

»Du verstehst es einfach nicht! Wie schuldig ich mich fühle! Hast du eine Ahnung, was passiert, wenn Jane es herausfindet?«

»Deshalb bin ich hier.«

»Was? Sie hat doch nicht …«

»Nein!« Wieder schiebt er meine Ängste beiseite. »Es ist nur … Jane und ich hatten Probleme, es läuft nicht gut. Hat sie sich bei dir gemeldet?« Er sieht auf seine Sneakers, und mir fällt wieder einmal der sanfte Schwung seiner Haare auf. *Nein.* Plötzlich blickt er auf. Seine Augen glänzen feucht.

Ich schüttele den Kopf. Der Knoten in meinem Bauch wird noch fester. »In letzter Zeit nicht. Wir erzählen einander nicht viel.«

Er reibt sich mit den Händen übers Gesicht, das Haar. »Wir haben Probleme. Ich glaube, sie vermutet etwas.«

»Was? Ich wusste es.« Wir sehen uns in die Augen. Ich kann die nackte Angst nicht verbergen. »Hat sie uns in Verdacht?«

Er zuckt mit den Schultern. »Nein … nicht uns im Speziellen. Aber sie ist misstrauisch, stellt Fragen. Einmal habe ich sie erwischt, wie sie meine Nachrichten auf dem Handy gelesen hat. Seit dem Unfall hat es zwischen uns nicht mehr gestimmt.«

»Seit dem Unfall?«, wiederhole ich. Ich denke an all die

Monate davor, die sehnsuchtsvollen Blicke, die geheimen Treffen. »Es stimmt schon sehr viel länger nicht zwischen euch, sonst hättest du nicht mit mir geschlafen.«

Er sieht schockiert aus. »Ich habe sie immer noch geliebt.«

»Und was war ich dann?« Meine Finger krampfen sich im Schoß ineinander.

»Du bist etwas Besonderes für mich.« Er greift nach meiner Hand. Der Hautkontakt ist ein Schock, und ich zucke zurück.

»Besonders?« Das Wort klingt wie ein Pistolenschuss. »Das ist überheblich. So etwas sagt man zu Kindern an ihrem Geburtstag. ›Du bist etwas Besonderes, also bekommst du auch ein ganz besonderes Geschenk.‹ Tu mir keinen Gefallen, Reuben.«

»Hör auf.« Er schlägt mit der Hand auf den Tisch und starrt die Kirschen auf dem Wachstuch an. *Kirschtrifle.* Ob er sich überhaupt an dieses winzige Detail erinnert? »Ich bin nicht hergekommen, um darüber zu streiten, wer wen am meisten liebt …«

»Nein, du bist hergekommen, um herauszufinden, ob ich dein Geheimnis bewahre – unser Geheimnis. Ob ich lügen werde, wenn meine Schwester mich fragt.«

Er öffnet den Mund, und ich warte auf das, was er zu sagen hat. Warte, dass er mir sagt, dass ich falschliege, doch er schweigt.

»Keine Angst, Reuben«, fahre ich fort. »Ich will Jane nicht noch mehr verletzen, als ich es schon getan habe. Ich werde ihr nichts erzählen.«

Er nickt. »Aber selbst wenn sie es nicht herausfindet, selbst wenn sie keine Beweise hat, sie weiß, dass da etwas ist …« Er seufzt. »Ich will nur wissen, wenn Jane und ich uns trennen sollten …«

Ich glaube, ich weiß, was jetzt kommt. Mein Herz rast, und ich kann nur an eine Frage denken. Wird er es beenden oder Jane? Aber ich kenne die Antwort bereits. Reuben wird nie den Mut haben, zu seinen Überzeugungen zu stehen. Er hat mich nie genug geliebt, um die Beziehung zu beenden, mich an erste Stelle zu setzen. Selbst jetzt will er nur dafür sorgen, dass er irgendwohin flüchten kann, wenn die Kacke wirklich am Dampfen ist.

»Lucie.« Er dreht sich leicht, sieht mich direkt an, versucht aber nicht noch einmal, mich zu berühren. »Lucie, ich habe dich vermisst. Ich musste herkommen und dich sehen. Glaubst du … glaubst du, wir könnten es noch einmal versuchen?«

Ich kann ihn nicht ansehen. Ich stehe auf und spüre seinen Blick, als ich zum Aga-Herd gehe. Umständlich falte ich ein Geschirrtuch, das bereits gefaltet ist.

»Du hast mich die ganzen letzten Monate ignoriert.«

»Ich habe versucht, über dich hinwegzukommen. Es hat nicht funktioniert.«

Er klingt so erschöpft, aber ich darf mir nicht erlauben, darauf reinzufallen, sonst bin ich verloren. Ja, es war anstrengend, nicht wahr, Geliebter? Die ganzen Ausreden, die intensiven Gefühle? Der Knoten in meinem Inneren löst sich.

»Ich habe eine Frage …« Mein Puls dröhnt in den Ohren. »Wirst du mit Jane Schluss machen?«

Er versucht auszuweichen, aber es ist die wichtigste Frage, die ich je gestellt habe. *Wirst du diese Entscheidung treffen?*

Er zuckt mit den Schultern. »Das kommt auf Jane an, nicht wahr?«

»Warum?«

»Es ist ihre Entscheidung.« Er ist ein kleiner Schuljunge, den man vor den Direktor gezerrt hat. »Sie glaubt, dass ich sie betrüge – ohne einen Beweis, natürlich –, aber stell dir vor, ich mache Schluss und komme dann offiziell mit dir zusammen. Das wäre zu offensichtlich. Nein, es muss von ihr kommen, und dann können wir ihr unsere Beziehung später beibringen. Du hast mich getröstet, nachdem sie mein Herz gebrochen hat, so etwas in der Art.«

Einen Moment bin ich sprachlos. »Du kapierst es nicht, Reuben, oder? Das ist nur ein Spiel für dich. Ein Spiel, das du gut beherrschst. Deshalb machst du damit weiter.«

Er will protestieren. Ich rücke näher an ihn heran, bis ich seine Körperwärme spüre, seinen Geruch aufnehme, der mit meiner DNA verwachsen ist. Ich frage mich, ob ich meiner Stimme trauen kann. Ich muss es sagen. Ich muss es sagen und auch so meinen. Er wird immer der Freund meiner Schwester sein. Er wird immer der Mann sein, der seine Freundin betrogen hat.

»Nein, Reuben.« Ich drücke sanft seine Schulter. »Du bist nicht der Mensch, für den ich dich gehalten habe. Ich habe das meiner Schwester angetan, weil ich mich in dich verliebt habe, nicht, weil ich sie verletzen wollte. Es würde sie umbringen, wenn sie es wüsste. Es würde sie umbringen, wenn ich jetzt oder irgendwann in der Zukunft mit dir zusammenkäme. Und das Schlimmste ist, dass du dich nicht für mich entschieden hast. Nicht einmal diese Entscheidung konntest du treffen.«

Mac

Bella kehrt allein ins Schloss zurück. Elspeth ist verschwunden. Männer mit Hunden werden ausgesandt, doch die Suche bleibt erfolglos. Keine Spur von der jüngeren Schwester. Die Wut ihres Vaters trifft auf die Mauern des Bergfrieds wie der Ostwind im Winter, führt jedoch zu nichts. Bella steht unter Schock und schweigt, und niemand weiß genau, was wirklich passiert ist.

Mit der Zeit erholt sich der junge Lord Musgrave ausreichend, um um die Hand der älteren Schwester zu bitten. Bella nimmt den Antrag freudlos an. Sie verlässt kaum noch ihr Zimmer; alles außerhalb des Schlosses erinnert sie an Elspeth, und ihre Ablehnung hat sich allmählich in eine tief sitzende, finstere Schuld verwandelt, die sie nicht abschütteln kann. Sie bleibt ihr auf den Fersen, genau wie Faithful, der alte Hund. Die Hochzeit wird von ihrer Mutter ausgerichtet, die sich vor Erschöpfung kaum konzentrieren kann. Trauer umschattet ihr Gesicht, und die Vorbereitungen geschehen stumm. Die Blumen, die die große Empfangshalle schmücken, welken schon, und der Hochzeitswein schmeckt nach Essig. Niemand hat an Musik gedacht.

Ich kann mich nicht auf die Geschichte einlassen. Ich denke an Reuben, an sein unerwartetes Auftauchen. Lucie ist gerade bei ihm. Die ganzen Hinweise passen jetzt zusammen. Der fremde Mann bei ihr, der Autounfall, die Verzweiflung des Mädchens. Alles passt zusammen.

Ich lege den Stift zur Seite und stehe vom Schreibtisch auf. Während ich zum Fenster gehe, massiere ich meinen Nacken. Das Grundstück sieht ein wenig verloren aus, und ich mache eine mentale Bestandsaufnahme: Das Gras muss gemäht werden; dafür muss ich einen verlässlichen Mann finden; außerdem muss ich Beetpflanzen kaufen. Wahrscheinlich Stiefmütterchen. Die erfreuen zuverlässig das Herz. Das Fenster beschlägt unter meinem schweren Seufzer, und ich lege eine Hand auf das unberechenbare Organ. Mein Herz. Es jagt immer noch dahin, was wahrscheinlich sogar gut ist. Immerhin schlägt es noch.

Ich werde Lucie bitten, die Stiefmütterchen einzupflanzen. Vielleicht fällt ihr etwas ein, was wir mit dem Garten anstellen könnten. Sie weiß ja zu fast allem etwas zu sagen. Mir wird bewusst, dass ich mir erlaubt habe, mich auf sie zu verlassen, doch jetzt weiß ich nicht, ob das so gut war. Mein kurzes Gespräch mit Reuben hat alles in ein anderes Licht gerückt. Ich dachte, ich könnte ihr trauen, aber jetzt? Das Mädchen hat mit dem Freund seiner Schwester geschlafen!

Hatte Reuben unter der Pergola gelauert wie ein falscher Fuffziger? Wenn er nicht aufgetaucht wäre, hätte Lucie Arthur vielleicht ins Cottage gebeten, ihm etwas zu essen gemacht. Vielleicht wäre es der Anfang von mehr gewesen, doch jetzt erfüllt mich die Vorstellung mit Furcht. Will ich das für meinen Sohn? Will ich, dass er all das erleidet, was mir Anna Madigan zugemutet hat?

Seit Wochen hatte ich das Gefühl, dass ich etwas übersehen habe. Vielleicht ist es Intuition, aber ich habe es tief in meinen Knochen gespürt, dieses vertraute Gefühl, wenn die Wahrheit endlich ans Licht kommt. Und vor der Mühle sind dann alle Puzzleteile an ihren Platz gefallen.

Reubens Wiederauftauchen ist eine Warnung – eine sehr deutliche.

Jetzt ergibt alles Sinn: Lucies düstere Stimmung, wie sie im Haus herumschleicht wie eine tragische gotische Heldin. Und das Gedicht …

Das Gedicht muss von ihm handeln! Dem Freund ihrer Schwester. Mein kurzer Triumph über meine detektivischen Fähigkeiten verblasst sofort wieder. Wie konnte sie nur? Ihre eigene Schwester?

Kein Wunder, dass mich all diese alten Erinnerungen verfolgen. Ich dachte, ich hätte sie schon längst zu Staub zermahlen, aber sie sind immer da, außer Sicht. Es muss doch Anzeichen gegeben haben, Hinweise, die ich ignoriert habe. Vielleicht wenn Jim und ich mehr miteinander gesprochen hätten. Wenn ich ab und zu von meinen Unterlagen aufgeblickt hätte, wenn … Ich seufze schwer, und dann pulsiert die Wut plötzlich durch meine Adern. Lucie darf nicht das Leben ihrer Schwester zerstören, so wie Anna Madigan meins auf dem Gewissen hat. Vielleicht ist es noch nicht zu spät. Steif wende ich mich vom Fenster ab und rufe nach den Hunden.

Ich warte auf der Straße auf ihn. Die Hunde streifen umher, bis auf Jethro, der mich nervös beobachtet, weil er Straßen hasst und sie das Einzige sind, was ich ihnen verbiete. Das graue Auto kommt in Sicht, wie es vorsichtig den Schlaglöchern auf dem Weg von der Mühle ausweicht. Schade, dass Reuben bei seinem letzten Abschied nicht so aufmerksam war, er hätte allen eine Menge Sorgen erspart. Oder noch besser wäre es gewesen, wenn er keine halben Sachen gemacht hätte. Ich stelle mir vor, wie er tot in dem Wrack liegt, und ein Lächeln spielt um meine Lippen. Ich lächele immer noch, als ich mich dem Wagen in den Weg stelle.

Er bremst abrupt. Ich sehe seinen Gesichtsausdruck hinter der spiegelnden, makellos sauberen Windschutzscheibe nicht, aber er lässt sein Fenster herunter. Rasch gehe ich zur Fahrerseite, die Hände in die Jackentaschen vergraben.

»Was zum Teufel machen Sie da?«

Sein Ärger ist ganz frisch, verstärkt durch das Treffen mit Lucie. Hoffentlich hat sie ihn davongejagt. Ich starre von oben auf ihn hinab, mache mir den Größenunterschied zunutze. Er wirkt alles andere als entspannt, seine Fäuste umklammern weiß das Lenkrad. Der Geruch nach neuem Auto steigt zu mir auf.

»Hübscher Wagen«, sage ich. »Sie müssen wohl nicht aufs Geld schauen.«

»Wollen Sie irgendwas?«

Er lässt den Motor ein wenig aufheulen, um seine Worte zu unterstreichen, doch ich lasse mich nicht hetzen. Meine Finger ertasten etwas in der rechten Jackentasche. Ein dickes Stück gefaltetes Papier.

»Ich habe Sie im Visier. Ich will, dass Sie Lucie in Ruhe lassen. Sie glauben wohl, Sie können hier einfach auftauchen, unsere Leben durcheinanderbringen …«

»Es geht Sie überhaupt nichts an, was wir tun!«

Sein Tonfall bringt mich endgültig gegen ihn auf. Ich beuge mich vor, packe die Autotür. »Es geht mich etwas an, wenn Sie in *meinem* Cottage Ihrer Affäre nachgehen! Vor *meiner* Nase! Sie haben keine Ahnung, wie viel Leid Sie verursacht haben. Den Schmerz, den Liebeskummer …«

Er murmelt etwas und drückt einen Knopf. Das Fenster will unter meinen Handflächen nach oben fahren.

»Nein! Ich bin noch nicht fertig mit Ihnen, Sie Schuft!«

Ich rüttele mit aller Kraft an dem Fenster, er flucht und drückt wieder den Knopf. Die Scheibe gleitet nach unten, sodass ich mich hineinlehnen und ihn am Hemdkragen packen kann.

»Sie hören mir jetzt mal zu, Sie kleines Stück Scheiße!« Mein Speichel landet auf seiner Wange. Er weicht vor mir zurück, jammert etwas von seiner verletzten Schulter, doch ich verstärke meinen Griff, schüttele ihn wie Max, wenn er ein Kaninchen erwischt hat. »Ihnen ist nicht klar, was Sie getan haben, oder? Sie denken mit der Hose. Sie haben nicht eine Sekunde daran gedacht, was Sie mir dabei antun. Sie haben mein Herz gebrochen – haben mich zu etwas gemacht, das ich überhaupt nicht bin. Ein Monster. Und das kann ich Ihnen nicht vergeben. Oder ihr! Niemals!«

Reuben starrt mich mit offenem Mund an. In seinem Atem rieche ich Angst, wie altes Fleisch. Ich lockere meinen Griff, glätte sein Hemd und tätschele seine Wange. »Wie auch immer. Ich habe gesagt, was ich loswerden wollte. Sie fahren dann jetzt mal besser, Bürschchen.«

Irgendwann war der Motor abgestorben. Reuben umklammert wieder das Lenkrad, lässt den Wagen neu an. »Sie sind ja verrückt! Völlig durchgeknallt.«

Meine Finger streichen über das Stück Papier in der Tasche, versuchen sich zu erinnern, um was es sich handelt. Als es mir wieder einfällt, lächele ich. Lucies Gedicht an den großen Unbekannten. Aber den kennen wir ja jetzt, nicht wahr?

»Wenn Sie wissen wollen, was Sie angerichtet haben,

lesen Sie besser das hier.« Ich wedele mit dem Stück Papier. »Das passiert, wenn man mit den Gefühlen einer Frau spielt – oder mit den Gefühlen zweier Frauen. Sie spielen die eine Schwester gegen die andere aus, genau wie der junge Musgrave …«

Doch ich spreche ins Leere. Der Wagen ist angefahren, die Räder drehen leicht im Schlamm, der kalt auf meine Knöchel spritzt. Reuben starrt verbissen nach vorne, doch sein Fenster ist noch geöffnet. Aus einem Impuls heraus werfe ich das Gedicht zu ihm in den Wagen, wie einen Brief. Flieg, kleiner Vogel. Wo du wohl landen wirst?

Lucie

Als Reuben abfährt, beginnt es zu regnen, und ich schaue den ersten großen Tropfen auf der Fensterscheibe zu. Was habe ich getan? Was ich gesagt habe… Ich wollte ihn nie verletzen, und jetzt ist er weg, wütend und zurückgewiesen, genau wie beim letzten Mal. Ich sehe ihn wieder in dem Krankenhausbett vor mir, und Schuldgefühle und Trauer drohen mich zu überwältigen.

Ich gehe zum hinteren Küchenfenster, von dem aus ich den Weg deutlich sehe, und bemerke überrascht, dass sein graues Auto stehen geblieben ist. Kommt er zurück? Doch da ist noch jemand. Mac spricht durch das Fahrerfenster mit ihm. Was will sie von ihm? Was könnte sie ihm zu sagen haben? Alarmglocken läuten tief in mir. Irgendetwas stimmt nicht. Sie scheint mit ihm zu streiten. Ich höre ihre erhobene, wütende Stimme, auch wenn ich die Worte nicht verstehe.

Schreck und Scham durchzucken mich. Hat sie es herausgefunden? Kennt sie mein Geheimnis? Bestimmt nicht… Ich rede mir ein, dass Mac einfach ganz sie selbst ist, einen Fremden auf ihrem Grundstück aushorcht und dabei so grob und reizbar ist wie immer.

Reuben gibt Gas, und das Auto schießt davon, wobei die Reifen Regenwasser und Kiesel aufwirbeln.

Mac bleibt auf der Straße stehen und sieht dem Wagen nach. Ich trete vom Fenster zurück. Sie soll nicht merken, dass ich sie beobachtet habe.

Trotz des Regens habe ich den unbändigen Drang, aus dem Haus zu gehen. Ich setze mich wieder an den Teich und bleibe lange dort, schlage Wurzeln auf der feuchten Bank wie ein starrsinniger Efeuzweig. Der Regen wird nicht stärker, und ich fühle mich ein wenig betrogen. In mir brodelt es. Als die Schatten länger werden, erwacht die Umwelt zum Leben. Ein Streit bricht in den hohen Bäumen auf der anderen Teichseite aus – Krähen, die ihre schwarz gefiederten Kräfte messen –, und unter ihnen breiten sich Ringe auf dem Wasser aus, als die Fische Richtung Oberfläche schwimmen.

Mac wird mich feuern, ganz sicher. Für sie gibt es nur Schwarz oder Weiß. Sie wird missbilligen, was ich getan habe. Sie wird mich auffordern zu gehen, genau wie meine Mutter, und ich werde wieder von vorne anfangen müssen. Kein Zuhause, keine Arbeit, kein Reuben. Es ist kaum zu ertragen. Vielleicht verschmelze ich mit der Landschaft, werde zu einem Fleck auf Arthurs zerknitterter Landkarte. Hier hat Lucie mal gearbeitet. Statt eines kleinen Schlosszeichens oder eines Kreuzes für eine Kirche wird da ein zusammengekauertes Strichmännchen zu sehen sein, das auf einer feuchten Bank sitzt und eine Zigarette raucht.

Mac

Arthur kommt um zwei Minuten vor zehn. Ich bin immer noch im Arbeitszimmer, und die Scheinwerfer seines Wagens leuchten durchs Fenster, auf den Tisch, das Notizbuch. Meine Bleistiftworte sprühen Silberfunken und erwachen für den Bruchteil einer Sekunde zum Leben.

Während der Hochzeitsfeier betritt ein Fremder den Saal. Er ist in einen Umhang gehüllt und zieht etwas Schweres in einem Jutesack hinter sich her. Als man ihn zur Rede stellt, sagt er, er bringe das Geschenk der Musik, denn sollte nicht jede Braut mit Musik gesegnet sein? Man lädt ihn an die Tafel ein und bietet ihm Essen an, das er nicht anrührt. Bella kommt er bekannt vor, auch wenn seine Kapuze den größten Teil des Gesichts verbirgt. Sie sieht nur die Schatten, die seine Gesichtszüge werfen, und plötzlich hat sie Angst, zu genau hinzusehen, falls sich unter der Kapuze nichts anderes verbergen sollte …

Die Autotür schlägt zu, und ich höre wütendes Schlüsselklirren. O je. Ich lehne mich zurück und warte darauf, dass die Dunkelheit eintritt.

»Du hast am Telefon völlig wirr geredet, Ma.«

»Ich habe doch nur angerufen und dir gesagt, dass Lucie Besuch hatte.«

»Das war vor Stunden, Ma, und außerdem machen mir

die anderen Sachen, die du gesagt hast, mehr Sorgen. Deshalb bin ich um zehn Uhr abends hier, verdammt noch mal.«

»Du hättest nicht zu kommen brauchen. Ich weiß nicht, wovon du sprichst.«

Ich erhebe mich mühsam vom Schreibtischstuhl und stelle mich vor Arthur, der immer noch mit seinen Schlüsseln klirrt, als müsste er schnell wieder gehen. Aber was hat er eigentlich? Er wiederholt Sachen, an die ich mich nicht erinnere, und mein Herz tuckert wie eine alte Lokomotive. Ich bin bestürzt. So etwas kann ich doch nicht gesagt haben?

»Du hast schon wieder auf der Mühle herumgeritten.«

»Das stimmt nicht.«

»Doch.«

»Ich habe die Mühle nicht angesprochen, mein Sohn.«

Das hatte ich wirklich nicht. Oder? Etwas steckt in meiner Kehle. Mir fällt das Schlucken schwer, das Atmen.

»Du hast gesagt, Reuben sei bei der Mühle aufgetaucht. Kurz bevor wir zurückkamen.«

»Ja. Ja, das stimmt auch. Deshalb habe ich dich angerufen.« Ich taste nach dem Stuhl und lasse mich langsam darauf nieder. Alles ist gut, das mich aus Arthurs unerbittlichem Blick befreit. Ich nehme den Bleistift und kritzele in dem offenen Notizbuch herum. »Ich bin nur reingegangen, um meine Uhr zu holen. Ich muss sie beim letzten Mal dort vergessen haben.«

»Es ist mir völlig egal, weshalb du dort warst, Ma. Mich beschäftigt, was du gesagt hast. Du hast gesagt, du wärst versucht, ›Lucies kleines Problem ein für alle Mal zu lösen.‹« Er deutet mit den Fingern Anführungszeichen an. »Erinnerst du dich jetzt?«

Eine Blume entsteht unter der Bleistiftspitze, wie ein Kind sie zeichnen würde: fünf ovale Blütenblätter und eine runde Mitte. Die Linien sind zittrig. »Ich hätte Reuben einfach weggeschickt. Das ist alles.«

»Du erinnerst dich wirklich nicht an das, was du sonst noch gesagt hast, Ma? Ich mache mir Sorgen um dich.« Sein Blick wird sanft. Er sieht nicht zu mir, sondern durch das Fenster in die Ferne. Er wirkt traurig und nachdenklich, spricht dabei weiter, doch ich nehme nur einzelne Worte wahr. *Solltest mit jemandem reden … dem Arzt gegenüber beim nächsten Mal erwähnen … Gedächtnisverlust … düstere Gedanken …*

Ich starre auf das Notizbuch. Unter der Blume steht in sorgfältiger Schulmädchenhandschrift: *Bella.*

Ich kann mich nicht erinnern, es geschrieben zu haben.

Lucie

Schon bald jagt mir der Teich riesige Angst ein. Ich bin nicht gern hier unten, wenn es dämmert. Ich traue der Umgebung nicht, in der die raschelnden Bäume Geheimnisse verbergen und das Wasser ungezähmt riecht und die Mücken und Insekten und die Vögel aufgescheucht umherfliegen.

Ich stehe von der Bank auf, gehe immer weiter, zertrete Schnecken auf dem Weg, zucke bei jedem Schritt zusammen. Vielleicht sollte ich Mac einfach konfrontieren und herausfinden, was sie weiß. Wenn sie nur die halbe Geschichte kennt, kann ich die Dinge vielleicht etwas beschönigen. Es beginnt wieder zu regnen. Ein Spatz flattert dicht an mir vorbei, und seine hektischen Bewegungen zerren an meinen Nerven. Ich würde noch mehr Lügen erzählen müssen. Die Lügen folgen mir schon von Ort zu Ort. Wann wird das aufhören? Der Drang weiterzugehen ist überwältigend.

Ich gehe um das Cottage herum in Richtung Straße, laufe unsicher in meinen ungeeigneten Sandalen über den unebenen Weg. Ich habe den Kopf zwischen die Schultern gezogen und die Arme um den Brustkorb geschlungen, während der Regen nass und kalt auf mich einprasselt. Es ist spät. Vielleicht ist Mac schon im Bett. Doch das Gespräch bis zum Morgen warten zu lassen, wird die Qual nur verlängern. Mir ist übel, ich bin ein wenig grün um die Nase, wie Mac sagen würde. Doch das geht jetzt schon seit Monaten so. Ich schließe die Augen und hebe das Gesicht in den Regen.

Plötzlich wird es hell.

Autoscheinwerfer leuchten aus Macs Auffahrt auf, der Regen strömt weich und gelb in dem grellen Strahl zu Boden. Ich bin ein Kaninchen, stehe erstarrt im Licht, mit meinen nassen Haaren, dem durchweichten Oberteil und den schmutzigen Zehen. Eine Autotür schlägt zu, und plötzlich steht Arthur neben mir, warm und fest, er riecht nach feuchter Wolle und hält mir einen Regenschirm hin.

»Bist du verrückt? Erst Ma und jetzt du. Was ist heute Nacht nur los?«

»Es regnet.«

»Das sehe ich. Wo ist deine Jacke?«

Darauf muss ich keine Antwort geben. Nur weil Arthur einen Ausflug mit mir gemacht hat, darf er mich nicht wie ein Kind behandeln. Oder einen Freund. Denn wir sind keine Kumpels.

»Ich … gehe nur spazieren.«

»Steig ins Auto, ich fahre dich heim.«

»Steig du ein.«

Er fuchtelt mit dem Schirm vor meiner Nase herum. Seine Haare locken sich im Regen, und er sieht aus, als vermisse er seine warme Küche. Wahrscheinlich wäre er gerade überall lieber als hier, wo er keiner verrückten Frau Vernunft einreden muss. Ich gebe nach und reiße ihm den Schirm aus der Hand, drücke betont auf den kleinen Stahlknopf und schiebe die Streben nach oben. Die schwarzen Schwingen flattern nutzlos, und plötzlich bin ich fürchterlich erschöpft. Ich gebe ihm den Schirm zurück.

»Ich will ihn nicht. Ich kann sehr gut allein nach Hause gehen.«

»Nimm ihn trotzdem.« Er sieht mich entschlossen an. Regen tropft wie Tränen von seinen langen Wimpern. Ich frage mich, was jetzt schon wieder mit seiner Mutter los ist.

»Nimm du ihn. Du wirst ganz nass.«

Der Schirm klappt zusammen, als ihm klar wird, dass ich nicht kooperieren werde. Er versucht es anders.

»Also, was wollte Reuben? Ich meine … wie lief es?«

Schuldgefühle lähmen mich. Soll ich ihm sagen, dass seine Mutter mein Geheimnis kennt? Dass meine Zeit hier bald abgelaufen ist? Regen läuft mir den Hals hinab, und meine Stirn ist angespannt. »Es ist immer noch vorbei.«

»Das ist gut. Oder?«

»Ist es das?« Ich lache scharf auf und lache dabei eigentlich gar nicht. »Fahr heim, Arthur. Fahr heim zu deinen Törtchen.«

Ich drehe mich auf dem Absatz um – gar nicht so leicht mit dünnen Sohlen. Sein Seufzer weht mir nach.

»Sei nicht so verflucht empfindlich. Ich mache mir Sorgen um dich, das ist alles. Darf ich das nicht?«

Ich wirbele zu ihm herum. »Nein, das darfst du nicht! So fängt es immer an. Mitgefühl, Sorge, der ganze Mist, und am Ende fehlt einem ein Stück der eigenen Seele.«

»Ich weiß!«, erwidert er aufgebracht. Leiser: »Ich weiß.«

Wir mustern einander wie zwei streitsüchtige Hunde. Ich bringe ein leicht abfälliges Grinsen zustande, um die Verbindung zu unterbrechen, und drehe mich zurück zum Weg, den ich mit so viel Aufsässigkeit entlanglaufen will, wie es meine dünnen Schuhe zulassen. Ich weiß, dass er eine junge Frau sieht, die nass, schmuddelig und verloren ist. Und so soll er mich nicht sehen. Verloren.

Ich werfe einen Blick über die Grundstücksmauer. Land und Meer sind unsichtbar. Alles verschwindet hinter dem feuchtkalten Regenvorhang, und der Atem des Windes stinkt nach Seegras. Das beharrliche *Piep, piep, piep* eines Austernfischers bohrt sich in mein Hirn.

Als mir das Feld das letzte Mal aufgefallen war, war es frisch gepflügt, die dunklen Reihen so gerade wie die Cordhosen eines alten Mannes. Jetzt strahlt es saftig grün. Wann ist das passiert? Ich bin in der letzten Zeit schlafgewandelt, zwischen dem Cottage und Macs Arbeitszimmer, hypnotisiert von meinen Schreibmaschinenfingern, hineingesogen in ihre verdammte erfundene Welt. Sie zieht mich unerbittlich hinein. Mein Leben wird von zwei Schwestern gelebt, die es nicht einmal gibt. Macs Stift lässt meine Wut, meine Eifersucht, meine Scham noch einmal lebendig werden. So langsam denke ich, dass sie es mit Absicht macht, um mich zu bestrafen. Sie macht mich wahnsinnig. Wie lange weiß sie es schon?

Piep, piep, piep.

Der Ruf geht mir durch Mark und Bein. Mir wird kurz übel – wo ist nur die Zeit geblieben? Sie vergeht immer schneller, und ich kralle meine Fingernägel hinein. Ich lege die Hände auf den Hohlraum in meinem Bauch. Plötzlich habe ich Angst. Welche Pflanze das auch immer hinter der Mauer ist … sie wird wachsen und gedeihen und reifen, und dann ist es Herbst, und ich bin nicht bereit. Ich bin nicht bereit.

Ich glaube, Arthur ruft nach mir, doch jenseits der Mauer verkündet der Austernfischer immer noch *Piep, piep, piep.*

»Lucie!«, versucht er es wieder, laut genug, um mir mitzuteilen, dass er glaubt, ich ignoriere ihn. »Lucie. Ich könnte sterben für einen Drink.«

Ich stehe unschlüssig auf dem Weg und tue so, als würde ich eine besonders tiefe Pfütze mustern. Ich riskiere einen Blick zurück. Er steht im Licht der Autoscheinwerfer, ein dunkler, einsamer Mann inmitten von Gold und Regen.

»Das Pub hat noch offen«, sagt er.

Ich drehe mich um. »Dann los. Einer kann wohl nicht schaden.«

Nur ein klitzekleines bisschen zu eifrig gehe ich zu ihm zurück. Ich hoffe, er bemerkt es nicht.

Lucie

Juli

Mühsam öffne ich die Augen. Licht fällt durch das Fenster. Warum habe ich gestern Abend nicht die Vorhänge zugezogen? Ich will unbedingt wieder einschlafen, doch etwas hat mich geweckt. Mein Handy klingelt irgendwo im Haus. Ich setze mich auf, doch dann verstummt es, und es ist mir zu egal, als dass ich jetzt aufstehen und mich darum kümmern wollte.

Ich sinke zurück in die Kissen und sehe zu dem Mann, der leise neben mir schnarcht. Arthur.

Nach den Drinks im Pub am ersten Abend hatten wir bald eine angenehme Routine entwickelt, weit weg von Mac und Reuben und anderen Sorgen. Wir trafen uns nach der Arbeit im Pub und redeten. Oder Arthur redete, und ich beschwerte mich über irgendetwas. Ich bestellte Pints, weil ich mehr Mann sein wollte als der Bäcker mit seinem Gin Tonic. Es gefiel mir, ihn für schüchtern und langweilig zu halten, weshalb er meiner Aufmerksamkeit gar nicht würdig war.

Doch gestern Abend hat sich etwas geändert. Gestern Abend war er genau das, was ich gebraucht habe. Wir saßen in einer dunklen, nach Bier riechenden Ecke, im bernsteinfarbenen Schein der Lampe, abgeschottet durch staubige Vorhänge vom echten Leben. Ich hatte von Reuben gesprochen, wie sehr ich litt, hatte mein Schicksal verflucht, während ich Bierdeckel zerkleinerte. Ich konnte mich nicht überwinden, Mac zu erwähnen. Das musste ich in meinem eigenen Tempo angehen. Arthur nickte nur, hielt sein hohes Glas umfasst und sah mich an, als würde ich wirklich, wirklich wichtige Dinge von mir geben.

Ich wechselte bald zu Wein, der mir sofort in den Kopf stieg und mich glauben ließ, ich sei unwiderstehlich. Wer will schon nicht unwiderstehlich sein? Keine Sekunde dachte ich über die Folgen nach.

Ich erinnere mich, dass wir beide lachten und Arthur seinen Arm um mich legte. Wir saßen nebeneinander auf der Sitzbank, und ich schlängelte meinen Arm um seine Taille. So saßen wir da, während ein neues Bewusstsein zwischen uns erblühte. Wir hatten definitiv eine Grenze überschritten und stolperten jetzt gemeinsam auf unerforschtes Gebiet.

Der Rest passierte beinahe zufällig. Wir bedienten alle erforderlichen Klischees: Er brachte mich nach Hause. Ich bat ihn auf einen Kaffee hinein und entdeckte eine ungeöffnete Packung Mandelsplitter. Wir saßen eng beieinander am Küchentisch, steckten die Köpfe zusammen, die Tassen nebeneinander. Er spielte Paul Hollywood für mich, hielt seinen Mandelsplitter in die Höhe, drehte und wendete ihn und wies auf den zarten Boden sowie die köstliche Vanillenote hin. Irgendwann war mir langweilig, ich lehnte mich zu ihm und biss ein großes Stück ab, sodass ihm nur ein kleiner Rand blieb. Kichernd verstreute ich Krümel, während er mich gespielt böse ansah und mir erklärte, dass ich gleich richtig Ärger bekommen würde.

Am besten streitet es sich ja bekanntlich im Schlafzimmer, und genau das taten wir.

Es war anders. Reuben war immer noch in meinem Kopf präsent und machte mich traurig. Ich glaube, Arthur wusste das und bemühte sich nach Kräften, ihn ein für alle Mal zu vertreiben. Fast gelang es ihm. Fast konnte ich mich in Arthur verlieren, doch ein Teil meines Geistes klammerte sich an der Vergangenheit fest. Ich sah mir aus einer Zimmerecke zu, wie ein schüchternes Mädchen auf einer Party. Danach kuschelte ich mich an seinen haarigen Brustkorb. Er küsste meinen Scheitel und umfasste meine Brust, als wäre ich eine Art Göttin. Eine langsame, traurige Träne rann aus meinem Augenwinkel. Sie musste auf seiner Haut gelandet sein, Kreise gebildet haben wie etwas im Mühlteich, denn er zuckte zusammen. Er drehte sich, um mir ins Gesicht zu blicken, wollte das sehen, was ich vor den Menschen verbergen wollte.

»Was ist los?«

»Tränen der Freude.« Ich streckte ihm die Zunge heraus. »Bleibst du?«

Sein Gesichtsausdruck sagte mir, dass er nichts anderes in Erwägung gezogen hatte. »Gut«, erklärte ich und rollte mich herum, um die Nachttischlampe auszuschalten. »Solange du nicht schnarchst.«

Ich betrachte ihn mit leiser Trauer. Ich kann es mir nicht leisten, ihn an mich heranzulassen.

Als mein Handy wenig später erneut klingelt, greife ich hastig nach T-Shirt und Unterhose von gestern, streife beides über und schlüpfe in Flip-Flops.

Das Telefon liegt vibrierend auf dem Küchentisch und

bringt die ganzen Krümel durcheinander. Die unvermeidliche Kuchenschachtel steht noch da sowie zwei leere Kaffeetassen. Ich nehme das Handy und sehe, dass es Jane ist. Mein Herz setzt einen Schlag aus. Ich überlege, den Anruf nicht anzunehmen, aber was würde das bringen?

»Jane? Hi!«

»Hi, Lucie. Passt es gerade? Ich weiß, es ist früh, aber …«

Sie klingt einigermaßen freundlich. Zwar angespannt, aber nicht wütend. »Ja, kein Problem. Geht es dir gut?«

Ich weiß, was sie sagen wird. Ich weiß, dass ich so tun muss, als wisse ich nichts. Seit Reubens Besuch vor zwei Wochen warte ich auf diesen Anruf, dieses Gespräch. Sie bricht in Tränen aus, und ich gebe den ganzen üblichen Mist von mir. *Vielleicht ist es das Beste so. Manches soll einfach nicht sein. Andere Mütter haben auch schöne Söhne usw.* Sie hat es endlich beendet – nicht er. Aber sie sagt mir nicht den Grund.

»Kannst du heimkommen, Lucie? Wenigstens ein paar Tage? Ich weiß, dass du zu tun hast, aber ich könnte ein freundliches Gesicht brauchen. Dafür hat man doch eine Schwester, oder?«

Ich hole tief Luft. »Du weißt, dass ich immer für dich da bin. Ich werde schauen, ob ich am Wochenende kommen kann.« Dann müsste ich mich auch nicht Mac stellen. Ein sehr verlockender Gedanke.

»Okay. Bleib, solange du möchtest. Du kannst doch sicher die ganze Woche freinehmen? Dir steht bestimmt Urlaub zu.«

Ich muss lächeln. Schwach erinnere ich mich, wie Jane eine Diskussion über ihre Bezahlung begonnen hat, als sie mit vierzehn einen Job als Zeitungsausträgerin annahm. Sie hatte schon immer einen starken Sinn für Gerechtigkeit.

Wir vereinbaren, wann wir uns sehen. Jane verspricht, mich am Bahnhof abzuholen. Ich beende das Gespräch und umklammere einen Moment die Tischkante.

Hinter mir hustet jemand leise. Arthur war sicher enttäuscht, dass das Bett kalt und leer neben ihm war, aber jetzt hat er mich ja gefunden. Ich lehne mich gegen den Tisch, horche, wie er näher kommt, versteife mich, als er seine Arme um mich legt, fürchte seine Körperwärme an meinem Rücken. Ich reagiere nicht, als er mich umarmt.

»Fährst du zu deiner Familie?«

»Meiner Schwester, ja.«

Letzte Nacht haben mich seine atemlosen Worte an meinem Ohr entflammt. Jetzt löse ich mich von ihm. Ich winde mich aus seinen Armen, und er gibt mich frei. Er steht da, barfuß und in Chinos, der Oberkörper nackt. Im Gegensatz zu Reuben ist seine Brust dicht behaart. Ich war mit den Fingern hindurchgefahren, hatte mich daran gerieben.

»Ja, ich fahre heim.«

»Aber du kommst doch zurück?«

Ich lasse die Stille antworten. Er lacht gekünstelt. *Biete ihm einen Kaffee an. Lächle. Sei nicht so ein Miststück.* Und doch stehe ich wie gelähmt da. Ergeben zuckt er mit den Schultern.

Mac

Der Fremde bringt den Geruch nach Knochenfeuern und dem Ostwind mit sich. Von ihm ist nur der feuchte dunkle Umhang zu sehen, der ihn völlig verbirgt. Bis auf den dünnen Haken seines Lächelns und die Krallenfinger um den Jutesack. Seine Fingernägel sind so gelb wie Schafshufe und weiß gerändert, als habe er in Mehl gegraben. Als Bella fragt, woher er stammt, ist seine Stimme zu tief, um sie zu hören. Die Antwort sinkt zu Boden, wo sie von den Stiefeln ihres Vaters zerquetscht wird, von seinem dröhnenden Lachen.

»Was habt Ihr in dem Sack, Reisender? Ein Geschenk für die Braut?«

Fürwahr, ein seltenes Geschenk, hätte der Mann antworten können.

Ich stürme ins Café.

»Sie ist weg! Ich wusste, dass sie gehen würde. Frauen wie ihr kann man nicht trauen.«

Anita wischt gerade den Tisch am Fenster ab und sieht mich leicht erschrocken an. Ich dränge mich an ihr vorbei und höre, wie die Tür hinter mir laut ins Schloss fällt. Die gerahmten Drucke an der Wand werden vom Luftzug angehoben und fallen zurück auf die Tapeten.

»Der Ostwind ist schuld. Der Ostwind bringt nichts Gutes. Die Bibel sagt, er wehe aus der Richtung Gottes, aber ich habe das nie geglaubt. Eher das Gegenteil, wenn man mich fragt. Aber mich fragt ja niemand. Niemand will meine Meinung wissen. Warum hat sie mir nicht gesagt, dass sie geht, statt mir einfach nur eine Nachricht zu hinterlassen? Das kann sie gut, nicht wahr? Nachrichten hinterlassen. Ich hätte ihr gesagt, dass jetzt ein ungünstiger Zeitpunkt ist. Wir müssen noch einiges erledigen, bevor der Ostwind kommt. Und jetzt ist es zu spät. Die Zeit läuft davon.« Die zwei alten Schachteln, die in der Ecke des Cafés zu wohnen scheinen, sehen zu mir und flüstern in ihre Teetassen. Ich werfe ihnen einen vernichtenden Blick zu. »Kümmert euch um eure Angelegenheiten!«

Arthur war hinter dem Tresen beschäftigt, doch jetzt lässt er alles stehen und versucht, mich zum Schweigen zu bringen. Er wirkt sehr angespannt.

»Ich lasse mir von dir nicht den Mund verbieten! Sie hat mir einen verdammten Zettel hinterlassen. Einen Zettel! Ohne um Erlaubnis zu fragen!«

»Mutter, nicht hier.« Arthur hält den Perlenvorhang zur Seite, und ich stürme um den Tresen herum. In der Küche riecht es durchdringend nach Teig. Drei Brotlaibe mit Körnern stehen auf der Arbeitsfläche wie ein Katzentrio.

Ich wedele mit dem Zettel vor seiner Nase. »Das ist so typisch für Anna Madigan. Sie hat nie einfach gesagt, was Sache ist.«

»Wovon redest du? Hör mal, Lucie hat einen Anruf von zu Hause bekommen. Eine Familienangelegenheit. Und was soll das hier eigentlich? Du kannst nicht einfach hereinplatzen und dich so aufführen.«

»Wann hatte ihre Familie denn auch nur einen Funken Interesse an ihr? Wir haben wichtige Arbeit zu erledigen. Ich habe eine Deadline! Kommt sie zurück?«

»Du hörst mir nicht mal zu.« Er dreht mir den Rücken zu und legt ein kariertes Geschirrtuch über das Brot. Durch den Vorhang sehe ich, wie Anita uns mit großen Augen aufmerksam beobachtet.

»Kommt sie zurück?« Ich packe Arthur am Ellbogen, doch er schüttelt mich ab und fährt mich mit unangebrachter Heftigkeit an.

»Ich weiß es nicht, Ma! Ich bin nicht ihr Aufseher. Bei ihr ist gerade sehr viel los.«

»Bei *mir* ist viel los! Wieso sind die Menschen so? Keinen Sinn für Loyalität und Anstand. Denken immer nur an sich. Ich hatte mehr von Anna gehalten, aber sie ist offensichtlich genauso verräterisch wie alle anderen!«

»Lucie.«

»Ja, Lucie. Sie ist genau wie …«

»Du hast sie Anna genannt. Zweimal.«

»Das habe ich nicht.«

»Doch.«

Habe ich das? Angst pulsiert in mir. Anita reicht mir ein Glas Wasser.

»Kommen Sie, setzen Sie sich«, sagt sie langsam. Gehorsam folge ich ihr zurück ins Café.

»Ich kann es nicht glauben. Sie würde uns doch nicht verlassen, oder? Ich habe mich an ihre Gesellschaft gewöhnt. Und wir sind noch nicht *fertig*.«

Niemand antwortet mir. Ich trinke langsam das Wasser. Es ist kalt, und ich schaudere. Meine Zähne klappern. Der verdammte Ostwind bringt nie etwas Gutes.

Lucie

Ich nehme den frühen Zug nach Norden und teile mir einen Tisch mit einer Frau, die nur kurz von ihrer Hochglanzzeitschrift aufblickt. Ich lehne mich ans Fenster und schaue die nächsten zwanzig Minuten nach draußen, während das Meer an uns vorbeizieht. Im Zug kann man gut nachdenken. Vielleicht ist es das sanfte Schaukeln, die vorbeiziehende Landschaft … alles tritt zurück, lässt die Dinge hervorkommen, die einen sonst mitten in der Nacht beschäftigen.

Wie etwa, den kaum erst angetretenen Job zu verlieren, obdach- und mittellos zu werden. Und mit Arthur im Bett zu landen.

Bin ich wirklich so bedürftig, so verzweifelt? Nein, das ist Arthur gegenüber unfair. Der Mann ist lieb und freundlich. Er urteilt nicht über mich. Sein ständiges Gebäck und das Funkeln in seinen Augen bringen mich zum Lachen. Er nimmt mich nicht zu ernst. Aber warum habe ich es so weit kommen lassen müssen? Wie kann ich mit Arthur zusammen sein, wenn mir Reuben immer noch in den Knochen sitzt?

Seufzend lege ich den Kopf an die Lehne. Den Geruch

nach Kaffee und das Klirren und Rattern des Getränkewagens nehme ich wie aus weiter Ferne wahr. Der Gedanke an einen Koffeinschub und ein Päckchen gesalzene Chips muntert mich auf, versetzt mir einen kleinen Stich der Aufregung. Ich stelle mir vor, wie ich alles hinter mir lasse, einen Kurzurlaub mit blauem Meer und weitem Himmel mache. Das Licht ist anders. Was es auch berührt – die Wolken, das Wasser, das Gras – strahlt geradezu.

Im Rhythmus der ratternden Zugräder denke ich: *Arthur ist weit weg. Mac ist weit weg. Die Mühle ist weit weg.* All die Dunkelheit, das Versteckspiel und die erdrückende, tropfende Vegetation lasse ich hinter mir. Steincottages tauchen auf und verschwinden wieder. Makellose Gärten, Ponys. Bewaldete Täler. Frei und flüchtig. Nichts bleibt haften.

Jane wartet am Bahnhof auf mich. Wir umarmen uns nicht, weil sie im eingeschränkten Halteverbot steht und wir schnell weiterfahren müssen. Zu Hause lässt sie mich in der Diele stehen und verkündet, ihre Blase würde gleich platzen. Das Haus wirkt kleiner, dunkler und übel riechender, als ich es in Erinnerung hatte. Meine Mutter kommt zögernd aus der Küche, als ob sie dort herumgelungert hätte, seit sie mich des Hauses verwiesen hatte. Ihre Umarmung ist knapp und kühl, und ich habe den Eindruck, dass sie abgenommen hat. Unter ihrer Bernsteinkette tritt das Schlüsselbein messerscharf hervor, und ihre Föhnfrisur ist schlapp.

»Wie war die Zugfahrt?«

»Gut, danke.«

Ich folge ihr zurück in die Küche und sehe zu, wie sie herumwirtschaftet, Wasser aufsetzt, Tassen hervorholt. Porzellantassen mit Untertassen, als wäre ich ein Gast – ein

Ausschussmitglied oder irgendjemand aus dem Frauenverein. Normalerweise benutzen wir die Becher von dem Kiefergestell in der Ecke neben der Brotbüchse. Als Nächstes wird sie Kekse auf einen Teller legen, anstatt einfach die Dose hinzustellen.

»Hast du etwas gegessen?«

»Ich habe einen Kaffee getrunken. Er war widerlich.« Ich war zu gedankenverloren gewesen, um etwas zu essen. Was sollte ich mit Arthur machen? Diese neue Komplikation konnte ich überhaupt nicht brauchen. Ich hätte nie zulassen dürfen, dass wir uns näherkommen.

»Ich koche Tee«, sagt meine Mutter, als ob das gegen die Bitterkeit helfen würde. Sie reißt eine Packung Shortbread-Fingers auf und verteilt sie auf einem zarten Teller, der früher im Geschirrschrank meiner Großmutter stand. Er ist mit blauen Mohnblumen verziert. Ich habe diesen Teller schon immer geliebt. Ich lasse den Blick durch die Küche schweifen, über all die Dinge, die so sehr zu einem Zuhause gehören, dass man sie kaum mehr wahrnimmt: das hellgrüne Sieb, das neben dem Herd hängt, der gepunktete Milchkrug mit dem geklebten Griff. Die Post von gestern stapelt sich hinter dem Radio, eine Teebüchse von Harrods, in der nicht zuzuordnende Schlüssel liegen, Quittungen und alles andere, was man wohl besser mal aufheben sollte. Ich gehe hinüber und nehme den Deckel ab. Weit oben liegt die Quittung für ein Kleid, das ich vor vier Jahren für die Hochzeit einer Cousine gekauft habe, außerdem der USB-Stick mit meinen Collegeaufsätzen.

»Was machst du da?« Meine Mutter beäugt mich misstrauisch.

»Ich …« Ja, was tue ich eigentlich? Ich bin ein Kind, das

man in irgendeiner grässlichen Wildnis ausgesetzt hat. Ich suche nach einem Beweis, dass mein Leben immer noch hier ist, ein Stück von mir. »Nichts.«

Meine Mutter schüttelt kaum merklich den Kopf, und ich schließe die Dose wieder. Sie reicht mir eine Tasse samt Untertasse.

»Wir bleiben hier. Dad muss noch ein paar E-Mails schreiben. Er kommt bald dazu.«

Mein Vater hatte mich nicht begrüßt. Ich hatte angenommen, er wäre nicht zu Hause. Dass er doch hier ist und sich im Wohnzimmer versteckt, ist eine grobe Zurückweisung. Weiß er es? Hat meine Mutter ihm von Reuben und mir erzählt? Das Geheimnis lauert zwischen uns. Sie kann mir deswegen nicht in die Augen sehen.

Das Station Hotel war schon immer unser Lieblingslokal. Dad mag die Steak Pie, und meine Mutter trifft jede Woche ihre Freundinnen in der Kaffeelounge. Die Scones sind immer frisch gebacken und nicht in der Mikrowelle aufgewärmt. Arthur würde das gefallen. Der Laden hat sich seit der Industrialisierung nicht viel verändert, und die Wirtin (die Jane und ich aus irgendeinem Grund vor langer Zeit die Bar Lady getauft haben) scheint ebenfalls aus dieser Zeit zu stammen.

»Erinnerst du dich noch, als wir zu deinem achtzehnten Geburtstag hierherkamen?«, fragt Jane, als wir die großen, in burgunderrotes Leder gebundenen Speisekarten studieren. Sie grinst verschwörerisch, und ich verdrehe die Augen und erwidere das Lächeln.

»O ja. Ich wäre am liebsten im Boden versunken.«

Jane lacht. »Dad hat eine große Sache daraus gemacht,

dir ganz ›legal‹ Wein zu bestellen, und die Bar Lady hat dich nur mit *diesem* Gesichtsausdruck angesehen!«

Ich lache ebenfalls und ahme den sanften Highlandakzent der Wirtin nach. »Die junge Dame ist übrigens schon seit zwei Jahren achtzehn!«

»Ausgerechnet hier musstest du trinken, als du noch minderjährig warst …« Jane sieht mich gespielt streng an.

»Wahrscheinlich keine meiner besten Ideen.« Ich sehe mich im Speisesaal um. Alles ist in Dunkellila gehalten, von den Samtvorhängen bis zur Velourtapete. An den Wänden hängen Gemälde mit Eisenbahnmotiven in vergoldeten Rahmen: Dampflokomotiven, Viadukte, mit dem Taschentuch winkende Viktorianer. In der gedämpften Beleuchtung sieht die Farbe feucht und glänzend aus. Ich schaue aus dem Augenwinkel zu Jane. Sie wirkt erschöpft. Ihr Gesicht ist ausgezehrt und voller Schatten. Reuben wurde bisher nicht erwähnt. Vielleicht wird er zu einem der vielen Dinge, über die meine Familie nicht gern spricht. Trotz der gemeinsamen Erinnerung verhält sich Jane distanziert. Ich habe es ihrer Trauer zugeschrieben, denn die Alternative wäre unerträglich. Mir wird klar, dass ich vor einer Konfrontation mit Mac davongelaufen bin zu einer möglicherweise noch schmerzhafteren mit meiner Schwester.

»Ich glaube, ich nehme den Fisch«, sagt Mum, schließt die Speisekarte und legt sie auf das weiße Tischtuch. Sie hat die Anekdote über meine früheren Eskapaden völlig ignoriert, und Dad überlegt immer noch, auch wenn wir alle wissen, dass er die Steak Pie nehmen wird. Ich trinke von meiner Cola. Auch wenn ich einen ordentlichen Schluck Wein gebrauchen könnte, habe ich mich für einen Softdrink entschieden. Hier gibt es zu viele Strömungen, und ich muss schwimmen können.

»Was nimmst du, Dad?«, fragt meine Mutter. Ich hasse es, wenn sie das tut. Warum nennt sie ihn nicht Angus? So viel, was mich schon immer geärgert hat, brodelt unter meiner Haut.

»Ich sehe, sie haben Lammeintopf. Das klingt gut, nicht wahr? Eintopf.«

»Hmm. Eintopf.« Mum nimmt ihre Speisekarte wieder auf und blättert darin herum. Ich breite die zartlila Serviette auf meinem Schoß aus. Am liebsten hätte ich sie zerfetzt.

»Ach, ich nehme die Steak Pie.« Dad klappt entschlossen die Speisekarte zu. Jane fängt meinen Blick auf. Normalerweise würden wir jetzt verstohlen kichern, aber sie zeigt keine Regung. Etwas blitzt in ihrem Blick auf, bevor es schon wieder verschwunden ist. Die Serviette wird heiß und klebrig in meiner Faust. Ich brauche Luft.

»Ich gehe nur schnell aufs Klo«, verkünde ich und schiebe meinen Stuhl zurück.

Mum sieht mich streng an. »Aber wir wollen doch gleich bestellen. Wir wissen nicht, was du möchtest.«

»Scampi und Pommes«, sagt Jane. »Lucie isst immer Scampi und Pommes.«

»Das stimmt«, pflichte ich ihr bei. Ich nehme, was ich immer nehme. Irgendwie ist das ein Statement.

Draußen auf dem Parkplatz zünde ich eine Zigarette an und behalte die Hintertür mit einem Auge im Blick, falls meine Mutter unerwartet herauskommen sollte. Das wird natürlich nicht passieren. Sie wird zu sehr damit beschäftigt sein, schlecht über mich zu reden, bis die Bar Lady mit ihrem Bestellblock kommt und alle falsch lächeln und glückliche Familie spielen.

Ich klemme die Zigarette zwischen die Lippen und suche in meiner Handtasche nach dem Handy. Im Restaurant hat es beharrlich gepiepst. Meine Mutter hat es auch gehört und meine Tasche böse angestarrt, als würde ich etwas im Schilde führen.

Zwei Nachrichten. *Reuben. Arthur.*

Ich tippe zuerst auf Reubens: *Bin in Dundee, Babe. Vermisse dich. Soll ich vorbeikommen, um der alten Zeiten willen?*

Früher hätte ich allein beim Anblick seines Namens in Flammen gestanden. Jetzt versucht mein kritisches Ich zu entschlüsseln, was er da eigentlich geschrieben hat. Er arbeitet auswärts. Ihm ist langweilig. Er will Sex. Mit einer Entschlossenheit, die mich selbst überrascht, lösche ich die Nachricht.

Dann öffne ich Arthurs: *Ich hoffe, alles läuft gut im Norden. Wir sehen uns, wenn du wieder da bist.* ☺

Keine Hintergedanken. Keine Forderungen. Ich tippe auf »Antworten«. *Hi. Gleich gibt es Scampi – könnte schlimmer sein.* Ich zögere. *Bis bald.*

Hinter mir geht die Tür auf. Jane. »Was machst du denn? Mum wird schon ganz nervös, falls du nicht rechtzeitig zum Essen zurück bist. Rauchst du? Ernsthaft? Da wird sie auch nicht begeistert sein.«

Ich verziehe das Gesicht, und die Zigarette zwischen meinen Lippen wackelt. »Ich bin erwachsen. Es ist mir scheißegal, was Mum denkt.« Die Worte haben eine befreiende Macht. Ich tippe noch einen Smiley in meine Nachricht.

»Wem schreibst du?«

»Arthur, dem Bäcker.«

»Ach wirklich?« Jane beugt sich zu mir, um auf das Display zu schauen, und ich kann den Wein in ihrem Atem riechen. »Bis bald? Gibt es da etwas, das du mir sagen willst?«

Mein Herz setzt einen Schlag aus. Ich schreibe noch ein x, einen Kuss, dazu – nur eins – und drücke auf »Senden«. Ich bin mir nicht sicher, ob sie mit ihrer Frage eigentlich etwas anderes meint, weshalb ich ein Lächeln aufsetze.

»Komm schon, bringen wir es hinter uns.«

Ich lasse das Handy in meine Tasche fallen und zertrete die Zigarette unter dem Absatz. Jane folgt mir zurück ins Restaurant.

Ich liege müde auf meinem alten Einzelbett. Zwei Tage zu Hause, und ich muss den Reißverschluss meiner Jeans öffnen, um Platz für meinen aufgeblähten Bauch zu schaffen. Meine Eltern scheinen zu jeder Mahlzeit Brot zu essen und Käsetoast zum Abendessen. Ich lege meine Hand auf die Stelle über dem Schambein und denke an Reuben, bis die weiche Haut warm wird und ich ein sanftes Ziehen in mir spüre. Ich erinnere mich, wie Reuben in mein Zimmer kam und leise die Tür schloss, die Hand nach mir ausstreckte, sie schwer auf die Stelle legte, an der gerade meine Hand ruht, die Finger unter den Spitzensaum meiner Unterhose schob. Wie ich mich halb vom Bett erhob und ihn leidenschaftlich küsste.

Und meine Mutter mit einem Stapel Bügelwäsche hereinkam.

Mein Körper verkrampft sich bei der Erinnerung, und ich setze mich auf, als ob ich dadurch die Scham abschütteln könnte. Ich stelle die Füße auf den Boden, spüre die Kälte der alten Holzbohlen, lasse den Blick durch den kleinen Raum schweifen. Früher war er einmal mein Heiligtum, und jetzt? Hier durfte sich nie etwas ändern. Der Bettüberwurf stammt noch aus meiner Schulzeit und ist cremefarben mit jungfräulichen rosa Rosen. Der Ankleidetisch aus Walnussholz ist mit billigen Perlenketten, Schals und neonfarbenem Nagellack übersät. Im Bücherregal setzen *Harry Potter* und Roald Dahl Staub an, zusammen mit CDs von McFly, Girls Aloud und Good Charlotte (meine kleine Teenagerrebellion). In diesem Zimmer lebt mein Kinder-Ich weiter, mein Teenager-Ich, als ob ich das, was mich wirklich ausmacht, in einen Koffer gepackt und nach Fettermore mitgenommen hätte.

Ich stehe auf und betrachte mein Erwachsenen-Ich im Spiegel der Schranktür. Meine Haare müssen geschnitten werden. Ich streiche sie alle auf eine Seite, sodass sie sich über die linke Schulter ergießen, neige den Kopf und mustere eindringlich meine Augen. Sie sehen traurig aus. Ein kalter Hauch streift über meinen bloßen Nacken und meinen Bauch, unter dem die Jeans noch offen steht. Statt den Reißverschluss mühsam zu schließen, ziehe ich einfach nur mein weites T-Shirt nach unten. Der Schrank ist aus langweiligem, dunklem Holz, wie man ihn in einem altmodischen B&B finden würde. IKEA war nie etwas für meine Eltern. Als ich die Tür öffne, dringt der Geruch nach Lavendel heraus, von den vielen Säckchen, die meine Mutter bei Kirchenbasaren kauft. Ich streiche mit der Hand über die Bügel mit den vertrauten Kleidungsstücken: Skinny Jeans, Stufenröcke, Kleider, die ich selten getragen habe. Ganz hinten hängt meine Schuluniform – schwarze Hose und eine weiße Bluse, die mit jugendlichen Kritzeleien vom letzten Schultag bedeckt ist. Die gestreifte Krawatte ist um den Bügel geschlungen.

Nichts davon passt mehr. Weder die Uniform noch die Jeans. Dieses Zimmer. Dieses Leben.

Die Tür öffnet sich einen Spalt. Janes elegante Finger werden sichtbar, gefolgt von ihrem Gesicht. Ein schiefes Lächeln. »Kann ich reinkommen?«

Ich ziehe meine Jeans hoch, zupfe noch mal am T-Shirt. »Hat Mum dich geschickt, um mich zu holen?«

»Äh, nein, aber …«

»Sie kann mich nicht mal für eine Sekunde in Ruhe lassen.«

»Sie hat Kirschtrifle gemacht.«

»Uff.« Ich lasse mich auf das Bett fallen. Ich höre immer noch das missbilligende Klirren des Löffels meiner Mutter, als sie Reuben beim letzten Mal Trifle in ein Glas gegeben hat. »Ich bin *so* satt. Ich kann nichts mehr essen.«

»Aber so ist es doch immer, oder? Wenn Besuch da ist, gibt es Pudding.«

Ich zupfe an einer der fetten rosa Rosen auf dem Überwurf. »Ich bin kein Besuch. Ich gehöre immer noch zur Familie. Oder?«

Vielsagendes Schweigen. »Natürlich.« Janes Tonfall ist scharf. Sie steht immer noch an der Türschwelle und hält die offene Tür. Neue Falten der Enttäuschung haben sich um ihren Mund gegraben, und ich erhasche einen Blick auf eine ältere Jane, die reifer und härter ist. Wir haben immer noch nicht richtig über Reuben geredet. Ich stehe auf und suche in meiner Tasche nach der Geldbörse.

»Ich fahre morgen früh zurück, Jane. Ich überprüfe noch mal mein Ticket, aber ich bin mir ziemlich sicher, dass die Rückfahrt frei wählbar ist.«

»Du bist doch gerade mal zwei Tage hier. Wir konnten überhaupt noch nicht reden.«

»Mac braucht mich. Sie hat eine Deadline.«

»Dann lassen wir das Trifle aus und graben uns mit einer Flasche Wein ein.«

»Ich sollte nicht…« Ich schüttele den Kopf, doch sie spricht einfach weiter, so fröhlich und entschlossen, wie Jane es immer tut.

»Wir haben das schon ewig nicht mehr gemacht, und… ich muss dir etwas erzählen.«

Himmel. Mir wird schwer ums Herz. Was? Hat sie jemanden kennengelernt? Ist sie schwanger? Die Vorstellung schneidet wie ein Schwert durch mich hindurch. Als sie davoneilt, versuche ich, meinen Amok laufenden Geist zu beruhigen: Jane ist schwanger, ein kleines Stück von Reuben gräbt sich in unsere Zukunft. *Ich muss dir etwas erzählen.* Wenigstens muss sie mich nicht etwas *fragen.*

Jane kommt mit einer Flasche gekühltem Chardonnay und zwei Waterford-Kristallgläsern zurück, die sie an den Stielen hält. Sie bringt eine eindringliche Warnung unserer Mutter mit: »Wir dürfen *auf keinen Fall* den ganzen Abend hier oben verbringen, sagt sie. Das ist nicht sozial.«

»Da muss sie jetzt durch.« Ich nehme ein Glas von Jane und halte es, während sie mir Wein eingießt. Der Geruch neckt mich, erweckt die Sehnsucht nach dunklen Nächten und jemandem, den ich im Arm halten kann. Arthur vielleicht? Jane schiebt eine Porzellanschmuckkiste zur Seite und stellt die Flasche auf meinen Schminktisch. Sie lehnt sich mit der Hüfte gegen das Möbelstück, statt sich zu mir aufs Bett zu setzen. Als Teenager haben wir das oft gemacht, Geheimnisse ausgetauscht, Schmuck gebastelt, Geschichten geschrieben. Haben uns über unsere Periode, Pickel und Jungs unterhalten, und durch diese Offenheit muss sich die Kälte eingeschlichen haben. Jetzt habe ich Angst, meiner Schwester überhaupt etwas zu erzählen, falls ich einen Moment nicht aufpasse und ihr das Geheimnis verrate.

»Du hast noch gar nicht nach mir und Reuben gefragt.« Sie schwenkt ihren Wein auf für sie völlig untypische Art und Weise. Wütend.

Ich senke den Blick zum Teppich. »Ich … ich wusste nicht, was ich sagen sollte. Ich wollte … deinen Schmerz nicht noch verstärken.« Deinen Schmerz verstärken? Gott, ich klinge wie Jane Austen. Ich klinge wie eine Lügnerin. Eine dicke fette Lügnerin.

Jane lacht bitter auf. »Glaub mir, du kannst es nicht schlimmer machen.«

O doch, das könnte ich. Ich trinke aus dem Kristallglas. Ein kleines Stück ist am Rand abgebrochen, und ich spüre die scharfe Kante warnend an meiner Zunge. Ich schlucke, hole tief Luft. »Also, was ist eigentlich genau passiert?«

»Das hier ist verdammt noch mal passiert.«

Das ist nicht gut. Jane flucht sehr selten, ihre Sprache ist lehrerinnenperfekt. Sie beugt sich ein Stück vor und zieht ein Stück Papier aus der hinteren Hosentasche. Ich nehme es, und das Gefühl, gleich abzustürzen, wird so stark, dass ich kaum mehr atmen kann.

Das Stück Papier ist zweimal gefaltet. Die Knicke sind fest, das Papier weich und warm von ihrem Körper. Als ich es auffalte, klappt es wieder zusammen. Vorsichtig mache ich weiter, als sei es ein altes, wertvolles Manuskript.

Doch das ist es nicht. Es ist mein Liebesgedicht, das ich

mit dem alten Bleistift ihres Mannes in Macs Arbeitszimmer geschrieben habe.

Als ich die ersten zwei Zeilen überfliege, wird mir ganz schwach vor Schreck. Ich erkenne meine Handschrift. Mich durchfährt dieser Übelkeit erregende Schmerz, wenn man sieht, wie der Junge, auf den man schon ewig steht, die eigene beste Freundin abknutscht. Betrug. Verrat. Ich habe mich selbst verraten.

Schweiß sammelt sich in meinen Achselhöhlen, heiß und voller Scham, unter meinen Schenkeln. Auf meiner Oberlippe. Das Glas droht mir aus der Hand zu rutschen. Das glühend heiße Stück Papier beginnt zu zittern. In meinem Kopf vibriert es wie hauchdünne Vogelflügel, hält mir meine Schuld lautstark vor. *Das hier* wird mich verraten.

Schweigen liegt schwer zwischen uns. Meine Gedanken rasen. Woher hat sie das? Hatte ich es nicht in Macs Abfalleimer geworfen? Wie kommt es hierher?

An meinem Geburtstag wünschst du mir alles Gute,
Und ich bin beherrscht,
Als wäre es mir egal,
Doch innerlich
Warte ich auf die nächste Gelegenheit, allein zu sein
Mit dir, dich mir wieder einzuprägen.
Es ist doch trotzdem Liebe, nicht wahr?

»Was sagst du dazu?«, fragt sie mich schließlich.

Sie beobachtet genau meine Reaktion. Ich schaffe es nicht, den Blick von diesen demütigenden, dahingekritzelten Zeilen zu heben, bringe nur ein schwaches Schulterzucken zustande. Hat sie meine Handschrift erkannt? Ich versuche, mir die Gelegenheiten ins Gedächtnis zu rufen, bei denen sie sie gesehen hat – Glückwunschkarten, Weihnachtskarten, Schulhefte –, doch mein Gehirn verweigert den Dienst.

Jane stößt sich verärgert vom Schminktisch ab, als ob sie nicht stillstehen könne. Sie geht zum Fenster und sieht nach draußen, die Arme fest um den Oberkörper geschlungen, das Weinglas hocherhoben. Es wird schon dunkel, und die höchsten Zweige des Apfelbaums peitschen hin und her. Heimlich hat sich die Jahreszeit gewandelt, das Jahr zieht sich in sich zurück. Sie stellt das Glas aufs Fensterbrett und schiebt die untere Fensterhälfte mit solcher Kraft hoch, dass ich jeden Muskel in ihrem Rücken unter dem gestreiften Breton-Oberteil sehen kann. Abendluft strömt herein. Sie riecht scharf, wie bei einem Lagerfeuer.

»Ich wusste es«, murmelt sie. »Ich wusste es.«

Ich stelle mein Glas auf den Teppich, lege das Stück Papier aufs Knie. Wenn ich ganz langsam atme, muss sich mein Herz doch beruhigen. »Wusstest was?«

Sie wirbelt zu mir zurück. »Dass er sich mit jemandem trifft! Habe ich das nicht gesagt? Als ich bei dir gewohnt habe? Ich habe dir doch gesagt, dass ich glaube, dass er mich betrügt.«

»Du hattest keinen Beweis.«

»Aber jetzt schon.« Triumph flackert kurz in ihren Augen auf.

Wann habe ich das Gedicht geschrieben? Janes Wut ausgesetzt zu sein, lähmt meine Gedanken. Woher hat sie es überhaupt? War sie in Macs Arbeitszimmer und hat es da gefunden? Ich muss sie fragen.

»Woher hast du das?« Ich streiche das Papier auf meinen verschwitzten Schenkeln glatt.

»Reuben und ich saßen im Auto, kurz bevor es aus war. Ich habe mein Handy zwischen die Sitze fallen lassen. Zuerst dachte ich, es wäre eine Quittung – vielleicht von einem Hotel oder so –, und habe mir schon alles Mögliche ausgemalt. Ich hatte Angst, es mir näher anzuschauen, falls es doch so etwas war. Du weißt schon, ein Doppelzimmer in einem Hotel, in dem wir nie zusammen waren. Ein fürchterliches Klischee, nicht wahr? Aber ich habe definitiv mit etwas gerechnet. Nach meinem ganzen Misstrauen habe ich auf etwas gewartet, das meine Welt zum Einsturz bringen würde. Und das tat es auch. Das hier ist schlimmer als jede Hotelrechnung.«

»Hat Mum das hier gesehen?« Es ist wichtig. Mum würde meine Handschrift sicher erkennen. Wieder pulsiert die Angst durch mich.

Jane sieht mich böse an, als ob meine Frage keinen Sinn ergäbe. »Glaubst du nicht, dass sie sich schon genug Sorgen um mich macht?« Das »mich« versetzt mir einen Stich. »Nein, ich habe ihr nichts Genaues erzählt. Nur gesagt, dass es nicht funktioniert.«

»Das Beste, was du mit dem Ding hier machen kannst« – ich halte den Zettel an einer Ecke hoch, als ob er mich anwidern würde – »ist, es zu vernichten. Verbrenn es. Du weißt schon, das rituelle Feuer. Innere Reinigung und so.«

»Mmm.« Sie nimmt mir das Stück Papier ab, faltet es sorgfältig wie eine Schatzkarte. »Die Beweise vernichten, meinst du? Vielleicht. Vielleicht hebe ich es aber auch erst einmal auf. Etwas könnte noch ans Licht kommen.«

Schwarze Buchstaben nehmen in der Dunkelheit Gestalt an. Ein albtraumhaftes Wortsuchspiel, das nicht stillhalten will. Ich versuche angestrengt, die Worte zu lesen, spreche sie in meinem Kopf nach wie ein Kind bei einem schwierigen Buch. Ich begreife den Sinn nicht. Und da ist Wasser, so viel Wasser, eine Flut von oben, und mir wird bewusst, dass ich unter dem Mühlrad bin. Ich sehe, wie die knarrenden Ulmenholzeimer zu kippen beginnen. Ich bin in Gefahr. Ich muss hier weg, doch ich bin in dem Rad gefangen, und es bewegt sich langsam. Ich klettere daran empor wie ein Hamster oder eine Ratte. Ich muss die Worte einsammeln, doch sie entwischen mir immer wieder. Das Rad wird schneller, und ich kann nicht nach unten klettern. Um mich herum gibt es nur noch Wasser und Holz, Stöhnen, Knarzen und Stampfen. Die Zahnräder jaulen in meinen Ohren, schlagen gegen meine Gliedmaßen. Unter mir ist Schwärze, etwas lauert in einer Ecke. Augen, blutrot und starr. Die Dunkelheit schließt sich um mich, und ich weiß nicht mehr weiter.

Nach Luft schnappend wache ich auf, als ob ich gerade aus einem kalten, dunklen Meer auftauche. Der Traum hat einen schalen Nachgeschmack hinterlassen, wie Wasser, das schon tagelang auf dem Nachttisch steht. Ich setze mich auf und taste nach der Lampe. Die plötzliche Helligkeit brennt in den Augen, und ich presse die Handballen dagegen. Die Kälte ist mir in die Knochen gekrochen, und ich zittere so sehr, dass meine Zähne klappern. Jane muss das Fenster offen gelassen haben, der Wind zerrt an den Vorhängen.

Ich schiebe die Bettdecke beiseite, stehe auf und gehe über den kalten Boden. Regen bedeckt das Fensterbrett.

Mühsam ziehe ich die Fensterhälfte nach unten, um das Unwetter abzuhalten. Als ich mich zurück zum Bett drehe, sehe ich nasse Fußspuren auf dem Boden. Einen schrecklichen Moment lang sehen sie wie Hufabdrücke aus, aber nicht wie die eines Pferdes – sondern eher von einer Kuh oder einer Ziege, mit dem tiefen Spalt zwischen den zwei Hälften. Mir stockt der Atem, und ich muss den Blick abwenden. Ich schlüpfe zurück unter die Bettdecke und zwinge mich in den Schlaf. Als ich aufwache, ist es Morgen. Alles ist trocken. Alles ist normal. Vielleicht war alles nur ein Traum?

Am Bahnhof umarmt mich Jane und überrumpelt mich damit. Ich ergebe mich in ihr sanftes Tätscheln meines Schulterblatts, halte Brust und Bauch aber vor ihr zurück. Ich rieche Duschgel und Pfefferminzdrops. Selbst für eine frühe Fahrt zum Bahnhof hat sie an Lipgloss und ein paar dünne Armreifen gedacht. Sie klirren, als sie einen Schritt zurücktritt und kurz meine Hand berührt.

»Pass auf dich auf, Lucie. Und melde dich.« Ich wende den Blick ab. Sie denkt Dinge, die ich nicht sehen will.

Der Zug nähert sich langsam. Schweigend sehen wir zu, wie er zum Stehen kommt. Die anderen Reisenden stürzen darauf zu. Ich nehme meinen Koffer, atme die Dieseldämpfe ein, lasse mich von der Hektik mitreißen. Jane und ich werden getrennt, beschränken uns auf sicheres Winken und Versprechungen, und dann bin ich im Zug und quetsche mich auf einen Einzelsitz neben der Toilette. Ich halte den Koffer auf dem Schoß und schließe die Augen. Als wir abfahren, verkündet die Stimme über den Lautsprecher: *Dieser Zug fährt nach King's Cross, mit Halt in …*

Plötzlich will ich einfach hier sitzen bleiben und mich irgendwo an einem fremden, anonymen Ort ausspucken lassen.

Aber ich weiß, dass die Mühle noch nicht fertig ist mit mir. Genauso wenig wie meine Schwester.

Es ist anders als vor meiner kurzen Abwesenheit. Der Weg hinunter zur Mühle wirkt schmaler, die Bäume höher. Tintenschwarzes Wasser steht in den Spurrinnen und zittert leicht.

»Es hat viel geregnet«, sagt Arthur und schaltet einen Gang hinunter. Das Auto schaukelt durch die Pfützen. Lange Gräser schleifen am Fahrgestell, während ich aus dem Fenster schaue, die Finger im Schoß ineinander verknotet.

Ich hatte ihn nicht darum gebeten, mich vom Bahnhof abzuholen. Seine letzten Nachrichten hatte ich ignoriert, doch er stand trotzdem auf dem Bahnsteig und aß ein Kit-Kat. »Du hättest dir nicht die Mühe machen müssen«, sagte ich, und er zuckte mit den Schultern und griff nach meinem kleinen Koffer. Befreit von meiner Last, ging ich neben ihm her. Er fragte nicht, wie es gelaufen war. Wir sprachen erst beim Auto, nachdem Arthur mein Gepäck im Kofferraum verstaut hatte. »Es ist schön, dich zu sehen«, sagte er. Nichts Wildes, keine Erwartungen. Einfach nur die Wahrheit. Mir war die Kehle eng geworden, Tränen brannten in den Augen. Als er die Arme ausbreitete, ließ ich mich gegen seine Brust fallen. Er drückte mich an sich, bis ich keine Luft mehr bekam. Ich presste mein Gesicht in sein T-Shirt, ein paar vorwitzige Brusthaare kitzelten mich an der Nase. Ich fühlte mich so zu Hause wie schon sehr lange nicht mehr.

Wir halten vor dem Cottage. Es ist erst Mittag, aber es ist düster, als wäre das Licht heute woanders. Die Mühle ragt bedrohlich auf, die Fenster schwarze Löcher. Als ich aussteige, höre ich das leise Knarzen des Rades, das Zucken von etwas, das noch nicht ganz untergegangen ist. Arthur hört es ebenfalls. Er ist auch schon ausgestiegen, hält sich aber noch an der Tür fest. Er scheint rasch wieder fahren zu wollen.

Ich sehe zum Cottage und suche in meiner Handtasche nach dem Schlüssel. Ich will nicht allein sein, weshalb ich mich zu ihm drehe und steif lächle.

»Willst du … einen Kaffee?« Ich erinnere mich an seine schlüpfrige Hitze in meinem Bett, die weiche Haut, die suchenden Lippen. Auch er denkt daran. Seine Augen glühen auf, und als er grinst, zieht sich mein Inneres genüsslich zusammen.

»Später vielleicht. Ich muss ins Café zurück.«

»Natürlich. Dann bis später.« Er holt meinen kleinen Koffer aus dem Kofferraum, stellt ihn vor mir ab und zieht den Griff heraus, sodass ich nur noch meine Finger darumlegen muss. Unsere Blicke treffen sich. »Danke.«

»Gern geschehen.« Er küsst mich auf die Stirn. »Ich habe Milch in den Kühlschrank gestellt. Eigentlich hätte Ma das erledigt, aber es geht ihr nicht besonders gut.«

»Was hat sie? Ist sie sauer, weil ich einfach so abgehauen bin?«

»Sie dachte, du würdest nicht wiederkommen.«

»Ich habe kurz daran gedacht.«

»Aber etwas hat dich wieder zurückgebracht.« Er zwinkert mir zu. Er hofft, dass er der Grund ist, und ich wünschte, er wäre es. Aber da ist noch etwas, irgendetwas Abgründigeres. Ich drücke seinen Arm und wende mich zum Gehen.

Auch wenn ich nur zwei Tage weg war, ist es kalt im Cottage. Es riecht nach saurer Milch und fauligem Holz, und als ich meine Hand auf eine Stuhllehne lege, ist sie feucht. Ein instinktiver Wunsch, mir den Ort wieder zu eigen zu machen, überkommt mich. Ich schalte die Heizung ein, zünde eine Kerze mit Mandelaroma an, setze Wasser auf. Aus dem Radio dröhnt Chartmusik.

Meine Lieblingstasse steht abgewaschen und zum Trocknen umgedreht im Spülbecken. Auf dem Tisch liegt eine frische Packung Kekse. Im Kühlschrank finde ich Milch, hauchdünnen Schinken, Tomaten und zwei längliche Brötchen. Alles wird gut werden. Arthur denkt an alles. Ich hole tief Luft, atme langsam aus, entspanne mich. Es ist okay. Doch etwas nagt an mir wie ein leichter Kopfschmerz im Hintergrund.

Das Liebesgedicht. Das Arbeitszimmer. Wie kam der Zettel aus dem Abfalleimer in Reubens Auto? Jane muss einfach meine Handschrift erkannt haben und spielt jetzt mit mir, sieht genüsslich zu, wie ich mich winde. Dann rede ich mir ein, dass der dicke, ungelenke Bleistift meine wahre Handschrift verfälscht hat und sich die Schrift außerdem im Lauf der Jahre ändert, wie die politische Einstellung oder die Kleidergröße. Ich versuche, mich an die letzte Postkarte zu erinnern, die ich ihr geschickt habe. Zum Geburtstag wahrscheinlich, mit einem hastig gekritzelten Glückwunsch und meinem Namen. Nichts, was einem Liebesgedicht von mir ähneln könnte …

Ich gehe ins Schlafzimmer, das noch voller Erinnerungen an die Nacht vor ein paar Tagen ist. Die Decke, die wahrscheinlich noch nach Arthur riecht, ist umgeschlagen, das Fenster angelehnt. Meine Schmutzwäsche ist auf dem Boden verteilt, der Wäschekorb voll. Neben dem Bett liegen Taschentücher und eine aufgerissene Kondompackung. Hitze durchflutet mich. Seufzend lehne ich mich ans Fensterbrett.

Der Wind hat gedreht und drängt sich mit einem verärgerten Ächzen hinein, bringt den Geruch nach wilder grüner Natur mit sich. Die hohen Bäume hinter der Mühle wiegen sich in einem hypnotisierenden Tanz, Licht und Schatten zucken an mir vorbei.

Ich bin todmüde, strecke mich auf dem Bett aus und denke an Mary Poppins, die immer nur so lange bleiben konnte, bis der Wind sich drehte. Im Kopf spreche ich die Zeilen aus dem Film nach: *Wind dreht nach Ost, Nebel kommt auf, der Himmel sieht plötzlich so merkwürdig aus. Was uns bevorsteht, das zu sagen ist schwer…* Ich habe Bert, den Kaminkehrer, geliebt, sein komischer Akzent war mir egal. Ich liebe den Film immer noch. Jane, die nichts von der Disneyfizierung von Literatur hält, mochte die Bücher.

Eine Erinnerung taucht auf: Mum sitzt an Janes Bett und liest ihr *Mary Poppins* vor. Jane ist etwa sechs Jahre alt. Beide beugen die Köpfe über das Buch, Mum spricht mit leiser, beruhigender Stimme, und Jane umarmt ihr Kissen. Das Licht der My-Little-Pony-Lampe ist so fröhlich wie Weihnachtsbaumlichter. Ich stehe in der Tür, halte mich am Knauf fest, stehe zwischen Zimmer und Flur. Zuvor saß ich auch auf dem Bett, aber ich konnte nicht still sitzen. Ich habe nicht zugehört und ihnen dadurch die Geschichte verdorben. *Wenn du dich nicht benehmen kannst, Lucie, dann geh.* Der Porzellantürknauf ist schweißfeucht unter meiner

Hand. Ich würde ihn am liebsten abdrehen und so fest auf die beiden werfen, wie ich nur kann.

Ich schließe die Augen, schlucke angestrengt. Erinnerungen und Träume vermischen sich.

Mac

Floss hört Lucie als Erste. Ich liege noch im Bett, auch wenn es schon nach Mittag ist, die Decke bis zum Hals hochgezogen, eine heiße Wärmflasche im Rücken. Der Spaniel hat es sich in der Kuhle zwischen meinen Knien bequem gemacht. Ich lasse die Hunde sonst nicht aufs Bett. Betten sind für Menschen, und es gibt nichts Schlimmeres als ein Laken voller Schmutz und Hundehaare. Doch so gibt sie Ruhe. Die anderen beiden haben sich auf dem Teppich zusammengerollt.

Ich bin früh aufgestanden, um sie hinauszulassen, mit dem Türrahmen verschmolzen in meinem dürftigen Nachthemd, während sie durch die Gräser im Küchengarten streiften. Ich habe immer noch niemanden für den Garten gefunden; der Rosmarin ist schon hüfthoch, und man sieht keinen Flecken Erde mehr zwischen den Nesseln. Doch noch ein Monat, und alles wird eingehen. Der Gedanke lässt mich schaudern. Der Wandel kommt, ich spüre es.

Ich habe Wasser aufgesetzt und mir eine heiße Wärmflasche gemacht, während ich über meine diversen Zipperlein nachdachte: der untere Rücken, die rechte Hüfte. Meine linke Achselhöhle – waren das die Drüsen oder etwas

Schlimmeres? Und die Pumpe natürlich, die wie eine alte Uhr mit schwacher Batterie vor sich hin tickt.

Ich ließ Floss aufs Bett, weil sie weiß, dass sie dort eigentlich nicht hindarf. So bleibt sie fügsam. Sie wagt es nicht, an den Laken zu schnüffeln oder sich die Pfoten zu lecken oder mit voller Blase herumzuzappeln, falls ich mich dann an sie erinnern und sie ohne Umstände auf den Boden verfrachten würde. Ich höre, wie Lucie die Treppe heraufkommt. Sie scheint noch zögerlicher als sonst. Ihre Schritte sind bedächtig, fast schon vorsichtig, als ob sie genau weiß, dass ich sie durchschaut habe. Sie hat wie ein ruhiges, kleines Ding gewirkt. Ich muss mir gut überlegen, wie ich vorgehe – ich vermute, dass mein Sohn eine Vorliebe für sie entwickelt hat, und ich will Arthur nicht gegen mich aufbringen. Außerdem haben Lucie und ich noch etwas zu erledigen. Die Zeit rast, und die Geschichte des Müllers brennt darauf, erzählt zu werden.

»Ich bin im Bett!«, rufe ich. Meine Stimme ist angenehm zerbrechlich. Mir wird klar, dass Lucie bisher noch nicht hier oben war, doch die Tür ist offen. Die Schritte verstummen tatsächlich davor, und Lucie schaut ins Zimmer. Sie wirkt bedrückt.

»Es geht mir nicht gut, Lucie.«

»Ich weiß. Arthur hat es mir erzählt.«

Sie hat also Arthur schon getroffen? Diese kleine Vertrautheit lässt mich zusammenzucken. Das Mädchen ist unzuverlässig, wenn es einfach so abhaut.

Sie lässt den Blick durch den Raum schweifen, der sehr grau auf sie wirken muss: langweilige Samtvorhänge, staubige Möbel, ein abgetretener Teppich. Große, geerbte Spiegel, auf dem Schminktisch und am Schrank, erweitern das

Grau noch bis ins Unendliche. Ich sehe mein Spiegelbild: bleiches Haar, bleiche Haut, farblose Decken, die nur darauf warten, wo auch immer hingeworfen zu werden.

Schüchtern wie ein Stubenmädchen klopft Floss mit dem Schwanz auf die Daunendecke, bis Staubpartikel aufsteigen. Das Mädchen stellt sich ans Fußende des Betts. Sie ist in eine übergroße Strickjacke gehüllt, die ich nicht kenne. Vielleicht hat sie Kleider mit Jane getauscht und Geheimnisse, wie Schwestern das so tun, während sie es die ganze Zeit mit ihrem Freund getrieben hat. Brennende Wut steigt in mir auf. Ich bedeute dem Mädchen, näher zu kommen, als ich mich hustend aufsetze.

»Bringen Sie mir etwas Wasser. Oder Tee. Ich glaube, ich könnte eine Tasse herunterbringen. Ganz schwach. Mit viel Milch.«

»In Ordnung.«

»Und einen Keks. Einen Cracker. Sie sind in der Brotdose. Oder bringen Sie mir zwei. Und zwei Scheiben Cheddar.«

Sie verzieht lächelnd den Mund auf eine Art, die mir gar nicht gefällt, und will den Raum verlassen.

»Moment noch, Missy.« Ich frage mich, ob die Affäre mit Reuben noch aktuell ist. »Sind Sie hier zum Arbeiten? Es geht nicht, dass Sie einfach so abhauen.«

»Es war ein einmaliger Vorfall. Jetzt bin ich wieder da.«

Na, das werden wir ja sehen. Ich will sie nicht in der Nähe meines Sohnes, nicht jetzt, wo ich weiß, wozu sie fähig ist. Ich erhebe leicht gereizt die Stimme. »Ich habe Ihnen aufs Band gesprochen, das haben Sie doch sicher bekommen? Sie hätten antworten können.«

»Ich habe Ihre Nachrichten erhalten. Alle.«

Was soll dieser Blick? Ist das Misstrauen? Argwohn? Sie mustert mich wie manchmal Floss, wenn sie darauf wartet, dass ich sie anbrülle oder ihr mit einer zusammengerollten Zeitung eins verpasse. Aber ich weiß nicht, was ich verbrochen haben könnte. Die Dinge werden etwas verschwommen. Ich beschließe, es zu ignorieren.

»Das Notizbuch ist im Arbeitszimmer. Sie werden sehen, dass die Geschichte fortgeschritten ist. Na los, tippen Sie sie schon ab.«

»Aber zuerst möchten Sie eine Tasse Tee und einen Cracker mit Käse?«

»*Zwei* Cracker.« Ich scheuche sie fort, während ich versuche, meine Bedenken von vor einem Moment in Worte zu fassen, doch sie haben sich wie Nebel verflüchtigt. In letzter Zeit entgleiten mir meine Gedanken oft, während die Vergangenheit glasklar vor mir steht. »Danke, Liebes. Es ist schön, dass Sie wieder da sind.«

Das hat einen falschen Unterton. Es gibt einen Grund, warum sie nicht hätte zurückkommen sollen, doch er entschlüpft mir immer wieder. Ich setze mich bequemer zurecht und warte auf meine Tasse Tee und die Kekse.

Lucie

Das Haus fühlt sich seltsam an ohne eine herumlärmende Mac. Mir war gar nicht klar, wie laut sie ist. Selbst wenn ich im Arbeitszimmer sitze und tippe, nehme ich ihre Anwesenheit wahr, ihre leisen Gespräche mit den Hunden, ihr unmelodisches Summen. Sie stapft entweder mit einer Wolldecke um die Schultern durch die Zimmer, oder sie werkelt in der Küche herum, schaufelt Hundefutter in die Tonschüsseln, kratzt Schlamm von ihren Stiefeln oder knallt mit der Hintertür.

Das Haus ist zu still, als ob etwas fehlen würde. Ich erinnere mich an die Teenagerzeit, wenn ich eine Krankheit vorgetäuscht und die Schule geschwänzt habe und allein daheim war. Ich erinnere mich an das Gefühl, wenn das Haus um mich herum zur Ruhe kam, mich unter die Lupe nahm – den Eindringling.

Ich koche Tee, schwenke den Beutel noch Extrasekunden in der Tasse, wie Mac es gerne mag, und bestreiche die Cracker mit Butter, die ich mir dann vom Daumen lecke. Ausnahmsweise sind mir die Hunde nicht gefolgt, doch ich habe immer noch das Gefühl, beobachtet zu werden. Die Härchen auf meinen Unterarmen kribbeln. Als ich den

Snack nach oben bringe, schläft Mac. Floss wedelt mit dem Schwanz und sieht mich mit flehenden Augen an, wobei sie darauf achtet, sich nicht zu stark zu bewegen. Macs Haut ist durchsichtig, ihr Mund steht leicht offen, die Lippen erzittern unter einem leisen Schnarchen. Sie sieht verletzlich aus, nicht wie jemand, der lauter verrückte Nachrichten auf meiner Voicemail hinterlassen würde. Ich stelle Tasse und Teller leise auf den Nachttisch und gehe auf Zehenspitzen nach unten.

Letzte Nacht hatte ich mein Telefon ausgeschaltet und war ins Bett gegangen, wollte mich abschotten vom Rest der Welt und was sich bei Jane anbahnen könnte. Fast wünsche ich mir, dass meine Schwester die Wahrheit erfährt. Ich warte auf eine Explosion, eine Abrechnung – was auch immer diese Qual beendet. Nachdem ich stundenlang nicht schlafen konnte, war ich am Morgen mit dem Gefühl aufgewacht, die Nacht in einer Zwischenwelt aus Wachen und Schlafen verbracht zu haben. Ich war müde und gereizt, als ich das Handy wieder eingeschaltet hatte. Mac hatte mir unzählige Nachrichten auf der Voicemail hinterlassen. *Anna, ich habe Sie schon seit Ewigkeiten nicht mehr gesehen … Anna, wir haben viel Arbeit und müssen uns ranhalten, na los … Wo sind Sie? Ich brauche Sie hier wirklich …*

Ich hatte sie mir alle angehört und dabei mit einem Löffel in meinen Weetabix gestochert, jedoch nichts runtergebracht. Was zum Teufel war hier los? Anna? Wer war Anna? Mit jeder Nachricht wurde ihre Laune schlechter, der Ton drängender, bis sie nicht mehr wie Mac klang. Das war das Furchterregendste. Ich hörte die Hunde aufgebracht im Hintergrund bellen, als ob sie sie irgendwo eingesperrt hätte.

Panik ergriff mich, als mir klar wurde, dass ich eine unerträgliche Situation gegen eine andere ausgetauscht hatte. Sollte ich Arthur anrufen? Er würde es wissen wollen, wenn seine Mutter einen Zusammenbruch erlitt, nicht wahr? Schließlich hatte ich die Müslischüssel in die Spüle gestellt und immer noch keine Entscheidung getroffen.

Selbst jetzt, als ich wieder bei der Arbeit bin, kann ich mich nicht konzentrieren. Das Arbeitszimmer ist eiskalt; ich sehe meinen Atem. Der Geruch ist erstickend, eine seltsame Mischung aus feuchtem Wald und schmutzigem Teppich. Ich frage mich, ob einer der Hunde wieder auf den Boden gepinkelt hat. Ich gehe im Geist die Bewegungen durch, um das Fenster zu öffnen, stelle mir vor, wie ich auf den Schreibtisch klettere und durch das Chaos wate. Zu anstrengend. Stattdessen stehe ich wie gelähmt da und merke erst nach einer Weile, dass ich auf den Papierkorb starre.

Hatte ich das Gedicht zerknüllt und weggeworfen? Ich zermartere mir das Hirn, komme jedoch nicht weiter. Ich war aufgewühlt und traurig gewesen. In so einem Zustand tut man Dinge, an die man sich dann nicht mehr erinnert. Oder hatte ich es erst im Cottage weggeworfen, wo Jane es gefunden hat? Vielleicht hat Mac es aus dem Papierkorb geholt. Es hat ihr gefallen, und sie hat es behalten. Doch nichts davon erklärt, wie es in Reubens Auto gelangt ist. Hatte ich es selbst getan? Spielte mir mein Geist einen Streich? Doch angesichts der jüngsten Entwicklungen spielt vielleicht eher Macs Geist verrückt. Ich habe den ganzen Morgen auf eine Auseinandersetzung gewartet, die nicht kam. Vielleicht hat sie mit Reuben über etwas ganz anderes gestritten, doch das ist unwahrscheinlich. Entweder hat sie den Zwischenfall schon wieder vergessen, oder sie wartet darauf, dass ich einknicke. Vielleicht schickt sie mir unterschwellige Botschaften über die Geschichte von der grausamen Schwester und spielt mit mir, bis ich endlich gestehe und endgültig abreise. Ich kann mich des Eindrucks nicht erwehren, dass Mac noch mit jemandem ein Hühnchen zu rupfen hat, auch wenn ich die Verbindung zu mir nicht erkennen kann. Und Anna. Wer zum Teufel ist Anna?

Seufzend richte ich meine Aufmerksamkeit wieder auf den Tisch, auf dem mindestens sechs Notizbücher mit Stromrechnungen, anderen Rechnungen und Zeitungsausschnitten um Platz und Aufmerksamkeit konkurrieren. Das Chaos hat sich wie Unkraut verbreitet. Ich sehe vergilbte Rezepte aus alten Zeitungen, Quittungen für Getreide aus den Achtzigern. Irgendwo ragt eine schwarze Kante des Laptops hervor.

Seufzend ziehe ich ihn hervor, und die Papierstapel stürzen wie ein Jenga-Turm zusammen. Ich lege den Computer auf den Stuhl und sammle Notizbücher und einzelne Papiere vom Boden auf. Ich blättere jedes Buch durch, eine schlechte Angewohnheit von mir. Ich wollte immer wissen, was andere Menschen schreiben. Ich habe Janes Tagebuch gelesen, weil ich ihre Beziehung mit Reuben einschätzen wollte. Ich habe seine Nachrichten an mich immer wieder analysiert und versucht, eine verborgene Bedeutung herauszulesen. Ich lese sogar Arthurs Speisekarte akribisch, in der Hoffnung, zu erfahren, was er wirklich verkaufen will. Und jetzt hat sich das Blatt gewendet. Meine Worte sind in die falschen Hände geraten. Die Hände meiner Schwester.

Ich folge Macs hektischem Gekritzel durch mehrere Bücher und versuche alles zusammenzufügen. Offensichtlich hat sie die Geschichte der grausamen Schwester auf allem weitergeschrieben, was gerade herumlag, weshalb sie jetzt völlig außer Rand und Band ist. Unzusammenhängend wächst sie wie Efeu über unzählige Seiten und streckt ihre dunklen Ranken nach mir aus, die sich um meine Handgelenke winden, meine Arme, bis zu meiner Kehle.

»Ihr bringt mir ein Geschenk, doch ich kenne Euch nicht.« Bella kann den Blick nicht von dem Fremden abwenden. Sie kann sich nicht vorstellen, wer hinter den schwarzen Falten des Umhangs stecken könnte. Der Saal rückt in weite Ferne, ebenso ihre Eltern, ihr frisch angetrauter Ehemann, die Gespräche der Hochzeitsgesellschaft. »Ich kenne Euch nicht.«

»Wenn Ihr mein Geschenk nicht wollt, dann gehe ich wieder.«

Der Fremde nimmt den Jutesack und geht davon. Sie hört das Schleifen seines Umhangs an der Türschwelle und schließlich das Geräusch der zuschlagenden Saaltür. Er ist weg.

Die Braut rennt ihm nach, die Blumen fallen aus ihrem Haar. Sie folgt seinem Geruch nach Feldern, altem Heu und Dung, nach Schießpulver und etwas schwer Fassbarem. Etwas Stillstehendem, Widerwärtigem, wie brackiges Wasser.

Vorsichtig stelle ich den Laptop auf den Boden und setze mich auf den Stuhl, mache Platz auf der Schreibtischplatte für meine Ellbogen und stütze den Kopf in die Hände.

Wo um Himmels willen soll ich nur anfangen, nach einem Ende zu suchen?

Lucie

August

Das Flattern beginnt tief in meinem Bauch. Es dreht sich und wird stärker, das *Flapp, flapp, flapp* schlagender Flügel. Schlagende Flügel, schlagendes Herz. Unharmonische Flatternoten, die durch meine Knochen vibrieren. Ich schrecke aus dem Schlaf auf. Draußen rascheln die Spatzen im Efeu. Das Fenster steht einen Spalt offen, und der frische Geruch der Morgendämmerung lockt mich.

Wir sind noch miteinander verschlungen, Arthurs Arm liegt auf meinem Rücken, ich bin an ihn geschmiegt. Ich küsse die Vertiefung unter seiner Kehle und hebe den Kopf. Ich muss mich von ihm lösen. Unsere Beine sind unter der Decke verflochten, und auch wenn er noch schläft, verstärkt sich sein Griff um mich, als ich mich bewege. Sein feuchter Penis wird hart an meinem Oberschenkel. Mein Kopf ist voll von letzter Nacht. Nicht dem Sex, nicht dem Gefühl von ihm in mir, sondern der Vertrautheit; der Sanftheit seiner Hände auf diesem Hohlraum, der nun nicht mehr leer, sondern ausgefüllt ist.

Es ist zu viel. Zu schnell. Verstohlen mache ich mich los, lasse die kalte Luft zwischen uns, wieder zwei getrennte Wesen. Ich schlüpfe aus dem Bett, ziehe mir etwas an und gehe durch die kühle Stille zur Hintertür. Dort ziehe ich eins der herumstehenden Gummistiefelpaare an und gehe nach draußen in die Morgendämmerung.

Die Mühle sieht ungewöhnlich sanft aus, die Steinmauern leuchten hier und da rosa, die schwarzen Bäume dahinter haben rote Heiligenscheine. Krähen kämpfen heiser rufend miteinander. Auf dem Weg schleicht ein großer Fuchsrüde herum. Aus einem plötzlichen Impuls heraus klettere ich über die Grundstücksmauer und springe in das Feld dahinter.

Ein schmaler Pfad führt zwischen dem bewachsenen Randstreifen – Weißdorn, Nesseln und Ampfer – und dem eigentlichen Feld entlang. Gerste wächst hier, jetzt kann ich es erkennen. Beim letzten Mal, als die Regenwolken tief hingen und Nebel über dem Land lag, sah man nur den grünen Rand, doch jetzt erstrecken sich die Reihen vor mir. Ein weites, gelbbraunes Fell, das sich im Wind bewegt. Dahinter das Meer. Bald sind die Ähren golden und reif. Es dauert nicht mehr lange. Die hohen, faserigen Stängel stehen aufrecht wie Soldaten. Der Pfad biegt abrupt ab an der Stelle, an der der Pflug vor einem halben Jahr die Erde durchschnitten hat. Erst seit sechs Monaten bin ich hier, mit dem Vorsatz, neue Wege zu gehen.

Goldzeisige flattern in den Weißdorn hinein und wieder hinaus. *Flapp, flapp, flapp* schlagen ihre Flügel gegen die Blätter, ein Geräusch, als zupfe jemand an einer Saite. Es entnervt mich. Ich sollte zurückgehen, aber ich bin fasziniert vom sanften Wogen der Gerste. Es ist, als ob das ganze Feld atmet. Ich will hineinstürmen, mich einhüllen lassen, doch stattdessen gehe ich einen Schritt zurück und stolpere über eine Furche.

Ich spüre den Sturz im ganzen Körper: Kiefer, Nase, Zähne, Hintern. Verblüfft liege ich da. Schwärze legt sich über mich. Ich weiß nicht, ob meine Augen offen sind, doch ich kann kein Licht sehen, nur die wippenden Ohren der Gerste; Schnurrhaare streichen wie Fingernägel über mein Gesicht, stechen in meine Lippen.

Die Gerste ist verbrannt. Das Gold hat sich rostbraun verfärbt, die Sonne ist brennend heiß. Der Rand meines Sichtfeldes ist gelb, Seide, die träge über das Feld weht. Die Mühle. Wir müssen zur Mühle. Ein Kind lacht. Ich will mich aufrichten, doch mir wird schwindelig, und ich huste, spucke Gerstenfedern aus.

Aber er wird dort sein. Der Müller wird dort sein.

Hab keine Angst.

Ich muss an die Oberfläche schwimmen, sonst ersticke ich an dem schwarzen Wasser. Ich brauche Luft, muss die Stimmen finden. Gelbe Seide streift meine Haut, der Geruch nach Lavendel und Rauch und Kerzenwachs.

Bella, lass mich nicht allein mit dem Müller … Bella …

Nach Luft schnappend setze ich mich auf. Mein Kopf fühlt sich doppelt so schwer an wie sonst, und ich muss ihn mit den Händen festhalten, während ich den Blick über das Feld schweifen lasse. Niemand ist zu sehen, nur die endlosen Reihen fast reifer Gerste, ihr leises Rascheln das einzige Geräusch. Ich versuche zu begreifen, was gerade passiert ist, doch es lässt sich nicht fassen.

Ich bin betreten. Hinzufallen und sich den Kopf anzustoßen – ein kindischer Fehltritt oder etwas, das einer alten Dame passiert. Ich rappele mich mühsam auf und umklammere die Körperteile, die schmerzen: mein Bauch, mein rechter Ellbogen. Einen Moment fehlt mir die Orientierung. Das Gerstenfeld ist zu einem Wollstrang geworden, in dem ich mich verheddert habe. Ich stolpere über die Fäden, die Furchen.

In der Ferne bellt ein Hund. Darauf kann ich mich konzentrieren, ihm kann ich folgen. Ich klettere über die Mauer und finde mich auf dem vertrauten Weg zur Mühle wieder. Was zum Teufel mache ich hier eigentlich? Es ist Sonntagmorgen, ich sollte bei Arthur im Bett liegen, von einem Kuss und vielleicht sogar mehr begrüßt werden, mich auf ein geruhsames Frühstück freuen. Ich stelle mir vor, dass er meinen lilafarbenen Morgenmantel trägt, Pfannkuchen macht und Radio hört. Das will er, bei mir sein, sich um mich kümmern. Es sollte einfach sein.

Wann habe ich angefangen, das Normale so kompliziert zu machen?

Alles tut weh. Ich hätte mir hier draußen ein Bein brechen, stundenlang hier liegen können, und Arthur wäre durchgedreht. Er hat im Moment genug mit seiner Mutter zu tun. Bruchstücke einer Geschichte prasseln auf mich ein: gelber Stoff, der Geruch nach Kerzen. Bin ich schlafgewandelt? Der Morgen zieht am Himmel auf. Die Mühle liegt noch im Schatten. Das Bellen wird lauter. Floss steht bei dem alten Schuppen, in dem das Mühlrad untergebracht ist, und selbst aus der Entfernung sehe ich, wie ihr schlanker Körper vor Anstrengung bebt, sich bemerkbar zu machen.

Ich höre, wie sich die Cottagetür öffnet, und Arthur kommt um die Ecke in Sicht. »Floss«, sagt er. »Gib Ruhe.« Seine Stimme ist leise, als ob er die Welt nicht aufwecken will. Er trägt nicht meinen Morgenmantel, doch seine Füße stecken in lächerlichen rosa Flip-Flops, die schon lange in der Waschküche liegen. Sein Hemd ist offen, die Brille liegt sicher noch im Schlafzimmer. Er kneift leicht die Augen zusammen, als er mich entdeckt. Das ist süß. So etwas wie Hoffnung raubt mir einen Moment den Atem.

»Wo warst du? Ich habe mir Sorgen gemacht. Ist alles in Ordnung?«

Nein, ich bin nicht in Ordnung. Ich will mit dir über die Vergangenheit reden, wie sie immer mit der Gegenwart verbunden ist, egal, was man tut. Sie lauert da draußen, im Verborgenen, wartet darauf, einen zu verschlingen. Aber ich weiß nicht, wie ich ein solches Gespräch beginnen soll. Ich lege die Hand ins Kreuz, strecke mich und zucke dabei zusammen.

»Was ist denn nur *los* mit dem verdammten Hund?«

Arthur ist abgelenkt. Er kauert sich am Fuß der Stufen zum Cottage hin, schlägt leicht auf seinen Oberschenkel und macht ermutigende Geräusche in Floss' Richtung. Sie hört auf zu bellen und kriecht aus dem Schatten des Mühlradschuppens. Sie sieht dünn aus, angeschlagen, und sie hechelt gestresst. Für Hunde ist das Leben wahrscheinlich eine ständige traumartige Existenz, sie leben im Jetzt und tasten sich durch die vielfältigsten Eindrücke: Anblicke, Geräusche, Gerüche.

Ich kauere mich neben Arthur, und der Hund quetscht sich zwischen uns, mustert mit besorgten Robbenaugen unsere Gesichter. Ich streichele ihr Ohr, und sie leckt mein Handgelenk.

»Wahrscheinlich hat sie Ratten gejagt.«

Ich verziehe das Gesicht. »Igitt. Ich hasse Ratten.«

»Sie bauen oft ihr Nest unter dem Rad«, sagt Arthur. »Darunter ist eine Kuhle, und ein Inspektionstunnel verläuft unter der Erde vom Rad zum Bach.«

»Wirklich?«

»Ja. Ich zeige es dir bei Gelegenheit mal. Wenn du in den Bach watest, siehst du ein altes Eisengitter. Von dort kann man in den Tunnel gehen, direkt in den Mühlradschuppen. Eine ziemliche Meisterleistung der Ingenieurskunst, doch heutzutage geht nur noch Ma dahinein, um Rattengift auszulegen.«

»Ich hasse Wasser. Ich glaube, ich verzichte.«

»Wahrscheinlich ist das klug.« Arthur richtet sich auf, rückt seine Jeans zurecht. Floss wirkt traurig, weshalb ich sie noch ein bisschen länger streichle. Sie zittert von Kopf bis Fuß.

»Ich gehe nie dorthin. Da unten stinkt es, sobald das Gift wirkt und die Ratten sterben.«

Ich halte eine Hand in die Höhe. »Danke, das reicht mir. Macht Floss das oft? Bellen, wo nichts ist?«

»Keine Ahnung. Wie gesagt, ich komme nicht her, wenn es nicht sein muss.« Arthur wirft einen freudlosen Blick auf die stumme Mühle. »Und wenn, dann rette ich entweder Ma oder … sagen wir mal, ich habe einen neuen Grund für einen Besuch.«

Ich stehe auf, beuge mich zu ihm, und er küsst mich auf den Mund – ein weicher Schmetterlingskuss. Ich schlinge meine Arme um ihn, halte ihn fest. Floss stupst mich am Knie und winselt, doch wir hören ihr nicht mehr zu.

Mac

Präzise Angaben zum Abbauprozess von Knochen sind schwer zu finden. Normalerweise werden die Knochen zuerst gekocht, um sie spröde zu machen und das Fett zu entfernen. Das Fett wird abgeschöpft und zu Achsenschmiere verarbeitet. Knochen wurden auch einfach nur verbrannt, um denselben Effekt zu erzielen. Danach hat man sie entweder von Hand zerkleinert oder durch einen mit Spitzen versehenen Zylinder geschoben. Die Knochen wurden bei beiden Verarbeitungswegen zu kleinen, besser handhabbaren Stücken zerteilt. In einem letzten Schritt zermahlten die Mühlsteine durch die Kraft des Mühlrads die Knochen zu Staub.

Anita stellt ein dampfendes Glas vor mir ab. Ich bringe meine Zettel in Sicherheit und tippe mit dem Bleistift gegen das Glas.

»Was ist das?«

»Chai, mit aufgeschäumter Milch. Es ist … sehr beruhigend.« Sie lächelt, sieht mich dabei aber nicht an, sondern wischt mit ihrer elegant manikürten Hand nur ein paar Krümel vom Tisch.

»Habe ich nicht um Kaffee gebeten?« Das ist keine Beschwerde, sondern eine Frage. Ich kann mich wirklich nicht erinnern.

»Sie haben mir erzählt, dass Sie seit Ihrer Krankheit nicht mehr gut schlafen.« Sie wirft einen Blick zur Wanduhr. »Es ist nach vier. Vielleicht hilft eine Koffeinpause. Chai enthält Gewürze – Kardamom, Zimt, Ingwer … alle sehr wärmend und beruhigend. Er fördert das Wohlbefinden. Probieren Sie mal.«

»Hat Arthur Sie darauf angesetzt? Das hat er, nicht wahr? Er glaubt, ich werde langsam bekloppt. Was für ein Quatsch! Ich bin eine sehr beschäftigte Frau, und ich konnte eine Woche nicht arbeiten. Ich muss dringend einiges aufholen. Deadlines. Gütiger Himmel!«

»Probieren Sie mal«, wiederholt sie mit kaum wahrnehmbarem eisigem Unterton. Mit schwingendem Geschirrtuch geht sie davon, und ich nippe vorsichtig an dem Glas, das Gesicht missbilligend verzogen angesichts solch widerlicher ausländischer Plörre. Doch das Getränk ist überraschend wohlschmeckend. Warm und würzig. Ich wische den Schaum von den Lippen und widme mich wieder meinen Notizen.

»Das wird Sie interessieren, Anita!«, rufe ich laut durchs Café. Am Nebentisch isst ein Pärchen etwas, das nach Wurst riecht. Sie sehen nach Wanderern aus, zueinander passende blaue Regenjacken hängen über ihren Stuhllehnen.

Höflich kommt Anita zu mir zurück. Ihr Gesicht verrät nichts.

»Knochen.« Ich deute auf die Zettel, die ausgebreitet vor mir liegen. »Das ist doch Ihr Ding, nicht wahr? Ich wette, Sie wussten noch nicht, dass das Land früher mal voller Knochenmühlen war. Man hat es über die Erde verteilt. Knochenmehl. Wir verwenden es heute noch, auch wenn ich meinen Gärtner davon abhalten musste, Blut und Knochenmehl auszustreuen. Fürchterlich penetrantes Zeug – hat die Hunde in den Wahnsinn getrieben.«

»Hat das mit Ihrer Geschichte zu tun – die, die Lucie abtippt?«

»Überhaupt nicht. Das sind nüchterne, harte Fakten. Früher gab es hier überall Knochenmühlen, um Tierknochen zu verarbeiten. Dundee hat vom Walfang gelebt, wissen Sie? Denken Sie nur an die Walknochen – sie wurden zum Beispiel für Korsetts benutzt, alles wurde weiterverarbeitet. Und man konnte gut damit verdienen. Früher gab es hier Lumpenhändler. Sie zogen mit ihren Wagen von Haus zu Haus und sammelten alte Kleider, tote Hunde ...«

Anita verzieht das Gesicht. »Ich interessiere mich nur in anthropologischer und forensischer Hinsicht für Knochen.« Sie packt ihr Geschirrtuch und dreht sich um.

Es ärgert mich, dass ich ihre Aufmerksamkeit verloren habe, und ich klopfe auf den Tisch.

»Man kann auch *Menschenknochen* mahlen, Mädchen!«

Die anderen Gäste schauen auf. Anita wirft einen raschen Blick zur Küche, als ob sie lieber dort wäre als hier.

»Man kann auch Menschenknochen mahlen?«, wiederholt sie schließlich.

»Fee-fi-fo-fum!«, verkünde ich mit der Autorität eines Brian Blessed. »Ich rieche das Blut eines Engländers! Egal ob lebendig oder tot, *ich mahle seine Knochen für mein Brot!*«

Die Wanderer halten beim Verschlingen ihres deftigen Frühstücks inne. Der Mann – ein Engländer vielleicht? – legt Messer und Gabel ab und sieht sich Hilfe suchend um. Ich entdecke ihr Vollkorn-Sodabrot, eine von Arthurs Spezialitäten, und deute laut lachend darauf.

»Ich würde mal überprüfen, wo das Mehl herkommt, wenn ich Sie wäre!«

Arthur tauscht den Platz mit Anita. Sein Gesicht ist gerötet von der Ofenwärme. Er lächelt nicht.

»Ich glaube, wir haben jetzt alle genug gehört, Ma.«

»Aber das ist ein Teil unserer Geschichte. Vor ein paar Jahren habe ich eine Knochenmühle in Norfolk besucht. Im neunzehnten Jahrhundert hat man dort exhumierte Knochen aus Deutschland importiert und verarbeitet. Könnt ihr euch den Aufschrei vorstellen, wenn das heute auch noch so wäre?«

»Es reicht.«

»›Eine Tonne deutschen Knochenmehls erspart uns den Import von zehn Tonnen deutschen Maises.‹ Das war die Maxime.« Der Mann am Nebentisch starrt mich aufgebracht an, und ich frage mich beiläufig, ob er vielleicht ein deutscher Tourist ist.

Arthur nimmt das Blatt Papier auf, das ihm am nächsten liegt. Als er es in die Höhe hält, sehe ich meine Notizen von unten. Sie sehen aus, als hätte ich sie geradezu fieberhaft hingekritzelt. War es so? Falten durchziehen sein Gesicht, als er die Zeilen überfliegt. Seine modische Brille reflektiert das Lampenlicht, weshalb ich seine Gedanken nicht lesen kann.

»Hat das mit deiner Geschichtensammlung zu tun? Es ist schaurig.«

»Geschichte ist nun mal schaurig, mein Sohn. Wir entwickeln uns nicht weiter, indem wir nett zueinander sind.«

Er legt das Blatt vor mir ab. »Bist du sicher, dass du nicht besser im Bett liegen solltest, Ma? Ich bringe dich heim.«

»Wenn das ein ungeschickter Versuch von dir ist, mich

loszuwerden, mach dir keine Mühe. Ich schaffe es aus eigener Kraft nach Hause, vielen Dank auch.« Ich raffe meine Unterlagen zusammen und trinke das Teeglas aus. Vielleicht haben sie etwas hineingetan, etwas zur Beruhigung? Ich denke an die Tabletten, die ich immer noch in meiner Nachttischschublade aufbewahre. Ich muss sie loswerden. Geschichte basiert auf Beweisen. Ich muss sie im Klo hinunterspülen, sie zu Dünger machen.

»Ich denke nur, dass du es übertrieben hast.« Arthurs Ton wird weicher, doch ich ignoriere ihn, packe weiter alles in meine große Tasche. Steif komme ich auf die Beine.

»Nun, ich bin dann mal weg, aber ich werde früh ins Bett gehen, wenn dich das beruhigt. Mit Anitas Gebräu schlafe ich zweifellos sofort ein.«

Arthur ist abgelenkt. Er schaut aus dem Fenster, und jetzt sehe ich seine Augen deutlich. Sie leuchten mit der seltenen Wärme, wenn man jemanden sieht, den man liebt. Einmal habe ich Jim erwischt, wie er die verdammte Anna Madigan so angesehen hat. Ich will ihn warnen, aber ich weiß, dass er nicht hören will, was ich über solche Frauen zu sagen habe. Daher beschränke ich mich darauf, das Mädchen böse anzustarren, als es durch die Tür stürzt, aber Lucie bemerkt es nicht einmal.

Sie wirkt immer so abwesend, als ob ihr Kopf gleich platzt vor lauter Gedanken, die sie einem mitteilen will – nur dass sie das nie tut. Selbst nach all den Monaten ist Lucie wie ein Buch mit sieben Siegeln. Zumindest für mich. Vielleicht öffnet sie sich Arthur gegenüber, was mir Sorgen macht. Ich bin mir nicht sicher, wie weit sich diese Beziehung schon entwickelt hat.

»Ich gehe gerade«, sage ich betont. Plötzlich wirkt sie

peinlich berührt, als ob sie nicht sicher sei, ob sie willkommen ist. Ich ziehe meine Jacke an und gehe, die schwere Tasche über die Schulter geschlungen. Ich hatte den Ball kurzzeitig aus den Augen verloren. Zwischen den beiden hat sich definitiv etwas entwickelt, das sehe ich. Ich habe das Gefühl, die Kontrolle zu verlieren, was mich nur noch mehr an meine eigene drängende und sehr sterbliche Deadline erinnert.

Mac

September

Es wird kälter. Ich bin es gewohnt, in riesigen Wollstrickjacken zu frieren, doch Arthur schimpft mich aus, weil ich die Heizung nicht einschalte. Ich verkneife mir die Antwort, dass die Wände so dick sind, die Fensterrahmen so porös, dass die gusseisernen Heizkörper kaum gegen die Kälte ankommen. Es ist besser, sich hauptsächlich in einem Raum aufzuhalten und diesen so weit wie möglich zu heizen.

Im Wohnzimmer knie ich mich wie zum Gebet auf den Kaminvorleger und mache ein Feuer unter dem zugigen Schacht. Zuerst rolle ich schmieriges altes Zeitungspapier dick zusammen, dann füge ich einen Feueranzünder hinzu, bei dem die Finger nach Paraffin stinken. Als Nächstes baue ich ein kleines Zelt aus Anzündholz, papierweißen Kiefern- und Eschenspänen. Die Axt muss immer scharf für das Anmachholz sein. Man darf sie nicht im Block stecken lassen – der Saft lässt die Klinge rosten. Anmachholz mit einer guten, scharfen Axt zu schlagen sollte keine Mühe machen. Wie wenn man Viennetta-Eis schneidet.

Feuermachen hat etwas Zeitloses, Meditatives. Ich könnte meine Mutter sein, die diese Handgriffe ausführt, oder meine Großmutter. Man kann sich von außen beobachten, wie die Fingernägel schwarz vom Ruß werden, die Flammen den Körper wärmen – innen wie außen. Ich habe meine Extremitäten allerdings aufgegeben. Die alte Pumpe weiß nicht mehr, wie sie ihre Arbeit zu tun hat, und ich muss beim Schreiben fingerlose Wollhandschuhe tragen.

Mein Notizbuch liegt auf der Armlehne des Ledersessels, und ich werfe ihm einen bösen Blick zu. Ich höre die Stimme des Müllers, die jedes meiner Worte kritisiert: *So war es nicht. Du hast das völlig falsch wiedergegeben, alte Frau.*

»Ich tue mein Bestes«, erwidere ich.

Manchmal denke ich, ich würde das verdammte Notizbuch am liebsten ins Feuer werfen. Zusehen, wie es sich krümmt und schwarz wird und verbrennt. Das würde dir gar nicht gefallen, was, mein Freund? Du willst unbedingt gehört werden. Seine Stimme ist jetzt die ganze Zeit in meinem Kopf und verdrängt manchmal alles andere.

Die Hunde schleppen schleimige Stöcke in die Küche und lassen sie liegen, sobald ich ihnen Leckerlis gebe. Ihre Gaben wandern in den Korb mit dem Anmachholz. Ich breche Stücke alter Weide entzwei, zünde mit feuchten, dreckigen Fingern ein Streichholz an, beobachte, wie die Flamme am Papier leckt, zugreift und sich durch die Zweige frisst. Die bleichen Weidenruten sind wie Knochen, menschliche Rippen, die aus der Dunkelheit ragen, zischen, spucken und sich ergeben.

Mit schmerzenden Knien und Füßen gehe ich zurück zum Sessel, nehme Notizbuch und Bleistift zur Hand.

Lucie

Seit das Wetter umgeschlagen ist, hat Mac Wurzeln in ihrem Wohnzimmer geschlagen und den abgewetzten Ledersessel so nah wie möglich an den Kamin gezogen. Sie sitzt stundenlang dort, legt immer wieder Zweige und alte Zeitschriften ins Feuer. Im Holzkorb liegen – warum auch immer – Stuhlbeine und zerkleinerte Bilderrahmen, und einmal habe ich gesehen, wie sie Seiten aus einem alten Tagebuch von 1997 gerissen hat. Sie hat zugesehen, wie das ganze Jahr, Tag für Tag, in Flammen aufgegangen ist.

Ich will gerade gehen, nach einem weiteren Tag, an dem ich mich durch die Bestandteile eines anderen Lebens gewühlt und versucht habe, die Geschichte sinnvoll weiter abzutippen. Ich bin dazu übergegangen, alle Notizbücher wegzusperren und ihr nur noch das schwarze mit dem festen Rücken zu lassen, in der Hoffnung, dass sie dann auch darin weiterschreibt.

Ich klopfe leise an die Tür. Ich weiß, dass Mac dadrin ist, aber sie antwortet nicht. Ich will gerade schon den Knauf drehen, als ich sie mit jemandem sprechen höre. Die Hunde sind in der Küche, aber ich habe Arthur gedrängt, einen Arzttermin für seine Mutter auszumachen. Vielleicht ist der

Arzt vorbeigekommen, und wir finden den Grund für ihr seltsames Verhalten heraus. Macs Hausarzt ist alte Schule, ein Mann mit einem gewachsten Schnurrbart, einem wissenden Zwinkern und schlechtem Atem. Ich habe ihn einmal im Café getroffen und mir vorgenommen, ihn niemals in Sachen Soor, Blasenentzündung oder allem unterhalb des Halses zu konsultieren.

Jetzt lasse ich allerdings erleichtert die Schultern sinken. Ich presse das Ohr gegen die Tür und lausche. Kurze Stille, dann spricht Mac wieder.

»Sie ist sofort eingeschlafen. Ich habe sie auf der Couch zugedeckt, auf der du gerade sitzt. Nein, nicht bewegen, Liebes. Du siehst genauso aus wie sie. Muss an den roten Haaren liegen.«

Wieder Schweigen. Ich taste nach dem Messingknauf. Die Härchen in meinem Nacken prickeln. Ein neues unangenehmes Wort taucht in meinem Kopf auf: *Beweise.*

»Sie war schuldig. Die Schuld findet einen immer. Es gibt immer einen Vogel, der den verdammten Chor einleitet. Der Vogel mit den durchdringendsten Liedern wird gehört. Man kann sich nie vor der Schuld verstecken, Bella.«

Ich stürze durch die Tür. Das Sofa ist leer. Niemand ist hier außer Mac. Sie kauert am Rand ihres Ledersessels und füttert das Feuer mit Seiten aus einem Bilderbuch. Sie mustert mich überrascht.

»Anna? Was tun Sie denn hier?«

Mac

Nachdem Lucie gegangen war, stieß ich am Boden des Holzkorbes auf einen Bilderrahmen. Keine Ahnung, wie er dorthin gekommen ist. Ein Riss durchzieht das Glas, ansonsten ist er unversehrt. Das Bild einer lächelnden Familie im Sonntagsstaat.

Ich blase das Sägemehl weg und streiche mit dem Finger über die verblichenen Gesichter. Das Foto wurde vor dem Cottage aufgenommen, in dem wir lange Jahre gewohnt haben, bevor Jims Eltern starben und wir diese Bruchbude erbten. Vielleicht hat uns Jim senior an dem Tag fotografiert. Meine Schwiegermutter Patsy sitzt vor den anderen, mit einem Baby auf dem Schoß. Sie strahlt, ganz die stolze Großmutter. Hinter ihr stehen Jim und ich, unsere Arme berühren sich, als ob nichts zwischen uns kommen könnte. Arthur musste da etwa acht Monate alt gewesen sein. Patsy starb, als er ein Kleinkind war. Was für ein Verlust. Ich vermisste ihre Hilfe und ihre klugen Ratschläge. Unser Verhältnis war etwas Besonderes, wie immer, wenn man denselben Mann liebt.

Wobei das ironisch ist. Anna Madigan liebte auch denselben Mann, doch unser Verhältnis würde ich ganz und gar nicht als besonders bezeichnen.

Meine Gedanken wandern zurück zu dieser bitteren Konfrontation.

Weihnachten 1997. Der Truthahn ist im Ofen, Arthurs Nintendo-Konsole ist eingepackt und versteckt. Ich bin weder in besonders festlicher noch gnädiger Stimmung. Ich nehme die Schlüssel aus der Obstschale, steige in meinen VW und fahre nach Dundee.

Anna Madigan öffnet die Tür, und zum ersten Mal seit Monaten stehen wir einander gegenüber. Ich habe mich gefragt, warum ihre Einladungen ausgeblieben sind. Jetzt weiß ich es. Ich wische mir die Füße nachdrücklich an ihrer Fußmatte ab und dränge mich hinein. Ihr Haus ist sauber und ordentlich, nichts zieht, nirgends liegen Hundehaare herum. Alles ist sorgfältig mit Kissen dekoriert; aus einem anderen Zimmer dringen beruhigende Töne eines Weihnachtskonzerts herüber. Anna Madigans rote Haare stehen in alle Richtungen ab, als wäre sie gerade erst aufgestanden, und mein Inneres verkrampft sich.

»Wo ist er?« Ich lasse den Blick die Treppe hinaufschweifen, folge jeder mit einem beigen Axminster-Teppich belegten Stufe.

»Ich weiß nicht, was du meinst.« Ihre Haut ist blass, sommersprossig. Kein Hauch von Röte.

»O doch, das glaube ich schon.« Wir stehen Nase an Nase. Ihre Augenbrauen sind aufmüpfig geschwungen. *»Wo ist mein Mann?«*

»Er ist nicht hier.« Ein leichtes, siegesgewisses Lächeln umspielt ihre Lippen, und am liebsten hätte ich ihre perfekten Zähne eingeschlagen. Aber ich glaube ihr. Er ist nicht hier. Wahrscheinlich haben sich unsere Wege gekreuzt – er wird nach Hause gefahren sein, um meine Teflonpfannen einzupacken. Ich habe den Ofen angelassen, und kurz hoffe ich, dass er nach dem Truthahn schaut.

Aber ich werde trotzdem fündig. Etwas blitzt unter dem Kragen ihrer Bluse hervor. Wie ihr Lächeln ist es siegesgewiss. Ich packe es, reiße ihr die Kette mit dem Saphiranhänger vom weißen Hals. Sie schreit auf. Ich beschimpfe sie zischend, und wir ringen um Jims Liebesgeschenk.

Sie gewinnt. Triumphierend stopft sie den Beweis in die hintere Tasche ihrer maßgeschneiderten Hose.

»Ich habe die Quittung in seiner Brieftasche gefunden, du … *schamlose Hure*! Ich wusste es!«

»Oh, wie traurig – das alte Klischee!«, antwortet sie höhnisch grinsend.

Plötzlich reicht es mir. Die Kraft verlässt mich, aber ich muss das letzte Wort haben. »*Du* bist das Klischee, Madam«, sage ich, als ich leise die Tür öffne. »Und du nimmst es in Kauf. Das ist das Allertraurigste.«

Ich stelle das Bild vorsichtig auf den Kaminsims und betrachte es trotz der Hitze aus nächster Nähe. Es zeigt die abgeschlossene Familieneinheit, die ich will: Keiner altert, keiner betrügt den anderen. Niemand wird krank und stirbt. Niemand hört auf zu lieben. Ich wünschte, wir könnten alle sicher hinter Glas sein, wie zarte Pflanzen. Eine einzelne kühle Träne rinnt über meine erhitzte Wange.

Jetzt kann ich nur die Lebenden schützen, wie Arthur. Er verdient es nicht, verletzt zu werden, und das wäre sehr wahrscheinlich der Fall, wenn er sich mit diesem Mädchen einlässt. Doch das wird nicht passieren – nicht, solange ich da etwas zu sagen habe. Bei dem Gedanken straffe ich die Schultern. Ich war vielleicht eine erbärmliche Mutter, aber es ist nie zu spät, Fehler wiedergutzumachen. Ich kann all die Jahre wettmachen, die ich ihn vernachlässigt habe. Armer Jim, der darauf gewartet hat, dass ich mir Zeit für ihn nehme. Mir war nie klar, wie einsam er war. Anna jedoch schon. Es wird immer eine Anna oder eine Lucie geben, die darauf warten, dass man kurz abgelenkt ist. Plötzlich kehre ich das alte Bild vom Kaminsims, breche die Rahmenseiten ab und werfe sie ins Feuer. Aus dem Augenwinkel sehe ich eine Bewegung auf dem Sofa.

»Sieh mich nicht so an!« Ich werfe auch das Foto in die Flammen. Das Glas zerplatzt, und das verblichene Bild krümmt sich in den blauen Zungen. »Du bekommst auch noch deine wohlverdiente Strafe.« Ich ziehe das schwarze Notizbuch zwischen Armlehne und Sitzfläche des Sessels hervor und halte es hoch. »Der Schuldvogel wird am Ende noch sein Lied für dich singen, Bella.«

Lucie

Ich stapfe zurück zum Cottage. Es ist erst halb fünf, aber es ist schon so düster wie im Winter, wenn die Menschen ihre Kragen hochschlagen und stöhnen, wie früh es dunkel wird. Auf dem Mühlenpfad erscheint Floss aus dem Nichts. Die Zunge hängt ihr aus dem Maul, Blätter und Zweige haben sich in ihrem Fell verfangen. Sie wirkt überglücklich, mich zu sehen. Ich suche in meiner Jackentasche nach dem Handy, und sie wedelt mit dem Schwanz.

»Keine Leckerli«, erkläre ich. »Komm mit, dann bekommst du einen Keks.«

Arthur hat geschrieben: *Viel los heute. Mache gerade die Abrechnung. Magst du Brownies mit Pecannüssen?* Er kann einfach nicht anders, und ich muss lachen.

Vielleicht. Aber wir müssen über deine Mutter sprechen.

Ich weiß.

Plötzlich ist mir kalt, und ich knöpfe meine Jacke zu.

Floss ist vorausgerannt. Als ich auf das Cottage zusteuere, steht sie am Mühlrad und starrt durch das eiserne Gitter. Sie hat den Kopf leicht zur Seite gelegt, als ob sie darauf wartet, dass es sich bewegt, und sie ignoriert meine Rufe, auch als ich ihr Leckerli in Aussicht stelle.

»Floss! Komm schon, es wird kalt.«

Ich gehe zu ihr. Das beständige Rauschen des geteilten Wassers erfüllt meine Ohren, aber es ist nichts zu sehen; das Rad bewegt sich nicht. Aus einem plötzlichen Impuls heraus gehe ich zur Brücke hinter der Mühle mit ihren niedrigen, stämmigen Mauern. Mac hat mir einmal erzählt, dass sie aus Steinen sehr viel älterer Gebäude erbaut wurde, die früher hier standen. Ich weiß nicht, um was für Gebäude es sich da gehandelt hat, baufällige Cottages vielleicht oder das Gasthaus des Dorfes, das Backhaus oder die Kirche. Hier scheint die Zeit stehen geblieben zu sein; die Vergangenheit ist allgegenwärtig, und was ich nicht sehen kann, ist nur im Schlamm begraben.

Wenn ich mich ein klein wenig über die Brücke lehne, sehe ich die braunen Wirbel des Mühlbaches unter mir und die Stelle, an der der Mühlzulauf sich vom Mühlrad dazugesellt. Bachabwärts hüpfen die Wasseramseln von Ufer zu Stein. Wenn ich mich noch weiter vorbeuge, sehe ich den Eingang zu dem Tunnel, von dem Arthur mir erzählt hat. Plötzlich überfällt mich die Neugier, das irrationale Verlangen weiterzuforschen, auch wenn mich mein Hass auf das Wasser noch zurückhält. Ich müsste in den Bach steigen und unter die Brücke gehen, aber es kann ja nicht allzu tief sein.

Floss stupst mein Knie an. Ich sehe zu ihr nach unten. »Willst du Gassi gehen?« Sie wedelt mit dem Schwanz und lächelt auf ihre Hundeart.

Ich brauche nur fünf Minuten, um ins Cottage zu gehen und in Gummistiefel zu schlüpfen. Wir müssen bachaufwärts gehen, ein gutes Stück an der Mühle vorbei, bis das

Ufer niedrig genug ist, um in den Bach zu steigen. Floss springt wie eine Ente ins Wasser, doch ich muss all meinen Mut zusammennehmen. Schwer atmend wate ich durch das niedrige Uferwasser, die Gummistiefel rutschen auf dem Kiesbett. Mehrere Male gerate ich ins Straucheln und bekomme Panik, doch Floss' Begeisterung treibt mich an. Ich stapfe unter den höhlenartigen Steinbogen der Brücke und bis zu der Stelle, an der die Wasserläufe zusammenfließen.

Floss steht bauchtief im Wasser und bellt den Tunnel an, doch ich muss langsam durch die starke Unterströmung waten. Die Strudel winden sich um meine Gummistiefel wie eine Schlange, und Macs Geschichten waren noch nie so lebendig. An einem Abend wie diesem kann man sich leicht Kelpies und Trolle und andere seltsame Wesen vorstellen, wenn das Licht schwindet. Man kann sich leicht vorstellen, wie einen etwas aus den hohen, staubigen Fenstern der Mühle beobachtet.

Floss beginnt zu winseln. Das Eisengitter, das den Tunnel versperrt, ist schwer und widerspenstig.

Mac

Ich muss Lucie im Auge behalten. Ich weiß nicht, warum sie sich mir gegenüber so komisch verhält. Weiß sie, dass ich ihrem schmutzigen kleinen Geheimnis auf die Schliche gekommen bin? Ich wette, sie ist gerade in meinem Cottage und schlägt ihre Klauen in meinen Sohn. Das kann ich nicht zulassen. Das geht einfach nicht. Ich entferne mich vom Kamin, schließe die Tür zum Wohnzimmer fest hinter mir. Das Telefon auf dem Dielentisch erwacht lautstark zum Leben, als ich gerade das Haus verlasse. Es ist eins dieser fürchterlichen tragbaren Geräte, die aufrecht in einer Schale stehen, und der Klingelton zerrt an meinen Nerven. In der Haustür halte ich inne, hin- und hergerissen, falls es doch nur jemand ist, der mir einen neuen Boiler verkaufen will. Vielleicht ist es aber auch Arthur. Seufzend lasse ich die Tür wieder zufallen und greife nach dem Telefon.

»Ja, was gibt's?«

Der Anrufer räuspert sich. »Hallo, Margarita. Hier ist Doktor Mackay – äh, Henry.«

»Hallo, Henry. Ist alles in Ordnung? Haben Sie schon meine letzten Testergebnisse?« Mein Herz schlägt ein wenig schneller, und ich packe das Telefon fester.

»Nein, nein. Alles ist in Ordnung, Margarita – äh, Mac.«

Der gute Doktor kann sich anscheinend nicht entscheiden, ob das jetzt ein privater oder ein beruflicher Anruf sein soll. Ich beschließe, ihn aus seiner Not zu erlösen. »Hat Arthur Sie gebeten, mich anzurufen?«

Kurze Stille. »Wir haben uns ein wenig unterhalten, als ich das letzte Mal auf einen Latte bei ihm vorbeigeschaut habe. Mac, es ist so … Arthur scheint zu glauben, dass Sie ein wenig … gestresst sind. Finden Sie das auch?«

Ich unterdrücke ein angespanntes Lächeln. »Nun, Sie wissen ja, wie es ist, Henry. Verlagsdeadlines und so. Ich war ihm gegenüber wahrscheinlich etwas kurz angebunden in letzter Zeit. Mein Kopf ist gerade voll mit meiner laufenden Arbeit.«

Ich drücke das Telefon fester ans Ohr und höre ihn zustimmend grunzen, laut schlucken … Zweifellos gönnt er sich gerade einen kleinen Schluck am Nachmittag. »Natürlich, meine Liebe. Wir sind alle mal ein wenig gereizt, aber wenn Ihnen etwas auf der Seele liegt, was auch immer, melden Sie sich bitte …«

»Und wie geht es Ihnen, Henry? Was macht das Golfen?«

»Ach, die eine oder andere Runde spiele ich noch!« Er lacht zurückhaltend.

»Und wie geht es Kitty? Ich habe gehört, dass sie Präsidentin des Gartenvereins geworden ist. Schlimme Geschichte, das mit dem Schatzmeister. Ich hatte ja schon immer den Verdacht, dass er zu viel Urlaub macht.«

»O ja, schlimme Geschichte.« Er räuspert sich wieder, trinkt noch einen Schluck von seinem Feuerwasser. »Aber schön zu hören, dass Sie auf dem Laufendem bleiben. Hervorragend.«

Wir beenden das Gespräch, und ich stelle das Telefon wieder in die Schale. Arthur und der Doktor stecken offensichtlich unter einer Decke. Wie können sie es wagen, mir hinterherzuschnüffeln? Anzudeuten, dass ich nicht mehr ganz dicht bin? Was für eine Frechheit.

Jetzt verlasse ich endlich das Haus. Ich muss Lucie finden. Ich hoffe, Bella folgt mir nicht. Sie geht mir wirklich auf die Nerven.

Lucie

Ich rüttele mit beiden Händen an dem Eisengitter, als wäre ich ein Häftling, der entfliehen will. Es gibt nicht nach, doch Rostflocken fallen wie Schuppen in die rasch dahinfließende Strömung. Floss winselt ungeduldig. Ich spähe in die Dunkelheit und kann gerade das Tonnengewölbe der Steindecke erkennen, bevor sie in der Dunkelheit verschwindet. Am Ende dieses speziellen Tunnels gibt es kein Licht. Es riecht faulig und erdig, und ich bin ziemlich froh, dass das Tor verschlossen ist.

»Suchen Sie nach etwas, Liebes?«

Macs unerwartet ertönende Stimme lässt mich überrascht zurückzucken. Sie steht direkt über mir, lehnt sich auf die Brüstung und sieht nach unten, genau wie ich noch vor einer halben Stunde. Der seltsame Winkel lässt sie ganz anders aussehen. Aufgedunsener, älter, düsterer. Ihre Hände verschmelzen mit dem Stein, werden ein Teil davon. Gargoyle-Klauen. Mein Herz, das sowieso schon in Aufruhr ist, hämmert noch schneller.

Ich trete ein paar Schritte zurück, das Wasser strömt um meine Gummistiefel und droht, mich aus dem Gleichgewicht zu bringen. Floss verlässt mich, krabbelt das steile

Ufer hinauf, flach wie eine Katze verschmilzt sie mit dem Untergrund. Bachabwärts höre ich das wütende Zwitschern eines Vogels, doch abgesehen davon herrscht Stille.

»Floss hat den Mühlradschuppen angebellt, deshalb dachte ich, ich sehe mir mal den Wartungstunnel an.«

Mac lächelt, und die Schatten fließen zu ihren Augen. »Nur die Ratten, Liebes. Nur die Ratten. Sie bauen ihr Nest unter dem Rad. Ich muss dort Gift auslegen. So eine verdammte Plage.«

Ich weiche weiter zurück. Mac ist mir dort oben überlegen, und das gefällt mir gar nicht. Ich fühle mich eingeschüchtert. »Wollen Sie mal schauen?«, bietet sie mir an. »Ich könnte den Schlüssel holen.«

Die pechschwarze Tunnelöffnung erstreckt sich vor mir. Ich will raus aus dem kalten, wirbelnden Wasser. Sofort. Daher schüttele ich den Kopf und wate Richtung Ufer. »Ein andermal vielleicht.«

In der Nacht höre ich das vertraute Weinen. Im Halbschlaf schleiche ich durch das stille Haus und lasse den kleinen Hund herein. Sie galoppiert ins Schlafzimmer und drückt sich an meinen Rücken, sobald ich mich ins Bett lege. Sie stinkt nach Fluss und Nesseln, aber ich bin zu erschöpft, um mich darum zu kümmern. Ich lege die Decke über uns beide, und schon bald schnarcht sie leise. Gelegentlich zuckt ihr Körper, und ich bin mir nicht sicher, ob sie Traumratten jagt oder zittert.

»Mit deiner Mutter ist etwas nicht in Ordnung.«

Arthur hebt seinen Gin Tonic. Der Bierdeckel klebt am Glas, und ich ziehe ihn ab, wische mit einer Serviette über die verschrammte Tischplatte. Ich nehme mein Glas mit Mineralwasser; die Eiswürfel klirren, und die Limettenscheibe hüpft wie ein exotischer Fisch an die Oberfläche.

»Bist du sicher, dass du keinen Wein willst?«, fragt Arthur und wischt sich den Mund ab.

»Zu viel zu tun.« Ich wühle bereits in meiner Handtasche, hole Notizbücher und Blätter hervor und staple sie auf dem trockenen Teil des Tischs. »Ich weiß überhaupt nicht, wo ich anfangen soll. Sie führt Selbstgespräche. Ihr Arbeitszimmer ist ein einziges Chaos, und sie hat die Geschichte in verschiedenen Büchern und auf Zetteln weitergeschrieben. Das hier ist das Originalbuch.« Ich halte das schwarze Notizbuch hoch, das verstaubt und eselsohrig ist. »Mit dem hier habe ich gearbeitet. Es enthält alle Volkssagen, die sie in ihr neues Buch aufnehmen will, aber ab der Hälfte der ›Grausamen Schwester‹ verliert sie plötzlich den Faden. Als ob ihr die Geschichte entglitten wäre. Schau mal…«

Ich nehme ein Schreibheft und schlage es auf. Macs undeutlich gekritzelte Sätze ziehen sich über die Seite und verschwinden schließlich. Arthur nimmt es und liest.

»›Der Hof liegt im Dunkeln. Die verhüllte Gestalt ist weit voraus, und im Licht des Vollmonds‹ – Himmel, muss denn immer ein Vollmond dabei sein? – ›kann Bella die Spuren erkennen, die er auf dem Boden hinterlassen hat. Sie folgt den Stiefelabdrücken des Fremden und fragt sich, was er wohl in dem Jutesack mitschleppt. Sie ist so auf die Fußabdrücke fixiert, dass ihr das entgeht, wovor sie sofort wieder ins Schloss hätte zurückrennen sollen…‹«

Hier hören die Wörter auf. Arthur blickt auf. »Was? Was sieht sie nicht?«

Ich nehme ein weiteres Notizbuch, diesmal mit einer Spirale und roten Tulpen auf dem Umschlag. Ich habe sie alle durchgesehen. Schweigend nimmt er das Buch und liest weiter.

»›Die Fußspuren sind nicht flächig wie die eines normalen Mannes. Sie werden von einem tiefen Spalt geteilt, der vom Zeh bis zum Absatz verläuft.‹« Die Erzählung hört wieder auf, und Arthur sagt: »Wer ist der Mann? Und wo ist der Rest der Geschichte? Das ist ein gemeiner Cliffhanger.«

Ich zeige ihm ein drittes Buch, ein Moleskine-Notizbuch voller bedeutungsloser Berechnungen und Zählerstände. Außerdem enthält es eine Einkaufsliste: Kartoffeln, Frühlingszwiebeln, Hundefutter. Ich blättere hindurch, bis ich einige weitere Absätze der Geschichte finde. Ich lese sie laut vor.

»Der Fremde bleibt stehen, als könne er ihren Blick spüren. ›Wer seid Ihr?‹, will Bella wissen. ›Ihr kommt mir bekannt vor …‹ Der Mann schlägt seine Kapuze zurück. Das Gesicht liegt weiterhin im Schatten, als wäre er schon immer da gewesen. Die Augen sind so abgrundtief schwarz wie Flusskiesel. Bella schnappt nach Luft. ›Ich kenne Euch. Ihr seid der Müller!‹ Er antwortet nicht. Stattdessen stellt er dem Mädchen eine Frage; eine Frage, die sie nicht beantworten will. ›Sag mir: Hast du deine Schwester im Mühlteich ertränkt?‹ Lucie bleibt verschlossen, ihre Augen werden so schwarz wie seine. ›Das‹, erwidert sie, ›werde ich niemals erzählen.‹ *Lucie?* Was zum Teufel hat mein Name da zu suchen? Was will sie damit sagen?«

Arthur kratzt sich am Kopf. »Offensichtlich ein Fehler. Geheimnisse, die nicht enthüllt werden. Wo ist der Rest?«

»Glaubst du, sie weiß das von mir und Reuben? Sie muss es erraten haben. Deshalb schreibt sie das ganze Zeug hier, von Geheimnissen und Schwestern und Betrug.« Ich gestikuliere zu den Büchern. »Den Rest versuche ich noch zusammenzusetzen.«

Die Angst quält mich, dass mein Geheimnis kurz vor der Enthüllung steht. Sie raubt mir den Schlaf. Ich bin sowohl die abgründige ältere Schwester als auch das goldene Kind, das sich in den Schlingpflanzen verfängt. Doch die Unruhe wird von etwas anderem überlagert. Ich hole einen alten Zeitungsausschnitt aus meiner Tasche. Er ist vergilbt und faltig, wo er zwischen den Seiten von *The Scottish Miller's Tale* gelegen hat.

»Das musst du dir ansehen. Was weißt du über Anna Madigan?«

Meine Frage erwischt Arthur unvorbereitet. Er trinkt einen Schluck Gin Tonic und runzelt die Stirn über seiner Brille. »Sie und ihr Mann waren Freunde meiner Eltern. Ich weiß noch, dass sie rote Haare hatte und leckere Brownies buk.«

Ich lächele. »Sie waren also eng befreundet.«

Arthur stellt sein Glas ab und lehnt sich zurück. »Ich schätze schon. Ich weiß noch, dass Ma und Dad zu Dinnerpartys zu den Madigans gingen, aber nur, weil mein Babysitter mich aufbleiben und *Twin Peaks* anschauen ließ. Die Freundschaft muss sich verlaufen haben. Als ich älter war, kann ich mich nicht mehr an die Madigans in unserem Umfeld erinnern.«

»Twin Peaks?« Ich lege den Kopf zur Seite, und bei meinem Blick muss er lachen. »Du musst ein seltsames Kind gewesen sein. Egal, Anna Madigan. Während der letzten Wochen hat deine Mutter irgendwie das Interesse daran verloren, was ich mache, als ob sie in ihrer eigenen klei-

nen Welt wäre, aber ich bemühe mich, das Chaos ins Reine zu bringen. Überall liegen Zeitungsausschnitte, aber dieser hier …«

Der Ausschnitt ist fünf Jahre alt. Ich lege ihn auf den Tisch und mache eine dramatische Handbewegung.

Arthur mustert die Meldung. »Anna Madigan ist verschwunden? Wurde sie gefunden?«

Ich hebe die Schultern und verziehe das Gesicht. »Nicht, dass ich wüsste.«

Arthur stößt den Atem aus. »Davon habe ich nie erfahren.«

»Die Ausschnitte dokumentieren Annas Verschwinden über Jahre hinweg. Jedes Mal, wenn eine Frauenleiche gefunden wurde, haben die Zeitungen den Fall wieder aufgegriffen. Es muss ein Albtraum für die Familie gewesen sein. Wenn deine Mutter nicht mehr eng mit Anna befreundet war, warum hat sie die Berichte dann alle aufgehoben?«

»Vielleicht hat sie ein vorübergehendes Interesse am Schicksal einer alten Freundin entwickelt. Würdest du das nicht?«

»Kommt drauf an, wer die alte Freundin oder der alte Freund ist.« Ich denke an Reuben. Wenn sie den Fluss nach ihm absuchen würden … ja, das würde ich wissen wollen. Wie würde es mir gehen, wenn man eine Leiche fände? Mein Verstand weigert sich, sich das weiter auszumalen. Ich wäre natürlich zutiefst erschüttert. Aber es wäre auch eine Art Befreiung. Der Gedanke ist so ungesund, dass ich ihn sofort wegschiebe. »Du musst das hier lesen.«

Mac

Anna Madigan hat mich besucht.

Etwa einen Monat nach Jims Tod, vielleicht drei Wochen. Es gibt ein altes irisches Sprichwort – *So schnell nimmst du meinen Sarg?* –, ein Seitenhieb auf die, die etwas zu schnell für sich beanspruchen, das einem gehört. Schrecklich passend, fürwahr. Dieses Mal war jedoch nichts übrig, was Anna Madigan hätte beanspruchen können.

Ich war mit den Hunden in der Diele, als sie klopfte. Sie bellten wie rasend, und ich musste sie an den Halsbändern festhalten, während ich die Tür mühsam öffnete und durch den Spalt brüllte: »Wer auch immer da ist, zurücktreten! Und nicht die Hände in die Jackentaschen stecken!« Schließlich brachte ich die Tür vollständig auf, und da war sie – Anna Madigan, wie ein Schulmädchen in der Mensaschlange, die Hände an den Seiten, die Handtasche unter die Achsel geklemmt. Max schnüffelte an ihren Cowboystiefeln, und Jethro bellte grundlos weiter. Ich verpasste ihm einen warnenden Stoß mit dem Knie.

Ich sah sie an, doch sie wandte den Blick ab.

Sie war jünger als wir, Jim und ich, aber sie ging damals auf die sechzig zu, auch wenn man es ihr kaum ansah. Gute

Gene vielleicht oder eine verflixt teure Nachtcreme. Fünfzehn Jahre waren vergangen, seit ich sie an ihrer Haustür konfrontiert hatte. Das rote Haar war blasser und von silbernen Strähnen durchzogen, geglättet und zu einem langen Bob geschnitten. Sie trug einen schicken kleinen beigefarbenen Trenchcoat und eine Seidenbluse mit Schmetterlingsmuster. Wir begannen gleichzeitig zu sprechen.

»Was willst du?«

»Ich will mein Beileid aussprechen.«

Ich drehte mich um, um ins Haus zurückzugehen. »Mach dir nicht die Mühe. Ich will es nicht.«

»Bitte …« Sie folgte mir und blieb entschlossen auf der Schwelle stehen, sodass ich die Tür nicht schließen konnte. Die Hunde waren in den Garten gelaufen.

Ich zuckte mit den Schultern, und sie folgte mir in die Diele. Sie passte nicht in dieses Haus. Sie war zu farbenfroh und modern, und ich wollte nicht hören, was sie mir zu sagen hatte.

»Ich weiß, dass du mich wahrscheinlich nicht sehen willst, aber ich musste einfach kommen.«

Es war mir nicht recht, hier in der Diele mit ihr zu reden, wo ich mich nirgends verstecken konnte. Ich fragte sie, ob sie einen Tee wollte, weil mir die Zubereitung dann etwas zu tun geben würde, und sie lächelte, als ob ich ihr vergeben hätte. Wir gingen in die Küche.

Sie ließ sich unaufgefordert am Kopf des Tisches nieder.

»Richard weiß nicht, dass ich hier bin«, sagte sie. »Er glaubt, ich bin mit dem Hund spazieren gegangen.«

»Du hast einen Hund?«

»Sie ist im Auto.«

Ich hatte keinen Wagen gehört, aber dann bemerkte ich

den Schlüsselring in ihrer Hand, an dem ein lächerlicher, übergroßer Plüschpanda hing. Typisch Anna Madigan. Ich widmete mich dem Teekochen. »Du täuschst also immer noch Sachen vor. Verschweigst etwas.«

Sie sah auf ihre Hände. Die Fingernägel waren in einem sehr hübschen Rot lackiert. Koralle nennt man das, glaube ich. Noch etwas fiel mir auf: Die Kette mit dem Saphiranhänger, Jims Liebesgeschenk, war nach unserem kleinen Gerangel offensichtlich repariert worden und hing jetzt wieder an ihrem Schlampenhals. Ich sah etwas Blaues aufblitzen, geschickt versteckt zwischen ihren Blusenaufschlägen.

»Das ist alles vorbei. Ich habe dir geschrieben, versucht zu erklären, mich zu entschuldigen.«

»Ja, ich habe deinen Brief bekommen.«

Sie sah mich an, als würde sie etwas erwarten. Ihre Augen passten zu dem blauen Saphir, als hätten sie nie ein gebrochenes Herz gekannt oder irgendetwas anderes Dunkles und Beflecktes. Was wollte sie von mir? Was wollte sie hören? Suchte sie nach … Absolution?

Ich sah ihr direkt in die blauen Augen. »Ich habe auch die E-Mails gefunden, die du Jim kurz vor seinem Unfall geschrieben hast.«

Das hatte sie nicht erwartet.

Es gibt nichts Gefährlicheres als eine still lächelnde Frau. Anna sitzt da und grinst mich überheblich an. Sie hat mir beinahe meinen Mann gestohlen, den Vater meines Kindes. Das erste Mal habe ich es verhindert – meine Drohung, alles ihrem Mann zu erzählen, hatte gewirkt, doch sie hat es noch einmal versucht! Kurz vor dem Tod meines

Mannes habe ich die E-Mails gefunden, in denen sie ihm schreibt, dass sie ihn immer noch liebt. Sie wollte ihn nach all den Jahren wiedersehen. Das hat mich am meisten verletzt, dass Leidenschaft so eine lange Trennung überleben konnte. Zum Zeitpunkt der Affäre war Arthur ein Teenager, und Jim hatte Angst, dass er aufs falsche Gleis geraten könnte, wenn er mich verlässt. Der Junge brauchte seinen Vater, und deshalb blieb Jim bei uns. Er entschied sich nicht für mich. Er blieb nicht wegen mir.

Ich las die Antworten meines Mannes auf die Bitten dieser Frau. Jim liebte Anna Madigan bis zu seinem Tod.

Ein Spritzer Milch, und der Tee ist fertig. Ich habe eine hübsche Tasse mit Untertasse für sie ausgewählt: edles Knochenporzellan mit gelben Rosen. Ich stelle sie vor ihr ab. Sie zuckt ein wenig zusammen, als hätte sie an etwas anderes gedacht, und trinkt einen Schluck. Dabei lächelt sie immer noch höflich.

»Weißt du, nicht viele denken über Knochenporzellan nach«, sage ich. Als sie mich überrascht ansieht, fahre ich fort: »Es besteht zum Teil aus fein gemahlenem Rinderknochen. Man kann es von normalem Porzellan unterscheiden, wenn man es ins Licht hält.« Ich halte meine Tasse, die leer ist, vor das Küchenfenster. »Es hat eine durchscheinende Elfenbeinfarbe, wohingegen Porzellan sehr weiß ist.«

Sie weiß nicht, was sie darauf antworten soll, weshalb sie vorsichtig ihre Tasse auf die Untertasse stellt.

»Charles Krafft, ein experimenteller amerikanischer Künstler, hat das Ganze dann noch verfeinert, indem er menschliche Knochen hinzufügt. Er stellt kleine Knochenporzellanschmuckstücke aus exhumierten Skeletten her – ein Andenken für die Hinterbliebenen. Menschliche Knochen können verbrannt und zu sehr feiner Asche zermahlen werden. Asche zu Asche. Staub zu Staub.«

Anna Madigan lächelt immer noch, wenn auch nicht mehr so breit. Die nervös pulsierende Ader an ihrem Hals lässt die Kette für einen Moment aufblitzen. Ich erwidere das Lächeln. »Trink deinen Tee, solange er noch heiß ist.«

Lucie

Anna Madigan aus Dundee ist seit über zwei Wochen verschwunden. Mrs. Madigan, eine neunundfünfzigjährige Office-Managerin, wurde von ihrem Ehemann Richard am 9. September als vermisst gemeldet, als sie von einem Spaziergang mit dem Hund der Familie im Tentsmuir-Wald nicht zurückkehrte. Ihr Wagen wurde zwar in der Nähe gefunden, doch weder Mrs. Madigan noch ihr Hund Floss wurden gesehen. Die Polizei will sich noch nicht festlegen, auch wenn in den letzten Jahren vermehrt dort Menschen Selbstmord begingen.

Nach einer Weile sieht Arthur auf. »So, wie du mich anschaust, habe ich etwas überlesen. Was?«

»Der Hund. Floss.«

Er sieht wieder auf den Zeitungsausschnitt. »Viele Hunde heißen Floss.«

»Und seit wann hat deine Mutter *ihre* Floss?«

Arthur lehnt sich überrascht zurück. »Was willst du damit sagen? Das ist nur ein Zufall.«

»Wann?« Mein Blick bohrt sich brennend in seine Augen. Ich kann nicht anders. Unerfreuliche Gedanken machen sich in meinem Kopf breit. »Wie alt ist Floss?«

»Äh … wir haben sie sicher aus dem Tierheim in Dundee. Vielleicht … Sie muss sechs oder sieben sein.«

»Hast du sie mit deiner Mutter zusammen ausgesucht?«

»Nein, sie …«

»War einfach irgendwann da?«

»Wenn du es so formulierst, ja. Aber …«

»Hat deine Mutter je davon gesprochen, sich noch einen Hund zuzulegen? Drei Hunde ist ganz schön viel für eine Frau, die ständig wegen ihrer Gesundheit jammert.«

Arthur trinkt seinen Gin Tonic aus. Ein wenig aufgebracht, wie mir scheint. »Ich weiß nicht, worauf du hinauswillst.«

»Das weiß ich auch nicht, mir kam nur alles etwas seltsam vor. Aber deine Mutter ist schließlich auch sehr seltsam.« Ich schüttele den Kopf wie ein verwundertes Kind. Arthur hat die Lippen aufeinandergepresst, wie immer, wenn er sich ärgert. Zwischen seinen Brauen und um seinen Mund bilden sich Falten. Sein freundlicher goldener Schimmer verblasst so schnell, als hätte jemand einen Lichtschalter gedrückt.

»Hier steht nicht mal, was für eine Rasse Annas Floss war.«

»Okay, vergessen wir es.«

»Nein, du hast damit angefangen. Worauf willst du hinaus?«

»Mach keine große Sache daraus.«

»Das machst du doch. Warum erzählst du mir das alles?« Er deutet auf die Zeitungsausschnitte. »Meine Mutter ist ein Messie. Das heißt aber nicht, dass sie etwas über *das hier* weiß.«

Ich seufze. Macs Verrücktheit färbt schon auf mich ab. Mein Kopf knüpft Verbindungen, die er besser lassen sollte, und ich fühle mich schuldig, will aber das letzte Wort haben.

»Ich finde nur, dass deine Mutter wirklich immer … verwirrter wird.«

So etwas über die Mutter von jemandem zu sagen, ist nicht nett. Arthur starrt schweigend in sein Glas. Am liebsten würde ich meine Anschuldigung zurücknehmen. Ich wünschte, ich könnte nett zu ihm sein. Er schaut auf, fixiert eine der schimmernden Bernsteinlampen.

»Sie hat mich angerufen. Wegen Reuben«, sagt er schließlich. Er lockert seine Schultern, holt tief Luft. Ich habe das Gefühl, dass er nicht davon sprechen wollte, aber so etwas muss ans Licht kommen. Deshalb schreibe ich schlechte Gedichte. Geheimnisse müssen von Zeit zu Zeit hervorgeholt werden, egal, ob das eine gute Idee ist oder nicht.

»Was? Wann?«

»Als er das letzte Mal wegen dir hier war. Sie sagte, sie hätte daran gedacht, ihn die Kellertreppe hinunterzustoßen, aber als ich sie darauf ansprach, hat sie geleugnet, je so etwas zu mir am Telefon gesagt zu haben.«

Schockiert sehe ich ihn an, mein Atem geht plötzlich flach. »Im Ernst?«

Er runzelt die Stirn. »So etwas würde ich nicht erfinden.«

Ich schaue zur Seite. »Ich … Ich habe bemerkt, dass sie sich verändert hat. Als ich hier angefangen habe, war sie unhöflich und unordentlich und exzentrisch, aber daran habe ich mich gewöhnt. Aber es gibt eine Grenze, nicht wahr?«

Arthur nickt. Wir sehen einander betroffen an. »Ich weiß nicht, was ich tun soll.«

»Einen Arzt konsultieren?« Ich denke an Alzheimer, eine frühe Form der Demenz und alles andere, was ich nicht erwähnen will. »Wann war sie zuletzt bei einem Arzt?«

»Ich habe es ihrem Hausarzt gegenüber erwähnt.«

»Er soll das ernst nehmen, Arthur, sag ihm das. Okay, vielleicht übertreibe ich mit den Zeitungsausschnitten. Wahrscheinlich sind sie nicht wichtig, aber um ehrlich zu sein, deine Mutter tut in letzter Zeit komische Dinge.«

Er hebt die Hände. »Ich weiß. Ich weiß. Ich habe deshalb noch nichts unternommen, weil … ich sie nicht auch noch verlieren will.«

Sein Gesicht ist angespannt. Er nimmt hektisch die Brille ab und massiert sich den Nasenrücken. Er sieht verletzlich aus ohne Brille, als hätte er einen Teil seiner Rüstung abgenommen. Ich greife nach seiner Hand. Ich versuche mir vorzustellen, es wäre meine Mutter, die langsam verrückt wird, aber es gelingt mir nicht. Meine Mutter ist viel zu beherrscht.

»Mac … Sie ist Schriftstellerin, sie verlässt sich auf ihre Fantasie. Vielleicht interpretieren wir zu viel hinein. Mach dir keine Sorgen.«

Uns gehen die Worte aus. Arthur setzt die Brille wieder auf und trinkt die letzten Tropfen aus seinem Glas. Ich sammle darauf meine Sachen zusammen, falte die Zeitungsausschnitte sorgfältig und schiebe sie in einen alten Umschlag. Wir stehen gleichzeitig auf, und ich lege einen Arm um ihn, doch er reagiert nicht.

»Kommst du mit zu mir?« Ich drücke ihn, doch er entzieht sich mir.

»Das könnte ich«, sagt er. »Aber ich werde es nicht.«

Ich kann Zuneigung schlecht zeigen. Auch wenn ich die Zurückweisung halb erwartet habe, tut sie weh. Ich marschiere davon. Draußen ist es fast dunkel, es schüttet. Als die schwere Pubtür ins Schloss fällt, schließen wir unsere Jacken, richten Schals. Wir haben keine Antworten, nicht zu

Anna Madigan, nicht zu Mac, nicht zu uns. Ich bin unzufrieden und wütend auf Arthur.

»Du musst entscheiden, was du willst«, sagt er, als wir den Parkplatz hinter uns lassen. »Hör auf, dich treiben zu lassen. Hör auf damit, dass du wartest, bis etwas passiert.«

Ich reagiere gereizt. »Ich weiß nicht, wovon du redest.«

»Doch, das tust du. Reuben und du – das ist einfach ›passiert‹. Du hast dich hierhertreiben lassen, weil du keine Alternative hattest. Und jetzt bist du zu mir getrieben.«

Ich will mich wehren, doch jetzt ist er in Fahrt.

»Ich bin kein Lückenbüßer. Ich bin nicht dein Trostpflaster. Du bist mir wirklich wichtig, aber ich weiß nicht, wo ich bei dir stehe.«

Ich blicke nach unten auf den Asphalt. »Im Moment auf dem Parkplatz eines Pubs. Du denkst zu viel, das ist dein Problem.«

»Wenn du mich willst, Lucie …« Arthurs Worte sind klar und kalt, Kiesel, die auf den Grund des Mühlteichs sinken. »Wenn du mit mir *zusammen sein* willst, dann musst du dich dafür *entscheiden*.«

Er wirkt, als wolle er noch mehr sagen, doch stattdessen hebt er die Schultern und lässt sie seufzend wieder fallen.

Ich drehe mich zu ihm. Ich weiß nicht, was ich sagen soll. Er ist mir wichtig, aber die Worte wollen nicht herauskommen. Es fühlt sich alles ein wenig übereilt an. Ich weiß nicht, wie lange man braucht, um über jemanden hinwegzukommen, selbst wenn er einem von Anfang an nicht gehört hat. Ich zittere. Arthur kommt näher und nimmt meine kalte Hand in seine warme. Seine Körperwärme geht auf mich über, ich hole abgehackt Atem. Ich habe Angst, dass ich gleich zu weinen anfange.

»Du musst entscheiden, was für dich das Richtige ist. Ich weiß, was ich will«, sagt er. »Komm schon. Ich bringe dich heim.«

Wir gehen den Hügel hinauf und sprechen kaum miteinander, aber so muss ich es auch nicht versuchen. Ich wünschte, ich hätte Platz für ihn. An der Cottagetür küsst er mich leicht auf den Mund und sagt, dass wir uns bald sehen.

Ich hatte die Heizung angelassen, und es ist warm im Haus. Ich lege Tasche und Schlüssel auf den Tisch und stehe einfach nur da, lausche auf die tickende Uhr. Dann hole ich das Handy hervor, doch ich habe keine Nachrichten bekommen. Reuben schreibt nicht mehr. Er hat abgeschlossen. Mein Bauch zieht sich flatternd zusammen, einmal, zweimal. Die Einsamkeit ist ein fester Kloß in mir.

In diesem Moment treffe ich eine Entscheidung.

Lucie

Oktober

»Ich will mein Geschenk sehen«, sagt Bella, und der Müller lächelt wie ein Wolf, wie ein Wesen, das eigentlich nicht lächeln können sollte. Er verbeugt sich leicht und deutet auf die Tür. »Nicht hier im Hof«, sagt er. »Gehen wir zurück in den Saal.« Bella zögert, bevor sie gehorcht. Sie spürt seinen Blick, und ein eisiger Schauder überläuft ihren Rücken.

Die Gäste sind entzückt über die Rückkehr des Jutesacks und drängen sich in einem lauten, weinseligen Kreis, der sie vom Licht der Kerzen abschirmt. Der Müller legt den Sack in die Mitte und sieht die Umstehenden der Reihe nach an. Schweigen senkt sich über die Feiernden. Mit der Geschicklichkeit eines Zauberers entfernt der Müller den Stoff und enthüllt eine edle Harfe. Alle schnappen nach Luft. Bella legt ihre kalte Hand an die Kehle. Das Instrument ist wundervoll ausgearbeitet. Sie kann den Blick nicht abwenden von dem geschwungenen Korpus, der so bleich wie Mondstein ist, oder den hauchdünn gesponnenen Goldsaiten.

Plötzlich erklingt die Harfe, ohne menschliches Zutun.

Der Müller lächelt.

Die Harfe singt wie ein Vogel im Morgengrauen, rein und süß. Sie vibriert mit einem Geräusch wie dem Flügelflattern in den Hecken. Die Musik ist wehmütig, ein überirdisches Summen, das durch die

Eichenbalken und Steinmauern dringt. Die Hochzeitsgäste spüren es als Schauder auf ihrer Haut, in ihren Rippen.

Als Bella denkt, sie hält die Lieblichkeit nicht länger aus, ändern sich die zarten Töne und werden dissonant, klagend. Je länger sie zuhört, desto deutlicher ist eine Stimme zu hören, Worte. Anklagende Worte, deren Botschaft unmissverständlich ist:

»Meine Schwester! Meine eigene Schwester hat mich getötet! Meine eigene Schwester hat mich getötet! Meine Schwester! Getötet! Getötet! Getötet!«

Voller Schrecken sehen die Gäste einander an. Der Vater brüllt vor Wut, die Mutter wischt sich die Augen. Bella ist wie gelähmt. Schließlich schlägt sie die Hände über die Ohren. »Macht, dass es aufhört!«, ruft sie. »Macht, dass es aufhört!«

Der Müller lächelt immer noch. Bella erkennt, dass nichts die Harfe zum Verstummen bringen wird.

So endet die Geschichte also. Ich nehme die Finger von der Tastatur und lehne mich in Macs Schreibtischstuhl zurück. Ich habe Kopfschmerzen, und ein unangenehmes Ziehen hat sich in meinem unteren Rücken eingenistet. Ich habe das Gefühl, als hätte ich viel zu lange auf einem kalten Steinboden in einem zugigen Saal gestanden, als Teil eines seltsamen Kreises aus Hochzeitsgästen, weitab des Lichtkreises der Zivilisation.

Das Computerprogramm macht einen Vorschlag: *Möchten Sie die Änderungen an »Die grausame Schwester« speichern?* Habe ich eine Wahl? Es ändert sich alles so schnell, dass ich nicht mithalten kann. Der Oktober ist mir ins Mark gekrochen, und ich habe immer noch keinen Plan. Mittlerweile sollte ich einen haben. Ich klicke auf »Speichern«, und das Dokument schließt sich. Lange sitze ich so da und starre auf den leeren Bildschirm, bis sich meine Blase bemerkbar macht.

Draußen im Flur ist eine winzige Toilette. Sie ist unbeheizt und altmodisch, mit angeschlagenem weißen Porzellan und einem dieser hoch angebrachten Spülkästen mit einer Kette, an der man ziehen muss. Der Eichensitz ist so alt, dass ich schwören könnte, darin befinden sich Holzwürmer. Ich setze mich hin, Macs karierte Decke immer noch um die Schultern geschlungen. Vielleicht werde ich langsam zu Mac, schleiche durch die Gänge und ignoriere die Außenwelt. Vor ein paar Wochen hat mir meine Mutter geschrieben – Neuigkeiten von zu Hause in einem gedeckten Kärtchen mit Stiefmütterchen auf der Vorderseite. Es roch nach dem Pfarrhaus, und ihre Handschrift war mir so vertraut wie ihre Sonntagsschuhe oder ihr rosafarbener Morgenmantel. Ob Jane das Liebesgedicht und meine eigene verräterische Handschrift wohl enthüllt hat? Hat irgendwer meine markanten Striche und Schleifen erkannt wie die Schurken bei einer polizeilichen Gegenüberstellung? Ich habe ihre Zeilen auf passive Aggressivität überprüft, jedoch keine gefunden. Nur die Erwähnung vom schlimmen Knie meines Vaters und etwas über die Friendship-Circle-Hilfsorganisation. Mrs. Black verkauft die Eisenwarenhandlung, und meine alte Schulfreundin Becky hat sich verlobt. Jane hatte ein Date mit einem neuen Mann, einem Schulleiter, den sie auf einer Konferenz kennengelernt hat. Kurz danach hatte ich zwei verpasste Anrufe von Jane auf dem Handy. Ihre Nachrichten auf der Voicemail waren kurz: Es sei nichts Besonderes, sie wollte nur mal wieder mit mir reden. Wahrscheinlich will sie mir von dem neuen Mann erzählen, jetzt da Reuben von der Bildfläche verschwunden ist. Wenn wir die Vergangenheit doch nur so leicht aussortieren könnten wie unsere alten Puppen.

Ich kann meiner Mutter nicht antworten, mit meiner Schwester reden. Damit würde ich in die Zukunft investieren, und ich wage es nicht, weiter als bis zur Gegenwart zu denken. Ich bin das hier, in diesem Moment. Ich bin der kalte Toilettensitz unter meinem Hintern, das enervierende Tropfen des kalten Wasserhahns. Ich bin die grünen Fliesen, die zerrupfte Toilettenbürste. Ich kann nicht über die Schmerzen in meinem Bauch hinausdenken, den Druck, der sich schon den ganzen Tag darin aufbaut.

Mac

Als ich nach unten komme, verlässt Lucie gerade das Klo. Sie ist totenbleich und beißt sich auf die Unterlippe.

»Gütiger Himmel, Mädchen, ist Ihnen was auf den Magen geschlagen? Sie sehen ja aus wie ausgespuckt.«

Sie lächelt schwach. Die einzige Farbe in ihrem Gesicht sind die Zahnabdrücke in ihrer Unterlippe.

»Mir geht es nicht so gut. Vielleicht sollte ich …«

»Gehen Sie! Natürlich! Legen Sie sich ins Bett.« Ich hoffe, sie muss sich nicht übergeben. Ihr Gesicht scheint feucht und verschwitzt zu sein, die Haare kleben an ihrer Stirn. Was auch immer ihr fehlt, es geschieht ihr recht, aber ich versuche, nett zu ihr zu sein. »Nach einem Schläfchen werden Sie wieder putzmunter sein.«

Sie nickt. »Ich nehme den Laptop und Ihr Buch mit und tippe dann den Rest der Geschichte. Oder, das ist doch das Ende?«

Ich werfe einen Blick auf die Leinentasche, die am Kleiderständer lehnt, und versuche mich zu erinnern, was ich als Letztes geschrieben habe. »Die Harfe singt? Ah genau, sie verkündet für alle Bellas Schuld!«

Lucie schaudert. »Es wird nie aufhören, oder? Die Schuld?

Die Stimme wird erst aufhören, wenn sie die Verantwortung für ihre Taten übernommen hat.«

Ich antworte nicht. *Manchmal muss man gezwungen werden, Verantwortung zu übernehmen.* Aber das sage ich nicht, sondern gehe zum Kleiderständer und nehme ihre Kakijacke. Sie ist nicht gefüttert und dünn. »Das ist ganz schön wenig, Liebes. Haben Sie eine dickere für den Winter? Sie verkühlen sich sonst. Wir wollen doch nicht, dass Ihnen etwas zustößt.«

Sie sieht beunruhigt aus, und ich frage mich nicht zum ersten Mal, ob sie bleiben oder ob sie wie die Wildgänse gehen wird, sobald mein Manuskript vollendet ist. Aus irgendeinem Grund stört mich die Vorstellung. Ich komme mir dabei betrogen vor. Missetäter dürfen einfach nicht weggehen.

»So weit habe ich noch nicht geplant«, sagt sie.

Ich reiche ihr die Jacke, und sie schlüpft kleinlaut hinein. Wieder frage ich mich, ob ich sie nervös mache.

»Das ist nicht das Ende«, sage ich rasch. Sie wirft mir einen Blick zu, und ich nutze den Moment. »Haben Sie keine Fragen zu dem Müller? Und wie die Harfe hergestellt wurde? Oh, da kommt noch mehr.« Ich tippe mir an die Schläfe, als ob alles dort wäre und nur darauf warte, hervorzusprudeln.

Sie schließt ihre Jacke und schlingt sich die Tasche über die Schulter. »Dann schreiben Sie es auf, damit wir fertig werden.« Sie öffnet die Tür und tritt nach draußen in die Kälte.

Ihr Ton ärgert mich. »Warten Sie einen Moment. Tun Sie das nicht einfach so ab.«

Sie dreht sich um. »Wie denn?«

»Als ob diese Geschichten keine Konsequenzen hätten. Denn die haben sie, o ja. Das werden Sie schon noch herausfinden.«

Sie schnaubt und weist meine Empörung mit einer Handbewegung ab, geht dabei weiter. Wie kann sie es wagen?

»Wie kannst du es wagen, Anna Madigan?«, schreie ich von der Türschwelle. »Du Hure! Wie kannst du es wagen, hierherzukommen und alles durcheinanderzubringen?«

Das Mädchen bleibt abrupt stehen und dreht sich langsam um. Sie ist schon ein Stück entfernt. Vielleicht sagt sie etwas, aber ich kann sie nicht hören. Ich kann die Worte, die aus meinem Mund strömen, nicht zurückhalten. Ich feuere bösartige Beschimpfungen auf sie ab, während sie die Schultern einzieht und weitergeht.

»Konsequenzen, Anna!«, schreie ich der kleiner werdenden Gestalt hinterher.

Ich bleibe an der Tür stehen, bis sie außer Sicht ist. Anna? Warum ist Anna immerzu in meinem Kopf? Ich schüttele sie ab. Trotz der wollenen Unterwäsche verursacht mir der eisige Wind Gänsehaut. Lucie. Ich muss mich jetzt auf Lucie konzentrieren. Die Geschichte ist beinahe fertig.

Es gibt nicht mehr viel zu erzählen, aber es fehlt noch der schockierende Teil.

Der Teil, der das, was man zu wissen glaubt, völlig umwirft.

Lucie

Ich lege mich hin, finde jedoch keine bequeme Lage, weshalb ich mich schließlich auf einen der harten Holzstühle am Küchentisch setze. Wahrscheinlich sollte ich in der Nähe des Badezimmers bleiben, weil ich ständig pinkeln muss. Der Schmerz kommt in Wellen, packt mich manchmal wie schlimme Menstruationskrämpfe. Ich koche mir aus Macs Gartenminze einen Tee, knabbere ein paar trockene Cracker und schaue *Friends* auf meinem Laptop. Rachel und Ross legen gerade eine Beziehungspause ein, auch wenn die Bedingungen ein wenig unklar sind.

Ich musste mit Arthur Schluss machen. »Das hier führt zu nichts«, hatte ich so nett wie möglich gesagt. »Es kann nirgendwohin führen.« *Ich werde es nicht zulassen.* Das habe ich nicht gesagt. Sehr viele wirklich wichtige Dinge wurden bei diesem Gespräch nicht ausgesprochen. *Du wirst es verstehen. Bald schon.* Er nahm es so gut auf, dass ich ihn hassen könnte. Ich wollte, dass er um mich kämpfte, um das, was er hätte haben können, doch stattdessen war er seltsam passiv. Wahrscheinlich hat er schon lange damit gerechnet.

Doch das war vor Wochen. Ich bin nicht mehr ins Café oder ins Pub gegangen. Stattdessen sitze ich im Cottage und schaue *Friends*, bis es dunkel wird. Dann schließe ich die Vorhänge, damit ich nicht auf die Mühle blicken muss. Floss kommt auch nicht mehr, weil ich sie nicht mehr hereinlasse. Das Geheimnis ihrer Herkunft ist mir im Moment zu viel, und ich weiß nicht, woher ich die Energie nahm, mich überhaupt damit zu befassen. Ich ertrage es auch nicht mehr, zum Mühlteich zu gehen. Laut der Geschichte hat Bella dort ihre Schwester umgebracht. Ich bin genauso schuldig. Ich habe Jane etwas gleichermaßen Wichtiges geraubt – nicht nur ihren Freund, sondern auch all das, was sie nicht mehr zurückbekommen wird: ihr Vertrauen, die Hoffnungen für die Zukunft, ihren Seelenfrieden. Schuld ist unzerstörbar. Ich weiß, dass die Abrechnung bald kommen wird.

Ich habe mich von allen zurückgezogen, denen ich wichtig bin. So ist es leichter. Ich schrumpfe in mich zusammen, aber das ist nicht die ganze Geschichte.

Mac

Feuermachen hat etwas Zeitloses, Meditatives. Ich könnte meine Mutter sein, die diese Handgriffe ausführt, oder meine Großmutter. Man kann sich von außen beobachten, wie die Sünden schwarz wie Ruß werden.

Dieses spezielle Feuer hätte ich schon vor vielen Monaten entzünden sollen. Bevor Lucie hierherkam. Es ist die Schuld des Mädchens, dass so viele alte Erinnerungen wieder an die Oberfläche kamen. Das Verhältnis mit Reuben – das Mädchen ist eine zweite Anna Madigan, die nur Ärger macht und Kummer verbreitet. Vielleicht ist es aber auch gut so. Ich muss einige Dinge erledigen, bevor ich zu gebrechlich werde. Dieses Feuer wird eine Reinigung sein. Eine rituelle Flamme. Mit ihm kann ich all das loswerden, an dem ich mich viel zu lange festgeklammert habe.

Im Dunkeln gehe ich zwischen Schlamm und Laub auf die Knie, wie zum Gebet. Als ich mich mit den Händen abstütze, spüre ich Erde zwischen den Fingern, feuchte, torfige Erde. Etwas krabbelt über meinen Handrücken. Meine Nase brennt in der kalten Luft, als ob ich in Eiswasser getaucht worden wäre. Meine Ohren hören jedes Zwitschern, jedes letzte Quieken in der Nacht. Die alte Pumpe arbeitet so hektisch, dass ich fürchte, hier an Ort und Stelle zusammenzubrechen. Hier draußen würde man mich nie finden. Mein Körper würde unter der Natur begraben werden. Ich würde zu einer verwesten Schicht der Vergangenheit. Ich würde mich einfach auflösen, und alles würde sich selbst in Ordnung bringen.

Aber ich schaffe das. Ich bin hier, um ein Feuer zu entzünden, ein größeres Feuer, als jeder Kamin zulassen würde. Es wird ungezügelt sein. Ja, das Feuermachen hat etwas Zeitloses an sich.

Zuerst rolle ich schmieriges altes Zeitungspapier dick zusammen, dann füge ich einen Feueranzünder hinzu, bei dem die Finger nach Paraffin stinken. Als Nächstes baue ich ein kleines Zelt aus Anzündholz, papierweißen Kiefern- und Eschenspänen. Die Axt muss immer scharf für das Anmachholz sein. Man darf sie nicht im Block stecken lassen – der Saft lässt die Klinge rosten. Anmachholz mit einer guten, scharfen Axt zu schlagen sollte keine Mühe machen. Wie wenn man Viennetta-Eis schneidet.

Ich habe das Anmachholz schon vorbereitet, es auseinandergenommen. Die Axt war scharf. Es hat sich sehr danach angefühlt, wie durch Viennetta zu schneiden.

Lucie

Schon nach einer Stunde wache ich wieder auf und schleppe mich in die Küche, wo ich am Wasserhahn zwei Paracetamol schlucke. Das Wasser ist eiskalt und bahnt sich seinen frostigen Weg bis in mein Innerstes. Ich zittere und mache Wasser heiß für eine Wärmflasche. Nach zwanzig Minuten lässt der Schmerz in meinem Rücken nach, und ich gehe zurück ins Bett. Ich vermisse Floss. Ich vermisse ihre genügsame Gesellschaft. Irgendwann döse ich ein. In der Nacht wandert der Schmerz tief in meinen Bauch. So etwas habe ich noch nicht erlebt, und ich muss mich mit angezogenen Knien auf die Seite legen. Ich drücke die Wärmflasche fest gegen die schmerzende Stelle, doch dann beginne ich zu schwitzen und werfe gereizt die Bettdecke ab. Der Spalt zwischen den Vorhängen zeigt immer noch pechschwarzen Himmel. Ich kann nicht schlafen, und fluchend stehe ich wieder auf, taste nach meinen Hausschuhen und stolpere zurück in die Küche. Bei dem Gedanken an Tee und Toast wird mir schlecht. Ich könnte draußen eine rauchen, aber damit habe ich etwa zur gleichen Zeit aufgehört, als ich mit Arthur Schluss gemacht habe.

Ich mache mir Sorgen um Floss. Ich ziehe eine alte stinkende Steppjacke von Mac über mein Nachthemd, schlüpfe in Gummistiefel und öffne die Hintertür. Könnte Floss wirklich Anna Madigans Hund sein? Vielleicht wollte Anna Madigan ihren Mann verlassen, einfach verschwinden. So was hört man ja immer wieder, dass Menschen mit ihrem Leben nicht mehr zurechtkommen und einfach untertauchen, ohne eine Spur zu hinterlassen. Himmel, auch ich hatte schon daran gedacht, im Zug von Aberdeen nach London. Der Schuld entfliehen. Es wäre typisch für Mac, den Hund aufzunehmen. Ich höre das Gespräch in Macs zugiger Küche geradezu: »Lauf nur davon, Anna, wenn du das unbedingt willst, aber lass den verdammten Hund nicht im Stich!«

Ich rufe leise ihren Namen, doch der kleine Spaniel ist nirgends zu sehen. Ich schaue hinauf in den dunkelblauen Himmel, an dem die Sterne stehen. Ich frage mich, wo Anna Madigan ist, ob sie und Mac in Kontakt geblieben sind.

In der Ferne stößt ein Vogel einen durchdringenden Alarmruf aus. Ich rieche Rauch, schnüffele wie ein Tier in der Luft – der beißende Geruch nach Lagerfeuer ist unverkennbar. Mein erster Gedanke gilt der Mühle, mit den alten Leitungen und dem verfaulenden Holz. Ich eile um die Hausecke. Rauch hängt in der Luft, der um die Steinmauern wabert und diese wie Geister erscheinen lässt. Zur Linken, ein gutes Stück von dem Gebäude entfernt, schlagen Flammen knisternd hoch. Eine dunkle Gestalt, die im Feuerschein wie eine Hexe wirkt, stochert mit einer Harke im Feuer, aus dem knackend Funken wie Champagnerbläschen aufstieben. Stöhnend atme ich die Luft aus, die ich angehalten habe.

Verdammt noch mal, Mac. Was kommt als Nächstes?

Sie begrüßt mich hinter dem Feuer stehend, als würde sie ganz normal im Herbst den Garten in Ordnung bringen. Als stünde ich nicht im Nachthemd im Stockfinsteren vor ihr.

»Hallo, Bella!«, sagt sie. »Was für ein Feuer!«

Sie scheint einen riesigen Haufen Zweige und Laub zu verbrennen. Die Hitze ist so mächtig, dass ich das Gesicht mit einer Hand abschirmen muss, als ich näher komme. Ich sehe nur ihre obere Körperhälfte, wie sie mit beiden Händen die Harke hält. Ihr Gesicht ist ein wächsernes, orangefarbenes O, das in der wabernden Hitze ständig die Form wechselt. Ich glaube, sie grinst, aber meine Augen tränen vom Rauch.

Plötzlich knackt etwas in der Mitte, und das Feuer bricht zusammen. Glühende Ascheflocken wirbeln zu mir, und ich springe zurück. Glühend weiße Hitze umgibt mich, und mit meinen tränenden Augen sehe ich alles nur verschwommen – abgründige Dinge, die nicht dort sein sollten: Zweige, die wie Rippen aussehen; etwas Langes, Knochiges biegt sich schwarz in der Hitze; zu Klauen gekrümmte schwarze Finger, lackierte Nägel. Ich zucke zurück, reibe mir die Augen. *Wie bitte?*

Etwas platzt in mir. In *mir.* Wasser überströmt meine Schenkel, fließt in die Gummistiefel, spritzt auf den Boden. Die heiße Asche zischt.

»O Liebes.« Mac steht neben mir, auch wenn ich nicht gesehen habe, dass sie hergekommen ist. Sie mustert die Nässe mit tiefer Trauer. Sie riecht wie nicht von dieser Welt, nach Rauch und Asche. Ich schäme mich, presse die Beine zusammen und zupfe an dem durchweichten Nachthemd. Ihre Hand schießt vor und berührt die harte Schwellung unter der geliehenen Jacke.

»Wie lange hast du es schon gewusst?«

Ich schüttele den Kopf, verschließe die Augen vor der Wahrheit. Tränen laufen über meine Wangen, echte, keine vom Rauch verursachten. Ich schmecke das Salz.

Mac spricht immer noch. »Geh rein, leg dich ins Bett. Vor dem Morgen wird nichts passieren. Ich muss hier noch ein paar Sachen erledigen …« Sie sieht zu dem Feuer, das langsam erstirbt. Das geschwärzte rippenartige Ding … Sie stochert mit der Harke herum, und ich sehe es nicht mehr. »Geh ins Bett, Liebes. Am Morgen kümmern wir uns um alles.«

Eine seltsame kleine Melodie pfeifend geht sie davon. Schluchzend taumele ich zurück ins Cottage.

Der Plastikvorhang um die Badewanne hat rote, grüne und gelbe Punkte. Als ich mich auf die Toilette setze und warte, bis die Dusche warm wird, warte, bis mein Körper sich entleert, tanzen die Punkte vor meinen Augen. In meinem Kopf verbinde ich sie; wie ein Kind, das in ein Puzzle vertieft ist, beiße ich mir auf die Lippe und komme nicht weiter. Als Dampf hinter dem Vorhang hervordringt, zwinge ich mich auf die Füße, ziehe mein durchweichtes T-Shirt aus sowie mit einem dumpfen, nassen Ploppen die Gummistiefel. Ich steige in die Badewanne und stelle mich unter die prasselnde Dusche. Sie ist glühend heiß, doch es ist mir egal. Ich bin taub.

Zum ersten Mal seit langer Zeit betrachte ich meinen nackten Körper. Ich lege die Hände an meinen Bauch und mustere seine runde Fußballform. Die Haut ist gestrafft und weich, das Wasser läuft in Rinnsalen darüber. Sie sieht aus, als gehöre sie zu jemand anderem. Meine Brüste gehören auch jemand anderem, sie sind größer als meine, blass und fest, von blauen Adern durchzogen. Vorsichtig umfasse ich eine, als ob sie die einer anderen Frau wäre und ich nicht wüsste, ob meine Berührung willkommen ist. Die Brustwarze ist hart und braun, und meine Handfläche ist feucht von Milch. Alles läuft aus mir heraus. Alles. Meine Beine wollen mich nicht länger tragen, und langsam sinke ich in die Badewanne auf alle viere, sehe zu, wie alles in den Abfluss läuft, aus meinem Körper heraus, sich meiner Kontrolle entzieht. Ich kann mich nicht länger vor mir verstecken, vor dem, was ich getan habe.

Ich bleibe wie ein verwundetes, gefangenes Tier auf allen vieren. Die heißen Wasserstrahlen prasseln in meinen Nacken, auf meinen Rücken. Ich fixiere den Abfluss, bis ich jeden Millimeter kenne, den braunen Belag an der Außenseite, den Seifenschaum, die darin festhängenden Haare. Schmerzen und Angst überwältigen mich. Ich bin nackt und entblößt, ich zittere. Irgendwann setze ich mich auf die Fersen, schließe die Augen und hebe das Gesicht in die Strahlen.

Die Vergangenheit hat mich eingeholt.

Mac

Nun, das ist jetzt ein kleines Problem.

Lucie war die ganze Zeit schwanger. Das hat meinem Feuer einen Dämpfer verpasst. Sie hat sich so unschuldig gegeben, aber sie muss es doch gewusst haben? Ich habe noch nie diese ganzen Geschichten geglaubt von Frauen, die keine Ahnung hatten vom Braten in ihrem Ofen und plötzlich ein Kind auf die Welt brachten. Es passt nicht zusammen, aber Lucie ist sehr gut darin, Dinge zu verbergen. Hätte sie es jemals zugegeben? Nun, wie auch immer, ihr Körper hat das Versteckspiel für sie beendet. Manche Dinge kann man einfach nicht für immer verbergen.

Ich stochere leicht in der heißen, pulverigen Asche am Rand des Feuers und frage mich, wie ich am besten fortfahre. Ich kann mir im Moment nicht erlauben, über Lucies Notlage nachzudenken. Meine Aufgabe nimmt mich völlig in Anspruch. Ich habe es begonnen, also muss ich auch weitermachen, um es mit den Worten von *Mastermind* zu sagen.

Magnus Magnusson würde wissen, was zu tun ist. Oder ich hätte Anita um Rat fragen können, die Knochenkönigin, doch stattdessen habe ich mich wider besseres Wissen an Google gewandt. Zu viel Information kann genauso nutzlos sein wie zu wenig. Ein kalifornischer Leiter der Feuerwehr war fast schon poetisch: *Körperfett kann als guter Brennstoff dienen, doch es benötigt Materialien wie Kleidung oder verkohltes Holz, um als Docht zu wirken.*

Fünf Jahre in einem wassergefüllten Tunnel haben keinen Brennstoff übrig gelassen, und die Kleider hatte ich vernichtet, bevor das Ganze zu unangenehm wurde. Der hübsche Trenchcoat, die cremefarbene Seidenbluse mit den Schmetterlingen, die für sie viel zu jugendliche Jeans. Ich hatte überlegt, die Kleidung wegen ihrer guten Qualität zu spenden. Irgendeine arme Seele hätte sich bei dem feuchtkalten Wetter über den Mantel gefreut, aber dann überlegte ich es mir doch anders. Ich zerschnitt alles und verbrannte es. Die Kette schob ich ganz hinten in die Schreibtischschublade. Ich hatte sie fast vergessen, bis Lucie sie zusammen mit all den schrecklichen Erinnerungen wieder hervorholte. Es erschien mir sehr passend, sie in der Mühle zu zermahlen. Ich erinnere mich an einige Zeilen aus einem Gedicht, Longfellow war das, glaube ich: »Ein Mühlstein und ein Menschenherz wird stets herumgetrieben. Wo beides nichts zu reiben hat, wird beides selbst zerrieben.« Das fasst es ziemlich gut zusammen. Liebe ist nur ein Machtspiel mit Gewinnern und Verlierern. Die Bellas und die Annas und die Lucies genießen vielleicht kurzzeitig ihren Sieg, doch Elspeth und Jane und ich – oh, wir haben viel zu erzählen.

Die Entsorgung der Kleider war ein Übelkeit erregender Tiefpunkt, als ich der verbitterten Voyeurin in mir freien Lauf ließ. Nach der Oberbekleidung kam die Unterwäsche dran. Zueinander passender BH und Unterhose, wer hätte das gedacht? Was für ein Klischee. Cremefarben mit Spitzenbesatz. Ich hatte sie ihr ausgezogen, wie ein Liebhaber es wohl tun würde – wie Jim es getan haben musste –, sanft den BH aufgehakt, die Unterhose über die Fußknöchel gezogen. Der Stoff war feucht, ihre Haut wie hartes Kerzenwachs. So kalt. Ich stellte mir vor, wie mein Mann mit den Händen über ihre früher einmal warmen Brüste strich, ihre schmale Taille, und ich weinte heiße, dicke Tränen – Körperflüssigkeiten tropften auf das spärliche Schamhaar in einer schrecklichen Umkehrung dessen, was mein Ehemann mit ihr gemacht hat.

Vorausgesetzt, es ist genügend Material vorhanden, das als Docht dient, kann der Körper aus eigener Kraft etwa sieben Stunden brennen. Da ich es mit einem skelettierten Körper zu tun hatte, waren vier oder fünf Stunden wahrscheinlich ausreichend. Das verschaffte mir eine Menge unwillkommene Zeit zum Denken. Die Tat hatte mir nie Befriedigung verschafft. Vielleicht einen flüchtigen Moment des Hochgefühls. Aber das Ende hatte ich missverstanden. Eifersucht wirkt wie ein Docht, der Hass brennt dadurch nur noch heller.

Ich stochere zwischen den oben liegenden Holzscheiten herum. Sie haben nicht so recht gebrannt – zu grün, ich hätte gelagertes Holz nehmen sollen –, doch darunter flackern die Flammen sehr schön. Als die grünen Scheite verrutschen, zerplatzt das Herz des Feuers Funken sprühend wie ein Ei, dessen geschmolzenes Inneres mein Gesicht versengt. Etwas Schwarzes liegt in der Mitte, ein Nukleus, wie der dunkle, blutige Punkt, den man manchmal in einem Eigelb findet, der abstoßend und widerwärtig ist. Man weiß, er sollte nicht da sein, und trotzdem muss man sich darum kümmern. Das schwarze Ding bewegt sich und entfaltet sich, ragt aus den Flammen hervor: eine geballte Faust, der kleine, verkohlte Finger ausgestreckt, als würde die Hand aus einer Knochenporzellantasse trinken. Die Faust ist widerspenstig. Hastig schiebe ich sie mit der Harke zurück in die Flammen.

Wie typisch für Anna Madigan, sich erbittert zu wehren.

Lucie

Das mittlerweile vertraute Rauschen und Mahlen der Mühle weckt mich. Mit hämmerndem Herzen schrecke ich aus dem Schlaf auf. Wie konnte ich überhaupt schlafen? Der Lärm des Mühlrads macht mich endgültig wach, und mühsam kämpfe ich mich in eine sitzende Position. Ich bete, dass die Ereignisse der Nacht nur ein schlimmer Traum waren, doch mein runder, harter Bauch holt mich in die Realität zurück. Es ist nicht vorbei. Wieder durchströmt mich Angst, doch im Moment habe ich keine Schmerzen, spüre nur eine unterschwellige Anspannung. Ich rieche tröstlich nach Duschgel.

Durch den Spalt zwischen den Vorhängen sehe ich, dass es langsam Tag wird. Ich greife nach dem Handy, um auf die Uhr zu sehen. Es ist kurz nach acht. Ich dachte, Mac würde mir vielleicht zu Hilfe kommen, aber sie ist offensichtlich völlig von dem in Anspruch genommen, was auch immer sie da draußen tut. Was macht sie da eigentlich? Das Feuer, ihr merkwürdiges Verhalten, das Grinsen, das Singen … was auch immer sie da verbrannt hat. Was habe ich wirklich gesehen? Ich hatte Schmerzen, Panik. Es war dunkel, aber …

Soll ich Arthur anrufen? Ich habe so viel Energie investiert, ihn von mir fernzuhalten, damit er mein Dilemma nicht herausfindet. Ich wollte diese Entscheidung nicht treffen, aber was hätte er von mir als Schwangere gedacht? Er wäre natürlich nett und unterstützend gewesen und hätte mich zweifellos ermuntert, Kuchen für zwei zu essen, aber er würde sich verpflichtet fühlen, mitgerissen werden, und ich würde die Wahrheit nie wissen. Ich will, dass er sich für mich entscheidet, weil er ohne mich nicht leben kann, und nicht, weil ich so dumm bin und man sich um mich kümmern muss.

Wieder sehe ich auf das Handy. Er hat mir in der letzten Woche öfter geschrieben. *Wie geht es dir? Komm doch auf einen Kaffee vorbei. Die Scones sind gerade aus dem Ofen.* Ich hatte knapp und entmutigend geantwortet. Ihn auf das merkwürdige Verhalten seiner Mutter aufmerksam zu machen, würde ihn gleichzeitig auf meines aufmerksam machen. Es war mir verdammt gut gelungen, dieses Baby zu verheimlichen, sogar vor mir selbst. Je mehr ich es versteckt habe, desto mehr leugnete ich die Existenz. Das konnte mir nicht passieren, das war einfach unmöglich. Erst die Schmerzen haben mich gezwungen, dem Unvermeidlichen ins Auge zu blicken.

Reuben. Ich sollte Reuben anrufen, aber ich weiß nicht, wie er bei einer Krise reagieren würde, vor allem so einer. Die Seite habe ich nie an ihm kennengelernt, ebenso wenig wie er bei mir. Wie würde er mit einer verletzlichen, verängstigten, bedürftigen Lucie zurechtkommen? Ich will es nicht wissen. Die Trauer durchdringt mich von Kopf bis Fuß.

Was soll ich tun? Was soll ich nur tun?

Schließlich schreibe ich ihm. Er antwortet. Ich gehe auf und ab, tippe mit dem Handy gegen mein Kinn. Ich will allein sein, aber allein schaffe ich es nicht. Ich bleibe am Fenster stehen, um die Vorhänge zurückzuziehen. Schmerz fährt durch mich hindurch, das Handy fällt zu Boden. Ich klammere mich mit aller Kraft am Fensterbrett fest, bis meine Finger weiß werden. Die Wehe ringt mich nieder. Ich kann nichts dagegen tun.

Atmen. Einfach atmen. Sagen sie einem das nicht immer? Jane kommt mir in den Sinn. Mit zusammengekniffenen Augen atme ich langsam aus, konzentriere mich nur darauf. Das kalte Fenster beschlägt. Jane und ich haben früher immer *One Born Every Minute* angeschaut. Es war ein Ritual für uns nach einem oder zwei Gläsern Wein, wenn wir unterhalten werden wollten, schockiert und abgeschreckt. *Schau dir die Riesenkugel an! O mein Gott, ich sehe den Kopf! Echt jetzt? Das ist widerlich.* Ich wünschte, ich hätte den Hebammen besser zugehört, ihren goldenen weisen Worten, trotz der Extraschicht Wimperntusche für die Kameras. Ich wünschte, ich hätte weniger abfällig auf das Hecheln und das Stöhnen reagiert. Ich wünschte, ich hätte mir bei den beängstigenden Momenten nicht die Augen zugehalten.

Der grausame Druck weicht, und ich kann wieder normal atmen. Draußen ist es grau, doch die Mühle ist hell erleuchtet und sieht aus wie ein Adventskalender an Heiligabend, alle Türchen erwartungsvoll geöffnet. Das permanente Rollen und Knarzen zehrt an meinen sowieso schon strapazierten Nerven.

Ich schlüpfe in Hausschuhe, lege mir eine Decke um die Schultern und watschele zur Küche. Mein Bauch war klein, leicht zu verstecken gewesen, noch leichter zu ignorieren, doch jetzt füllt er mein gesamtes Wesen aus. Nur noch ihn nehme ich wahr. Jede Faser des Hauses hat sich verändert, um ihn zu beherbergen. Die Wände neigen sich unter meinen fragenden Händen, der Sessel stöhnt unter meinem Gewicht. Die Uhr tickt lauter, und der Geruch nach altem Haus lässt mich würgen. Ich bin in eine Art Jenseits eingetreten, in dem alles anders ist und aus dem es kein Entkommen gibt. Diese neue Erkenntnis erschüttert mich bis ins Mark. Bald werde ich zu zwei Menschen, wie eine exotische Art. Ich habe keine Babykleidung, kein Bettchen, keine Erfahrung. Ich habe niemanden, der mich rettet, ich kann nirgends hingehen.

Der Laptop steht vor mir auf dem Tisch. Wenn ich »Wehen« bei Google eingebe, erfahre ich vielleicht etwas. Im Fernsehen messen sie die einzelnen Wehen, aber ich weiß nicht, wie lange diese Hölle dauern wird. Ich klappe den Laptop auf und fahre ihn hoch. Mac wird doch sicher kommen? Ich denke an meine Mutter, als der Startbildschirm erscheint. Sie hat es gehasst, wenn wir *One Born Every Minute* angeschaut haben. »Das werdet ihr schon noch früh genug erfahren. Schaltet das aus.«

So war sie schon immer bei heiklen Sachen. Über Sex wurde nie gesprochen. Als sie Reuben und mich erwischt hat, dachte ich, dass wir beide vor Verlegenheit sterben würden, auch wenn wir es überlebten. Das Ganze hatte Folgen, aber gestorben ist niemand. Ich werde auch hieran nicht sterben, aber ich muss es irgendwie durchstehen.

Die Wehen kommen alle zehn Minuten. Ich messe sie mit der Digitaluhr am Laptop, während ich gleichzeitig zum Thema Geburt google. Ich halte mich an die Seite des Staatlichen Gesundheitsdienstes NHS, weil dort hübsche Bilder von gelassenen Schwangeren und frisch gebadeten Babys mit Mützchen gezeigt werden. Ich lese:

Benachrichtigen Sie Ihr Geburtsteam, wenn

- Ihre Wehen regelmäßig und etwa alle drei Minuten kommen.
- die Fruchtblase geplatzt ist.
- die Wehen sehr stark sind und Sie etwas gegen die Schmerzen brauchen.
- Sie sich wegen etwas Sorgen machen.

Wenn ich doch nur ein Geburtsteam hätte.

Ich überstehe die Krämpfe, indem ich aufstehe und mich an den Tisch lehne. Der Tisch ist schwer und unerschütterlich. Er saugt meine Tränen auf, meine Flüche, meinen Schweiß. Meine Nägel hinterlassen Kerben an der Unterseite. Ich würde daran herumkauen, wenn ich könnte. Doch jedes Mal, wenn ich denke, ich halte es nicht mehr aus, lässt der Schmerz nach, und ich atme und wische mir die Augen trocken. Eine Stunde vergeht auf diese Weise, zwei, und ich halte es immer noch fern. Ich kann mich darauf nicht einlassen, kann keine Entscheidung treffen. Ich will, dass Mac kommt und die Führung übernimmt.

Trotz ihrer Verrücktheit will ich Mac, mit ihrer Ruhe und ihrer Logik und ihrer ungeschminkten Version von allem. Ihr Notizbuch liegt links vom Laptop. In einem ruhigen Moment klappe ich es beim letzten Eintrag auf.

»Sie hat mich getötet! Sie hat mich getötet! Meine eigene Schwester!«

Stille hat sich über den Saal gesenkt. Nur das leise Vibrieren der

Saiten ist zu hören. Die Worte sind kristallklar und eiskalt wie das Wasser, das vom Mühlrad strömt. Es gibt keinen Ausweg, keinen Weg zurück. Alle Augen sind auf Bella gerichtet.

»Was ist das für ein Betrug?«, brüllt ihr Vater. Sein Sergeant greift nach seinem Schwert. »Das ist die Stimme meiner kleinen Elspeth.« Die Mutter schluchzt in ihre Hände.

»Kein Betrug«, antwortet der Müller und lächelt sein Wolfslächeln. »Erkennt Ihr nicht Euer Kind? Zugegeben, sie ist nicht mehr wie früher. Sie wurde anders wieder zusammengesetzt, um es so auszudrücken.«

Er erzählt der Hochzeitsgesellschaft dann, wie die kleine Elspeth im Wasser abgetrieben wurde. Als sie die Mühle erreichte, war sie natürlich tot. Bella stößt ein animalisches Heulen aus. Der Müller sieht ihr in die Augen, und das schwarze, erstickende Wasser schlägt über ihrem eigenen Kopf zusammen. Die absolute Schwärze. Das Ende von allem.

»Sie kam unter dem Mühlrad zur Ruhe. Ich habe sie gerettet, aber es war zu spät. Das reizende Mädchen …« Sein schwerer Seufzer weht durch die Gesellschaft; Härchen richten sich in bleichen Nacken auf. »Ich habe sie auf den Mühlenboden gelegt und versucht, sie wieder zusammenzusetzen. Erkennt Ihr sie nicht?«

Der Müller tritt zurück und deutet mit einer schwungvollen Handbewegung auf die Harfe. Mit einem schmutzigen Finger streicht er über die elegante weiße Rundung, zupft an den glänzenden Saiten. Das Lied wird fieberhafter: »Getötet. Getötet. GETÖTET!«

Bella spürt, wie ihr ein eiskalter Schauder über den Rücken läuft.

»Erkennt denn keiner von Euch den graziösen Schwung ihres Rückgrats? Die weiche Stärke ihres goldenen Haars?«

Der Vater stößt ein bellendes Geräusch des Unglaubens aus. Vor Trauer bringt er kein Wort heraus. Das gefährliche Zischen gezogenen Stahls ist zu hören, doch der Müller lacht nur.

»Aus den Überresten Eurer Tochter habe ich etwas gleichermaßen Unzerstörbares wie Wunderschönes geformt. Ihre Knochen, ihr Haar, ihre Stimme. Ein Kunstwerk.« Sein Blick wandert zurück zu Bella und spießt sie damit auf. »Eure Schwester hat eine Geschichte zu erzählen, ein Lied zu singen. Ihr erkennt es sicher!«

Mit einem letzten Lachen verschwindet der Müller durch die Tür, sein Umhang schwingt hinter ihm her, so schwarz wie Graberde. Die Braut starrt auf die Knochenharfe. Die Saiten vibrieren erneut, wollen ihrer Schuld eine Stimme verleihen, und Bella schreit und will die Wahrheit nicht wahrhaben. Ihr Vater wendet sich zu ihr, während ihre Mutter schluchzend zu Boden sinkt.

»Was hast du getan?«, brüllt er.

Bella steht in der Mitte des Kreises. Bella und die Knochenharfe und ein Ring aus kaltem Stahl. Die Männer ihres Vaters haben ihre Waffen gezogen und warten auf den Befehl. Die Harfensaiten erbeben. »Schwester… Schwester… wie konntest du nur?«

Ihr bleibt nur noch eines. Die Braut durchbricht den Kreis und rennt zur Tür. Irgendwie weiß sie, dass der Müller auf sie warten wird.

Noch eine Wehe erfasst mich, ein überwältigender seismischer Drang, der mich mitreißt. Ich kann mich nicht bewegen, krümme mich auf dem Stuhl, packe ihn, als ob wir beide durch das Universum geschleudert werden würden. Sterne explodieren hinter meinen Augenlidern. Knochen, Haare, Stimme – eine Vereinigung aus mir und Reuben wächst in mir. Unser Baby.

Nach einer Ewigkeit entspannt sich mein Körper. Die Wehen sind heftig und folgen dicht aufeinander. Ich brauche Hilfe. Ich muss Mac finden.

Mac

Es ist ein Trugschluss, dass der Schädel bei großer Hitze aufbricht wie ein gekochtes Ei in der Mikrowelle. Das ist Unsinn, und Anita würde mir da sicher zustimmen. Nur eine dieser urbanen Legenden, die aus der Asche eines Feuers entstehen. Die Schädel von Brandopfern werden spröde von der Hitze – da sie ja nur von einer sehr dünnen Gewebeschicht bedeckt sind – und brechen daher leicht. Wie Herzen.

Jims Werkzeugkiste steht im Büro des Müllers, einem kleinen, rechteckigen Raum, in dem gerade mal der Müller Platz hat. Es hat eine Klöntür, wie ein Stall, und einen altmodischen, schräg abfallenden Tisch, der vielleicht einmal einer längst verstorbenen Schulmamsell gehört hat. Wenn man den Deckel hebt, reist man über zwei Weltkriege hinweg in eine weniger komplizierte Zeit mit ihren alten Kassenbüchern, Rechnungsbüchern, eingetrockneten Füllern und Tintenfässchen. Man findet Schaumpolster und Stempel mit dem legendären *Jim Muir: Lieferant von feinstem Hafermehl* darauf. Es gibt Heftzwecken und Gummibänder, Rollen feinen Jutestricks, mit dem man die Säcke zusammengebunden hat, außerdem Jims Schweizer Armeemesser, genau da, wo er es hat liegen lassen.

Auch wenn Jim nicht mehr bei uns ist, wird die Werkzeugkiste nicht angerührt – ein Zeichen, schätze ich, wie selten jemand mittlerweile hier hereinkommt. Sie steht unter dem Tisch, der Deckel ist über einem tatkräftigen Leben voll harter Arbeit geschlossen. Es handelt sich um eine stabile Holzkiste mit Seilschlaufen an beiden Enden und einem Schließband für ein Vorhängeschloss, das schon verloren ist, seit ich mich erinnern kann. Ich packe den Seilgriff und ziehe die Kiste ins Licht. Der Deckel klebt vor Öl und Schmiere und Staub; dieser ganz spezielle schwarze Dreck, der sich in die Haut eines Arbeiters gräbt.

Meine Hände zittern ein wenig, als ich den Deckel aufklappe. Die Werkzeuge liegen in einer bestimmten Ordnung, Generationen von Ahlen, Meißeln und Bohrerspitzen. Es wirkt wie ein Sakrileg, die Ordnung zu zerstören, als ob ich das Siegel von etwas bräche, das besser unversehrt bleiben sollte. Nichtsdestotrotz überlege ich über ihnen wie ein Chirurg, wähle aus, prüfe, lege zurück, wähle von Neuem – eine kleine Eisensäge, ein Klauenhammer, Kneifzange, Blechschere. Es liegt eine herrliche Ironie darin, Anna Madigan mit Jims Werkzeugen zu entsorgen. Knochen verkalken, nachdem man sie verbrannt hat. Sie werden weiß und zerbrechlich. Ich probiere eine Gartenschere aus. Manchmal braucht man ein wenig Hilfe von außen.

Sobald ich das Wasser zum Mühlrad umgeleitet habe, nimmt das Mühlwerk rasch Fahrt auf, und die Mühlsteine rattern eifrig umeinander herum. Das Holpern und Klappern der Steine erregt mich wie schon sehr lange nicht mehr. Seit Jim waren meine Einsätze hier immer kurz und feige. Heute habe ich das Gefühl, als würde ich meine Kraft zurückerlangen.

Während das Feuer heute Nacht brannte, ging ich mit einer Taschenlampe und einem Schraubenschlüssel zum Mühlteich, um mich zu versichern, dass die Schleuse weit genug offen war, damit das Wasser hindurchrauschen konnte. Auf dem Rückweg verlor ich etwas die Orientierung, als die Welt im Strahl der Taschenlampe wie eine Laterna magica vorbeihuschte: weiße Steine und silbriges Wasser, mit Edelsteinen besetzte Blätter, schwarze Rahmen und Spalten und Schatten, die keinen Sinn ergaben. Es war leicht, mich selbst nicht als Historikerin, sondern als Alchemistin zu sehen, vor der die Elemente ausgebreitet waren – Wasser und Feuer und die kalte mitternächtliche Erde. Ich konnte mir leicht vorstellen, wie etwas vom Wasser abgetrieben wurde: weiße Finger, Haare wie Seegras, durchweichte gelbe Seide. Der Müller stapft vor mir durch die Dunkelheit. Im Gebüsch bewegen die Goldzeisige ihre verschlafenen Flügel *Flapp, flapp, flapp,* und der Wind weint. Jede Geschichte, die ich je gehört habe, lief auf etwas Wichtiges hinaus.

Ich entscheide mich für das erste Paar Mühlsteine. Das sind die Schälsteine, aus solidem Sandstein gehauen. Mit ihnen bricht man die Hülsen vom Getreide. Sie haben harte, raue Kanten, die mir sehr gelegen kommen. Das zweite Paar, die eigentlichen Mühlsteine, sind präziser, um ein feines, kultiviertes Mehl herzustellen. Vor langer, langer Zeit gab es nur die Schälsteine, und ich vermute, dass sie früher in den alten Knochenmühlen verwendet wurden.

Ich beginne zu singen, als ich Anna Madigans Schädel auseinanderbreche und die Stücke in das Auge des Steins werfe.

»Fee-fi-fo-fum, ich rieche das Blut einer rothaarigen Frau!

Ob lebendig oder tot – ich werde ihre Knochen mahlen für mein Brot!«

»Was zum Teufel tun Sie da?«

Zu spät merke ich, dass Lucie hinter mir steht.

Kaum hat sie die Worte ausgesprochen, krümmt sie sich vor Schmerzen und sinkt auf dem staubigen Boden auf die Knie. Ich hatte ihre Situation ganz vergessen.

»Rufen Sie einen Krankenwagen!«, keucht sie. »Das verdammte Baby kommt!«

»O Liebes, Liebes. Legen wir dich erst mal bequem hin.« Hastig ziehe ich einige Säcke von einem Stapel in der Ecke und versuche sie unter das Mädchen zu schieben, wie bei einem Pferd, das im Stall ausgerutscht ist. Sie wehrt mich ab.

»Rufen Sie Hilfe!«

»Natürlich. Gleich!« Ich seufze wegen der Unterbrechung. Anna Madigan liegt in kleinen Stücken in einem Zinneimer zu meinen Füßen. Der Abschluss ist so nahe. Das Mädchen stöhnt durch zusammengebissene Zähne. »Sag mir, ist es Arthurs?«

Sie holt zischend Luft und starrt mich aufgebracht an. Ihre Augen sprühen Funken. »Ist das wichtig? Wenn der Vater jetzt hier wäre, würde ich ihm den Schwanz abschneiden.«

Meine Lippen zucken ein wenig pikiert. »Das ist nicht nötig. Ich habe nur gefragt.«

Das Stöhnen ist sehr irritierend, weshalb ich meinen Gedanken nicht ganz folgen kann. Hunde werfen stoisch und ruhig, und hier geht es mir gerade definitiv zu menschlich zu. Lucie fleht inständig.

»Bitte, Mac. Mein Handy … Ich habe es im Schlafzimmer

vergessen. Könnten Sie es mir bitte holen?« Schweiß glänzt auf ihrer Unterlippe. Ihre Wangen sind rot wie Mohnblumen.

»Natürlich.« Ich steuere auf die Tür zu.

»Rufen Sie einen Krankenwagen«, ruft sie mir hinterher. »Und Arthur. Bitte rufen Sie Arthur an. Er wird wissen, was zu tun ist.«

»Hmm.« Ich schaue nicht zurück. Arthur anrufen? Um bei der Geburt des Babys eines anderen Mannes zu helfen? Dieses Luder. Das werden wir ja sehen.

Ich finde das Handy schnell. Es liegt auf dem Teppich im Schlafzimmer, als ob es in großer Eile fallen gelassen worden wäre. Es scheint den Sturz aber gut überstanden zu haben, und alles leuchtet auf, als ich auf irgendwelche Knöpfe drücke. Ich habe ein Mobiltelefon, das ich selten benutze. Es macht Arthur wahnsinnig, wenn ich es abschalte und in meine Sockenschublade lege. *Warum machst du das? Du solltest es doch immer bei dir haben, für den Notfall.* Ich mache ein mahnendes Geräusch. Ja, Lucie – du solltest dein Telefon doch immer bei dir haben, für den Notfall. Auf dem Display ist ein Balken zu sehen, auf dem riesig Reubens Name steht. Lucie scheint einige Anrufe verpasst zu haben, und bei meinem ungeschickten Wischen öffnet sich eine ungelesene Nachricht. Eine eher knappe Reaktion.

Was? Warum sagst du mir das jetzt und nicht vor neun Monaten? Himmel. Ich bin in Amsterdam. Ruf mich an.

Das also ist Reubens Antwort. O je. Mit dem Gerät in der Hand gehe ich in die Küche. Die Wahrheit wurde offensichtlich denen vorenthalten, die ein Recht darauf hätten. Mir wird ganz kalt innerlich, wenn ich an Arthur denke. Er ist von einem Flittchen eingewickelt worden, genau wie sein Vater. Sind wir dazu verurteilt, über Generationen hinweg dieselben Fehler zu machen? Ich habe geschworen, dass ich nicht zulasse, dass er so verletzt wird wie ich. Nein, es muss hier und jetzt enden. Das Mädchen darf ihr uneheliches Kind nicht meinem Sohn anhängen.

Ich frage mich, ob die Schwester, Jane, je Lucies Gedicht gefunden hat. Reuben hat nicht bemerkt, wie ich es durch sein Autofenster geworfen habe. Ich hoffe, sie hat es gefunden. Jemand musste etwas tun, und ich bin die Einzige, die alle Einzelheiten kennt. Ich stelle mir vor, wie die betrogene Schwester das Gedicht findet, die Handschrift mustert, eins und eins zusammenzählt. Man will eine unangenehme Wahrheit nicht glauben, das ist das Problem, und wenn man es herausfindet … Die Wahrheit ist wie Krebs und fest im Körper verankert. Je mehr man weiß, desto mehr breitet sich der Schmerz aus.

Ich schaue auf das Telefon. Etwas lauert am Rand meines Geistes. Ich sollte jemanden anrufen, dringend. Es hat etwas mit Lucie zu tun, und seltsamerweise auch mit Arthur, aber ich kann die Verbindung nicht herstellen. Egal. Ich schiebe das Gerät in meine Strickjackentasche und gehe zurück zur Mühle.

Lucie

Ich stelle lauter Berechnungen im Kopf an, versuche, die Entfernung zwischen Krankenhaus und Mühle auszurechnen, wann der Krankenwagen kommen könnte, wie viel Schritte Arthur gehen muss, bis er bei mir ist. Ich zähle meine Atemzüge, ich zähle die Zeit zwischen den Atemzügen. Mein Körper ist von alldem völlig in Anspruch genommen. Der Druck in meinem unteren Rücken ist unerträglich; das Baby wird mich zerreißen. Fieberhaft stelle ich mir meinen Rücken als langen, zurückgezogenen Bogen vor, jeder Wirbel um Haaresbreite davon entfernt, meine Haut zu durchstoßen. Ich sehe den glänzenden weißen Bogen meines eigenen Rückgrats durch meinen Körper brechen, mein schweißverklebtes Haar ist darum geschlungen, straff und klagend. *Flapp, flapp, flapp … hilf mir hilf mir hilf mir …* Gequältes Heulen erschüttert die Mühle, aber ich weiß nicht mehr, ob es Harfenmusik ist oder der Klang meiner eigenen Stimme.

Ich werfe den Kopf zurück, das Gesicht vor Schmerz verkrampft. Als die Wehe verklingt und ich die Augen öffne, sehe ich die silberne Schrift an den alten Balken bei den Mühlsteinen. Von hier aus kann ich die Worte nicht lesen oder die kindliche Blume sehen, aber ich erinnere mich: *4 Firlots, 2 Viertelscheffel Gerste, ein Viertelpfund Nägel.* Ein in Silber eingravierter Name flackert vor meinen Augen. *Bella.* Der Name will verstanden werden, und in dem Raum zwischen einer Schmerzwelle und der nächsten wird alles klar. Bella steht an dieser Stelle und verhandelt mit dem Müller. Ihr Name ist ein Versprechen, ein Pakt. *Macht, dass es aufhört.* Ein Flehen. *Macht, dass es aufhört. Macht, dass es aufhört.* Ich verstehe ihre Verzweiflung, die endlose, nagende Schuld. Wie sie ihren Namen ins Holz geritzt hat. Was sie ihm wohl überschrieben hat? Alles, nur damit die unaufhaltbare Stimme der Knochenharfe endlich verstummt.

Bei der nächsten Wehe schnappe ich nach Luft. Das Poltern der Mühlsteine bereitet mir Kopfschmerzen. Wo zur Hölle ist Mac? Wo ist der Krankenwagen? Ich lausche angestrengt auf Motorengeräusche oder das Heulen einer Sirene, aber das ständige Rumpeln übertönt alles. Ich setze mich auf, versuche, den Schmerz aus meinem Rücken zu kneten. Dabei stoße ich den Zinneimer um, mit dem ich Mac vorhin gesehen habe. Eine kleine Staubwolke steigt auf, die mich einen Moment ablenkt. Ich stupse den Eimer noch einmal mit der Spitze meines Gummistiefels an, und der Gestank nach Lagerfeuer wirbelt auf. Der Inhalt des Eimers ist weiß und flockig; brüchige Scherben von etwas, das vertraut wirkt, aber ich verstehe nicht, was ich da vor mir sehe.

Neuer Schmerz packt mich, und ich sinke zurück auf die schmutzigen Säcke. Etwas hat sich geändert; ich habe den unkontrollierbaren Drang, das Baby aus mir herauszupressen. *Scheiße.* Den Teil hatte ich nicht auf der NHS-Webseite gelesen. Mühsam streife ich die Gummistiefel ab.

Meine Oberschenkel sind nass, und meine prüfenden Finger leuchten rot, als ich sie betrachte. Ich weiß nicht, ob das so sein soll. Ich schluchze, so wie Bella geschluchzt haben muss, als sie ihren Namen in das Holz ritzte, als sie ihre Seele verkaufte.

Ich tue alles, nur damit es aufhört.

Ich fühle mich so allein. Die Mühle ist kalt, teilnahmslos. Während ich auf dem Boden liege, mein Körper darum kämpft, das Baby auf die Welt zu bringen, werden die Mauern schwarz. Der Müller gewinnt an Kraft, nimmt Gestalt in den verborgenen Ecken an. Eine fürchterlich tobende Kälte zieht auf, und ich bin gefangen. Ich kann mir nicht mehr vorstellen, wie es nach dem hier weitergehen könnte. Aus dem Augenwinkel sehe ich einen Schatten durch die offene Tür treten. Mac ist zurück.

Ich öffne die Augen. Ich weiß nicht, wie lange ich bewusstlos war. Alles ist fremd. Die Erinnerung an einen scharfen, brennenden Schmerz ist noch frisch zwischen meinen Beinen, und das Sackleinen unter mir ist nass. Vorsichtig, tastend bewege ich mich. Alles ist verschwommen, aber ich erinnere mich, wie Macs kalte Hände meinen Bauch berührten, wie sie meinen Namen rief, mein eigenes leises animalisches Stöhnen, dann ein langsames, gleitendes Ende der Schmerzen. Danach ist da nur noch Schwärze. Ich muss mich meiner eigenen Erschöpfung ergeben haben, überwältigt von köstlicher Erleichterung. Ich bin glühend heiß, kann aber nicht aufhören zu zittern. Mein Mund ist ausgetrocknet und schmeckt sauer. Ich muss etwas trinken, aber meine Zähne klappern so sehr, dass ich nicht einmal sprechen kann.

Etwas fehlt. Die Stille ist tödlich. Mac ist nirgends zu

sehen, die Mühlsteine stehen still. Mit wachsender Panik sammle ich meine verbleibende Kraft und brülle in die Leere der Mühle.

»Mac? Wo sind Sie? Wo ist mein Baby?«

Ihr Kopf taucht an der Kellertreppe auf. Ich bin immer noch nicht wieder ganz bei mir. Mir ist eiskalt. Ich kann nicht aufstehen. Meine Brüste sind hart und kribbeln, warten auf einen Schrei, der nicht zu hören war. Ein Baby sollte jetzt in meinen Armen liegen. Wie ein Tier schnüffele ich herum, es riecht nach Blut und Geburt. Ich höre einen Fetzen des seltsamen Liedes, das Mac am Lagerfeuer gesungen hat.

»*Mac!* Was haben Sie mit meinem Baby gemacht?«

Langsam, wie eine alte Frau, steigt sie die Treppe endgültig hinauf und kommt zu mir. Sie ragt hoch über mir auf und schluckt das Licht, das hereinfällt. Sie schweigt, und einen schrecklichen Moment bin ich mir nicht sicher, ob es überhaupt Mac ist. Oder jemand anders, den ich nicht kennen will. Aus dem Augenwinkel sehe ich den Zinneimer. Jetzt wird mir klar, was diese Splitter waren. Jetzt erkenne ich sie.

Knochen.

Das habe ich in dem Feuer in der Sekunde gesehen, bevor meine Fruchtblase geplatzt ist. Skelettierte Finger, die aus den Flammen ragten.

»Mein Baby?« Meine Stimme ist schwach. Der Boden dreht sich unter mir wie ein Karussell, an dem ich mich kaum festhalten kann.

»Lucie.« Die Gestalt kauert sich neben mich. »Es tut mir leid … Oh, Liebes.« Sie atmet zittrig ein. »Es ist ein Junge, aber er … hat leider nicht geatmet.«

Ich versuche mich aufzusetzen. Ich will auf die Füße springen und sie schlagen, aber ich bin so schwach, fühle mich ausgehöhlt. »Ich will mein Baby! Was haben Sie mit ihm gemacht?«

»Schrei mich nicht so an, Lucie.« Ihre Stimme klingt bevormundend, als ob sie mit einem störrischen Kind redet. »Ich hielt es für das Beste, wenn du ihn nicht siehst, bis …«

»Ich will ihn sehen! Ich will mein Baby!«

»… bis die Sanitäter hier sind und …«

»Ich glaube Ihnen nicht. Ich glaube nicht, dass Sie überhaupt einen Krankenwagen gerufen haben! Wo ist mein Handy? Sie sind doch verdammt noch mal verrückt.«

»Ich habe dein Handy nicht, Lucie.«

»Na gut.« Unsicher rolle ich mich auf die Knie. Etwas verrutscht in mir. Das Sackleinen ist blutdurchtränkt – meine Knie, meine Schenkel, meine Füße sind rot. Sie sehen nicht aus wie meine Beine.

Mac versucht rasch, mich am Aufstehen zu hindern. Keuchend falle ich zurück. »Ruh dich aus. Ich glaube, du blutest sehr stark.«

Sie ist so ruhig, so verdammt ruhig, wie sie die Handtücher aus dem Cottage zusammenrollt und zwischen meine Beine drückt. Ich schluchze verzweifelt vor Trauer und Angst.

»Soll ich etwa auch sterben? Ist es das? Ich weiß, was Sie in dem Feuer verbrannt haben!«

»Hör auf. Hör auf«, sagt Mac. Sie will nach meiner Hand greifen, aber ich wehre sie ab, will sie nicht in meiner Nähe haben. »Du weißt nicht, was ich durchgemacht habe, Lucie. Jim und Anna Madigan – sie haben mich betrogen. Über so etwas kommt man nie hinweg. Und die Trauer … die bleibt.

Wandelt sich. Du verstehst das nicht, Lucie, weil du auf der anderen Seite bist. Du bist die andere Frau. Du wirst nie verstehen, was wir durchgemacht haben, Jane und ich. Wie unsere Herzen zerrieben wurden, damit ihr bekommen konntet, was ihr wolltet. Anna Madigan war so unverschämt und ist hier aufgetaucht, hat um Verzeihung gebeten. Die Schuld hat sie zerfressen, verstehst du, und dir wird es genauso gehen. Ich habe ihr einen Gefallen getan, indem ich sie davon erlöst habe.«

Jetzt verstehe ich. Jetzt verstehe ich, wessen Knochen in dem Eimer sind.

Mac

Der Keller hat eine Hintertür mit fünf Schlössern: drei Riegel, ein langer Eisenhaken und ein altmodisches Riegelschloss. Jim hat sie immer offen gelassen, wenn er gemahlen hat, damit der Mehlstaub nicht zu dicht wurde, doch jetzt ist sie schon seit Jahren geschlossen. Links davon ist das Fenster mit dem Schmeißfliegenproblem. Es hat einen breiten Steinsims, auch wenn ich nie herausgefunden habe, wozu er gut ist. In einer Molkerei wäre er sinnvoller, wo man die Sahne zum Ruhen abstellen kann oder der Käse reift. Früher habe ich darauf meine selbst gezogenen Zwiebeln oder Kräuterbündel gelagert. In letzter Zeit kam es mir wie ein Altar vor, ein Platz, an dem man Votivkerzen aufstellen oder ein Opfer bringen könnte.

Heute lege ich das Baby auf den Sims.

Nachdem es so unerwartet auf die Welt kam, ist das Baby immer noch sprachlos. Und selbst unabhängig von der Schicht aus Blut und Käseschmiere hat es keine gute Farbe. Es hat noch nicht geschrien. Ich wusste, dass das ein schlechtes Zeichen war. Ich hatte ein paar Handtücher aus dem Cottage geholt und sein schwarzes Haar trocken gerieben und die blauen Gliedmaßen. Dann habe ich es in ein weiches, pfirsichfarbenes Badetuch gehüllt, bin mit ihm in den Keller gegangen und habe es auf den kalten Steinsims gelegt.

Ich beginne zu singen, als ich die Treppe nach oben gehe. Irgendwie erscheint es mir passend. Nur ein paar Takte des alten Liedes, das mir seit letzter Nacht im Kopf herumgeht. »Lyke-Wake Dirge«, das man früher am offenen Sarg gesungen hat. Man hat geglaubt, dass die Seele, die den Körper verlässt, erst die Brücke des Schreckens überqueren muss, eine Verbindung zwischen den Welten, auf der über das weitere Schicksal entschieden wird. Ein falscher Schritt lässt einen in den feurigen Abgrund unter der Brücke stürzen, wo der Müller wartet. Ein passendes Gutenachtlied, wie ich finde.

Von Thorny-Muir du schließlich gehst,
In jeder Nacht und immerzu,
Zur Brück' des Schreckens du kommst,
Und Christus empfängt deine Seele.

Wenn du jemals gabst Speis oder Trank,
In jeder Nacht und immerzu,
Das Feuer wird dich verbrennen bis zum Knochen,
Und Christus empfängt deine Seele.

Diese eine Nacht, diese eine Nacht,
In jeder Nacht und immerzu,
Feuer und Haus und Kerzenlicht,
Und Christus empfängt deine Seele.

Lucie ist natürlich verstört. Aber ich fühle mich abgekoppelt von allem, als ob das Blut, die Tränen, das ganze Drama im Fernsehen passierte und ich nur Zuschauer wäre. Die Wirklichkeit ist der Zinneimer und sein Inhalt. Ich muss die verbleibenden Überreste mahlen, sie zu Pulver verarbeiten, oder es wird sehr schlecht für mich ausgehen. Ich hätte das schon vor Jahren machen sollen, und jetzt hat das Mädchen alles verkompliziert, indem es seine eigene Geschichte noch dazugebracht hat. Ich kann diese Störung wirklich nicht gebrauchen. Nicht jetzt. Ich habe immer noch so viel zu tun. Ich will unbedingt meine Aufgabe vollenden, aber etwas sagt mir, dass der Moment verstrichen ist.

»Vielleicht sollte ich dir den Rest der Geschichte erzählen, während wir warten. Hast du den letzten Abschnitt gelesen, wie der Müller aus Elspeths Leiche die Knochenharfe gefertigt hat? Ja?« Lucie hat die Augen geschlossen. Die Lider flattern, als ob sie träumt. Wahrscheinlich ist sie erschöpft – wer wäre das auch nicht? Vielleicht wird die Geschichte sie beruhigen, während wir warten, auch wenn ich nicht mehr genau weiß, worauf wir eigentlich warten. »Ja, es ist sehr passend, die Geschichte hier zu erzählen, neben der Stelle, an der Bella ihren Namen eingeritzt hat. Ich wollte schon immer eine ordentliche Geschichtenerzählerin sein, Lucie. Früher wollte ich mein Publikum hier in der Mühle versammeln. Wie atmosphärisch es wäre, die Geschichte der Schwestern hier zu erzählen, wo wir ihnen so nahe sind. Hörst du zu, Lucie?«

Ich höre keine Antwort vom Boden, obwohl das Mädchen zittert. Ich hole eine alte Reisedecke und breite sie über Lucie, wobei ich bei dem Gestank die Nase rümpfe. Bei der Geburt und im Tod gibt es keine Würde. Das Leben ist eine schmutzige Angelegenheit. Als ich zurücktrete, fällt mir die silbrige Schrift ins Auge.

»Sie musste herkommen, mit dem Müller verhandeln, Lucie. Denn die Harfe hat einfach immer weitergesungen, immer weiter die Anschuldigungen verkündet. Die Stimme ihrer Schwester war immer in ihrem Kopf, klagte sie an, Tag und Nacht, und sie dachte, der Müller könnte dem Einhalt gebieten. Der Müller ist immer bereit, uns zu helfen. Wir müssen nur fragen. Aber der Preis ist hoch. Bella hat ihm ihre Seele verkauft, um Ruhe zu haben. Das ging sicher nicht gut für sie aus.« Zärtlich fahre ich mit dem Finger über die Inschrift. *Bella.* »Der Müller ist jetzt gerade bei uns.«

Meine Schultern kribbeln. Ich sehe zu Lucie, doch sie schläft tief und fest.

Er ist am stärksten, wenn man selbst am schwächsten ist, voller Angst, Wut, mit gebrochenem Herzen. Es gibt immer einen Punkt, an dem man nicht mehr zurückkann. Eine übereilte Entscheidung, ein rutschiger Abhang, ein Schritt zu weit. Es mag einen Moment der Spannung geben, einen Hänger in der Zeit, wenn die Nadel zwischen Vernunft und momentaner Befriedigung schwankt. In diesem Moment … in diesem Moment teilt der Müller das dunkle Wasser und flutet deinen Geist.

Er stand auch neben mir, als ich das Wasser einlaufen ließ, das meinen Mann tötete.

Der Müller hat es mir befohlen.

Ich bin überrascht, als Arthur durch die Tür stürzt. Normalerweise bewegt er sich nicht so schnell, und er wirkt so aufgeregt. Sein Haar ist völlig wirr, das Gesicht gerötet. Was macht er eigentlich hier? Habe ich ihn angerufen?

»Was zum Teufel ist hier los? Lucie!« Er entdeckt das Mädchen auf dem Boden, drängt sich an mir vorbei und kniet sich neben sie, streichelt ihr Haar, umklammert ihre Hand. Diese Zärtlichkeit. Und dann sieht er mich an. Es gefällt mir nicht, wie böse er mich anstarrt. So sollte man seine Mutter nicht ansehen, mit diesem gequälten, misstrauischen Blick. Ich versuche, die Situation zu erklären.

»Sie hat gerade ein Kind auf die Welt gebracht!«, erzähle ich. »Ist das nicht eine Überraschung? Ich bin hier, um ihr zu helfen.«

Schon wählt er den Notruf auf seinem Handy und gibt unsere Postleitzahl durch. Er kauert über Lucie und hält zitternd ihre Hand fest. Arthurs ganzer Körper bebt vor Schock. Normalerweise ist er so ausgeglichen, so ruhig. Er wirft einen Blick unter die Handtücher und hat ein paar Sachen geschlussfolgert. Er gibt mir die Schuld, und Lucie ist merkwürdig still. Arthur schiebt das Handy in seine Jeanstasche und steht auf. Er sieht mich aufgebracht an, wirkt auf einmal bedrohlich und will wissen, wo das Baby ist, und als ich in Richtung Treppe nicke, wirft er mich beinahe um, so eilig hat er es. Ich höre, wie er zwei Stufen auf einmal nimmt, als er nach unten rennt.

»Es hat nicht geschrien. Das Baby hat nicht geschrien«, sage ich ins Leere hinein, zur Mühle ganz allgemein. Die Dunkelheit in den Ecken wird schwärzer. Etwas huscht über einen Balken und löst einen kleinen Steinchenhagel aus. Lucie antwortet nicht, aber ich weiß, dass der Müller zuhört. Der Müller begleitet mich jetzt schon sehr lange. Er ist immer da, wenn man am schwächsten ist; wenn man eine Entscheidung trifft, die das Leben für immer verändert.

Seit dem Unfall seines Vaters war Arthur nicht mehr im Keller, hat nie angeboten, etwas für mich zu reparieren, hat nie bei dem Schmeißfliegenproblem geholfen oder Rattengift ausgelegt, aber jetzt – für dieses Mädchen und ihr Balg – kann er sich plötzlich überwinden. Jetzt kann er sich seinen Dämonen plötzlich stellen, nach unten in die Dunkelheit gehen. Ich bleibe am Kopf der Treppe stehen und beobachte, wie sich seine Füße bewegen. Durch das Fenster fällt ein rechteckiger Lichtfleck auf seine Turnschuhe. Mehr sehe ich nicht von ihm, aber ich stelle mir vor, wie er den winzigen Körper mit dem Handtuch massiert, wahrscheinlich Nase und Mund von Schleim und Schmiere befreit.

Ich sehe, wie er vom Fenster zurücktritt. Er hat vielleicht das Kind genommen, es gegen seine Schulter gelegt oder hält es mit dem Unterarm. Seine Schritte sind effizient, entschlossen. Auch wenn er sich gern im Hintergrund hält, wusste ich schon immer, dass mein Sohn eisern sein kann. Es wird ihm zugutekommen, weil ich fürchte, dass das hier nicht gut ausgeht. Das Kind ist belastet. Eine schreckliche Auswirkung. Deshalb habe ich es unten abgelegt. Der Müller weiß, wie mit so etwas zu verfahren ist.

Arthur stößt auf der Brücke hinter der Mühle zu mir. Ich sehe nach unten auf die Stelle, an der der Fluss und der Mühlzulauf zusammenfließen; zwei Geschichten, die aufeinanderstoßen. Als ich aufblicke, sehe ich die Rücklichter des Krankenwagens den Weg entlang verschwinden, das Blaulicht zwischen den Bäumen.

»Warum hast du nicht den Notruf gewählt?« Er sieht unordentlich aus. Seine Haare sind völlig zerzaust, und auf seiner Wange ist ein Blutfleck, wo er sich die Augen gerieben hat. »Sie hätte verbluten können. Und das Baby … Du hast die Nabelschnur durchgeschnitten und mit Bindfaden abgebunden. Was hast du dir dabei nur gedacht?«

Ich zucke mit den Schultern. Ich habe keine Antwort. »Das Baby – er hat nicht geschrien, weißt du.«

»Das heißt aber nicht, dass er nicht geatmet hat. Warum hast du ihn weggebracht? Warum?« Arthur streicht seine Haare zurück und wippt auf den Fersen, als ob er nicht wüsste, wohin mit seiner Qual. »Du hast ihn in der Kälte allein gelassen. Warum?« Ein Flehen. *Warum?*

Ich schüttele den Kopf. Martinshörner werden laut. Mein Sohn weiß so vieles nicht. »Das Baby war im Weg. Du verdienst es, glücklich zu sein, aber nicht mit jemand so Unzuverlässigem.«

»Du wolltest das Baby also sterben lassen?«

»Das Kind ist aus einem Betrug entstanden. Es ist befleckt, verdorben.«

»Menschen dürfen Fehler machen.«

Ein Polizeiauto nähert sich und hält am Wegrand. Ich blinzle in das blinkende Blaulicht.

»Was wollen die hier? Sie haben die Winterstiefmütterchen platt gefahren.«

Zwei Polizeibeamte, ein Mann und eine Frau, kommen auf uns zu. Sie scheinen es nicht eilig zu haben.

»Lucie konnte mir noch alles erzählen … was du getan hast, als sie sie in den Krankenwagen geladen haben. Die Sanitäter haben die Polizei gerufen. Ich bete, dass sie unrecht hat, aber wir müssen die Wahrheit wissen.«

»Ich konnte leider nicht so gut verzeihen wie du, Arthur. Ich habe deinen Vater geliebt, aber ich konnte nicht bedingungslos lieben. Ich habe Dinge getan …« Ich hole Lucies Handy hervor. »Bitte, gib Lucie das. Ich hoffe, sie erholt sich gut. Ich kann sie wohl in nächster Zeit nicht besuchen …«

Mir geht der Atem aus, ich spüre nur noch das beständige

Klopfen meines Herzens. Mir ist bewusst, dass Arthur mir eine Frage nach der anderen stellt, während die Polizistin sich meinen Namen, meine Adresse und mein Geburtsdatum bestätigen lässt. Ich bin seltsam ruhig, als sie mir meine Rechte vorlesen. Es ist wie in einer dieser Krimiserien – die Handschellen klicken, die Hand auf dem Kopf, die mich auf den Rücksitz des Polizeiautos zwingt. Doch die beiden behandeln mich äußerst sanft.

»Mrs. Muir, wir müssen uns auf dem Revier ein wenig unterhalten. Vielleicht könnten Sie uns helfen, indem Sie am Anfang anfangen?«

»Das ist ein sehr guter Vorschlag.« Ich nicke zustimmend. »Beginnen wir mit der Mühle. Alles beginnt und endet hier.«

Lucie

Das Baby ist in ein Krankenhaushemdchen gehüllt, das sonst ausgesetzte Säuglinge tragen oder Babys, die in Pflege genommen wurden – oder deren Mütter sich nicht den Folgen ihrer Handlungen stellen wollten. Ihn scheint es nicht zu stören. Er ist ein sehr fremder und interessanter kleiner Mensch, und mir wird erst allmählich klar, dass er allein mir gehört. Die Erkenntnis ist gleichermaßen berauschend und Furcht einflößend. Ich drücke ihn ein wenig fester an mich und versuche, die Kanüle in meiner Hand zu ignorieren.

Die irische Krankenschwester hat mir bereitwillig alles über die Geburt erzählt, die Teile, bei denen ich nicht ganz bei mir war. Ich hatte eine Nachgeburtsblutung. Mac hat die Nabelschnur mit einem Schweizer Armeemesser durchgeschnitten und mit einem altmodischen Bindfaden abgebunden. *So hätte man es früher gemacht, ja, aber ist es nicht schön, dass es heutzutage Antibiotika gibt? Der arme kleine Junge. Er hatte ganz schön viel Glück.*

»Glück« haben wir schon ganz oft gehört, seit wir eingeliefert wurden.

Der Junge gähnt. Seine Lippen sind verknittert und milchig, wie Blütenblätter vor der Entfaltung. In dem Schwung seiner Oberlippe erkenne ich Reuben wieder – wie seltsam, dass es mir auffällt. Kinder sind doch die Summe aus dem, was ihre Eltern beigetragen haben. Anita, meine erste Besucherin, hat uns eine kleine weiße Bürste und einen Kamm mitgebracht, und ich bürste sein seidiges schwarzes Haar zum wiederholten Mal. Anita sagt, dass die ersten Haare immer ausfallen, aber ich hoffe, das stimmt nicht. Außerdem hat sie eine weiße Mütze und ein Paar kleine Handschuhe mitgebracht, doch ich bringe es nicht über mich, ihn zu verhüllen – nicht sein üppiges Haar, nicht die winzigen Fingernägel, die so glänzend und scharf sind. Alles an ihm ist neu und unerforscht, und das gefällt mir. Er ist ein neuer Anfang.

Anita hat mir düster erzählt, dass Mac immer noch in Gewahrsam ist und Arthur sich daheim um alles kümmert. Ich soll mir keine Sorgen machen. Er kommt, wenn er Zeit hat. Ich bitte sie, mir die Sachen zu kaufen, die ich laut der Hebamme brauchen werde: Still-BHs, große Unterhosen und Binden. Ich bin froh, dass man mich in einem Nebenraum untergebracht hat und ich nicht die fröhlichen Ballons und die Paare und die Babys in ihren sorgfältigen, für die Entlassung ausgesuchten Outfits sehen muss.

Meine irische Lieblingsschwester eilt mit einem Glas Wasser und Paracetamol ins Zimmer. »Haben Sie Ihre Leute schon angerufen?« Sie nickt zum Nachttisch, wo Anita das Handy hingelegt hat. Arthur hatte es ihr mitgegeben, zusammen mit einigen hastig gekauften Toilettenartikeln.

»Noch nicht. Ich brauche noch etwas Zeit, um alles zu begreifen.«

Die Schwester lacht und beobachtet genau, wie ich die Schmerzmittel schlucke. »Ach, Babys werden immer geliebt, keine Sorge!«

Nicht dieses Baby, denke ich traurig. Ich küsse seinen Kopf, der leicht nach mir riecht. Seine weichen rosafarbenen Augenlider flattern, und ich frage mich, ob er Albträume wegen seiner Ankunft im Leben hat, als er so allein in dem kalten, verlassenen Keller lag. Wenn Arthur nicht gekommen und sein kleines Gesicht von dem Schleim befreit hätte …

Ich kann es nicht erwarten, Arthur wiederzusehen. Ich will ihm so viel sagen, aber ich weiß nicht, wo ich anfangen soll. Wahrscheinlich kommt alles mit der Zeit.

Ich schlafe ein, und als ich einige Zeit später die Augen öffne, steht Arthur da mit zwei Tüten voller Babysachen und einer Packung Windeln.

»Ich weiß nicht, ob ich das Richtige gekauft habe. So etwas habe ich noch nie gemacht.«

Er sieht etwas ausgezehrt aus, und sein Hemd ist zerknittert, als hätte er es lange Zeit nicht gewechselt. Die Augenlider hinter der goldenen Brille sind geschwollen und verletzlich und erinnern mich irgendwie an das Baby. Wie seltsam. Ich klopfe auf das Bett, doch er geht zum Kinderbett und zieht die blaue Decke unter dem Kinn des Kleinen hervor.

»Weck ihn nicht auf!«, zische ich, und als er sich zu mir umdreht, stehen Tränen in seinen Augen. Ich klopfe wieder aufs Bett. »Erzähl mir, was los ist.«

Seufzend gehorcht er, und die Matratze sinkt unter seinem Gewicht ein. Ich halte seine Hand, streichle mit dem Daumen über die Haut. Ich bin so von meinem Kind absorbiert, dass mir seine Hände riesig und stark dagegen vorkommen.

»Meine Mutter sitzt in Untersuchungshaft.« Er hebt die Schultern und lässt sie wieder fallen, als ob er es immer noch nicht glauben könne. »Sie hat alles zugegeben, hat die ganze Geschichte erzählt, als wäre sie …« Er wirft eine Hand in die Luft. »Als wäre sie eines ihrer Märchen. Sie hat meinen Vater und Anna Madigan getötet.«

Ich hole tief Luft. Das hatte ich noch nicht gewusst, aber es ergibt Sinn. »Hat sie das Wasser einlaufen lassen, als er an der Maschine gearbeitet hat?«

Arthur nickt. Er blickt zur Wand, und ich sehe die glänzenden Tränen in seinen Augen. »Sie hat es zugegeben. Sie hat es mit Absicht getan. Er hat eine andere geliebt …«

»Anna Madigan. Das habe ich mir zusammengereimt.«

Er nickt. »Sie ist vor fünf Jahren vorbeigekommen, und meine Mutter hat sie ins Haus gebeten. Sie hat sie betäubt, dann mit einem Kissen erstickt und die Leiche in dem Tunnel unter dem Mühlrad versteckt.«

Seine Stimme bricht, und ich breite die Arme aus. Wir halten uns lange aneinander fest, bis meine wunden Brüste mich daran erinnern, dass ich gerade erst ein Baby geboren habe. Sanft mache ich mich frei. »Ich hatte recht wegen Floss. Sie hat die ganze Zeit nach Anna gesucht.«

»Ma hat sie aufgenommen und Annas Auto nach Tentsmuir gefahren und es dort stehen gelassen, damit alle denken, dass sie verschwunden ist. Es schien zu funktionieren. Vielleicht wäre sie sogar damit durchgekommen.«

»Nein. Die Vergangenheit holt einen immer ein.« Ich sehe an ihm vorbei zum Kinderbett und dem schlafenden Baby. »Immer.«

Schließlich habe ich doch angerufen und mit meiner Mutter gesprochen. Es gab Tränen und Ungläubigkeit und vage Versprechungen, mich zu besuchen. Dann kam Jane an den Apparat.

»Ich dachte, du hättest zugenommen«, sagte sie. »Und du hast getrunken und geraucht …« Sie machte ein missbilligendes Geräusch. »Wie konntest du es nicht wissen?«

»Das passiert«, erwiderte ich. »Und so viel geraucht und getrunken habe ich auch nicht. Das Baby hatte ganz andere Sorgen.«

»Hast du dich schon für einen Namen entschieden?«

»Darüber muss ich noch nachdenken. Er kam … unerwartet.«

Ich hörte ein gedämpftes Geräusch am anderen Ende der Leitung, eine Art Hmm, was mir für eine frischgebackene Tante nicht besonders passend erschien, aber die Umstände waren schließlich auch alles andere als ideal.

Jane besucht mich einen Tag vor meiner Entlassung nach Hause. *Nach Hause.* Arthur will, dass ich im Cottage bleibe. Es gibt Millionen Gründe, warum ich die Mühle nicht jeden Morgen sehen will, aber im Moment muss es reichen.

Ich höre meine Schwester, bevor ich sie sehe, das Klappern ihrer Absätze auf dem Vinylboden. Sie sieht jung und hübsch und schick aus, sie trägt ein graues Pepitakleid und schwarze Strumpfhosen. Jeder Millimeter ganz die beliebte Tante, die ihren neuen Neffen kennenlernen will. Sie hat eine Packung Pampers dabei und eine Geschenktüte mit blauen Häschen darauf.

Das Baby liegt satt und zufrieden in meinen Armen. Sein Bauch rundet sich wie der eines kleinen Welpen. Ich erwarte, dass Jane liebevoll mit ihm spricht oder ihn auf den Arm nehmen möchte oder zumindest mir einen Kuss auf die Wange gibt, doch sie stellt nur die Windeln auf den Boden und legt das Geschenk wie eine Spende ans Bettende.

»Zwei Strampler«, sagt sie befangen. »Du hattest wahrscheinlich keine Zeit für eine Erstausstattung.«

Ich weiß zwar nicht, was genau zu einer Erstausstattung gehört, aber ich stimme ihr zu. »Ja, das war alles ganz schön dramatisch.«

»Hmm.«

Was ist denn nur los mit ihr? So langsam wird mir flau im Magen. Das Baby bemerkt meine Gemütsänderung und bewegt sich unruhig im Schlaf. »Willst du ihn halten?« Ich wiege ihn ein wenig auf dem Arm, eine Einladung.

Jane tritt vor und blickt dem Baby ins Gesicht. Dann sieht sie mir in die Augen.

»Ich weiß es«, flüstert sie.

»Was? Was weißt du?«

Das Baby schneidet eine Grimasse und zieht die Knie an.

»Gib dir keine Mühe. Ich weiß, was du hinter meinem Rücken getrieben hast. Mit Reuben.«

»Ich weiß nicht, wovon du sprichst.«

Das Baby beginnt zu jammern, und ich merke, wie fest ich ihn halte. Die Welt schrumpft um mich herum – es gibt nur noch mich, meine Schwester und das Baby, das für immer zwischen uns stehen wird.

»Ich weiß es seit Monaten.«

Ich atme flach und angestrengt. Die Farben verblassen um mich herum, als ob ich gleich ohnmächtig würde. Es geschieht wirklich. Das Warten ist vorbei. Ich kann nur flüstern, und das Baby, das jetzt lautstark weint, übertönt mich beinahe. »Woher?«

Jane zeigt keine Regung. Ihre Augen sind trocken. »Das Gedicht, Lucie. Das war deine Handschrift. Natürlich habe ich sie erkannt. Du bist meine Schwester. Wir haben gemeinsam Geschichten geschrieben, weißt du noch? Ich habe deine Aufsätze Korrektur gelesen, verdammt noch mal. Du hast mich belogen. Deine Familie. Und dich offensichtlich auch. Ich wollte, dass du alles eingestehst. Wir hätten vielleicht etwas retten können, wenn du nur etwas Bedauern gezeigt hättest. Ich habe dir die Chance gegeben, als du zu Hause warst, aber du hast die Täuschung aufrechterhalten. Und jetzt das …« Sie deutet flüchtig auf meinen Sohn. »Ich erkenne Reuben im Schwung seiner Lippe, seinen Augen, seinem Haar.« Sie lacht und klingt dabei alles andere als fröhlich. »Es ist immer der Mensch, von dem man es am wenigsten erwartet. Der einem am nächsten ist. Wie konntest du mich nur hintergehen? Meine eigene Schwester.«

Meine eigene Schwester, meine eigene Schwester. Wie konntest du nur?

Das Weinen des Babys greift ihre Worte auf, verwandelt sie in eine unheimliche Totenklage, die zu der weißen Zimmerdecke aufsteigt, einen Moment lang zu dem unaufhaltbaren Gesang der Knochenharfe wird.

Meine eigene Schwester. Wie konntest du nur?

Epilog

Lucie und Anita beobachten vom Cottage aus, wie eine Gestalt in einem weißen Ganzkörperanzug sich unter dem Absperrband der Polizei hindurchduckt und in die Mühle geht.

»Wer ist das?«, flüstert Lucie. Sie flüstert jetzt fast immer, weil das Baby so wenig schläft. Er wacht schreiend in der Nacht auf und lässt sich nicht beruhigen.

»Das ist mein Tutor, Professor Stewart«, sagt Anita. »Die Polizei nennt ihn den Knochenmann.«

Als Anita das nächste Mal auf dem Campus ist, trifft sie den Knochenmann zufällig. Wenn er nicht in einem forensischen Spurensicherungsanzug steckt, trägt er von Kopf bis Fuß Schwarz. Er erzählt ihr, dass er ganz aufgeregt wegen der Funde in der Mühle sei. Er legt einen Finger auf seinen weißen Schnurrbart. »Ein laufender Fall, Sie dürfen also niemandem etwas davon erzählen! Die Polizei hat jeden Stein umgedreht, was man durchaus wörtlich nehmen kann.« Er lacht über seinen Witz. »Man hat die Mühlsteine abmontiert und alle Spuren gesichert. Die vorläufigen Untersuchungen waren wirklich außergewöhnlich.«

»Wirklich?« Trotz der schrecklichen Entwicklungen ist Anitas Interesse geweckt.

»Wir haben pulverisierte Knochen gefunden, die vom Alter und Geschlecht her mit dem angeblichen Opfer übereinstimmen, aber wir haben auch noch etwas anderes entdeckt, das sehr viel älter ist. Mac war eine Kollegin von mir, auch wenn wir uns in verschiedenen Kreisen bewegten – Wissenschaft und Fantasie, nicht wahr?« Er hebt seine schneeweißen Augenbrauen, doch als Anita nicht lächelt, räuspert er sich und spricht weiter. »Ich weiß also über ihre Arbeit im Bereich lokaler Sagen und Traditionen Bescheid. Diese ganze verdammte Sache ist tatsächlich äußerst …«

»Professor«, unterbricht ihn Anita. »Was haben Sie gefunden?«

Der Mann reibt seinen Bart. »In den tiefen Furchen der Mahloberfläche eines der Steine haben wir historische Knochenreste gefunden, außerdem Fasern von menschlichem Haar. Es ist zu früh, um sagen zu können, wie alt sie sind, aber sicher Jahrhunderte. Ich kenne die Geschichte von den zwei Schwestern und der Mühle – ich habe erst vor sechs Monaten noch mit Mac darüber gesprochen. Es wäre natürlich falsch, hier voreilige Schlüsse zu ziehen …«

»Nein, das wäre wirklich nicht gut«, stimmt Anita zu. Tief in ihrem Geist hört sie Harfenmusik, wie das leise Flattern von Vögeln. *Flapp, flapp, flapp.* »Es ist schließlich nur eine Geschichte. Nicht wahr?«